KB093845

나는 작가가
되기로 했다

나는 작가가
되기로 했다

파워라이터 24인의
글쓰기+책쓰기

경향신문 문화부 | 김종목 · 김희연 · 백승찬 · 정원식 · 주영재 지음

메디치

파워라이터에게 배우는 글쓰기

자신의 책을 쓰는 건, 이제 밤하늘의 별처럼 요원한 일이 아니다. 저자를 꿈꾸는 사람들이 크게 늘어났다. 요리를 하든 여행을 다니든 집을 짓든 책을 읽든, 그 경험과 지식을 개성적인 글로 써낸다면 그는 이미 저자이다. 어제까지 무명이던 저자가 오늘 베스트셀러를 펴낸 파워라이터(power writer)로 등극하기도 한다. 자기 분야와 관련된 책을 계속 쓰면서 일정량의 판매를 올리고 대중 담론에 영향을 미치는 저자를 일컬어 파워라이터라고 부른다.

대학 바깥 학문공동체에서 인문학을 공부하는 사람들의 최종 목표도 독서가 아니라 독서를 경유한 글쓰기로 바뀌었다. 모르던 것을 배우면서 생각을 정리하고 자신의 글로 소화하는 과정이 곧 공부가 됐다. 이들에게 파워라이터의 글쓰기는 좋은 본보기이자 영감의 원천이다.

파워라이터가 되려면 전문지식과 함께 대중을 끌어당기는 흡인력, 즉 글솜씨도 갖춰야 한다. 어느 시대에나 인기 저자는 있어왔지만 한국 출판시장 규모가 확대된 1990년대 이후 다양한 분야의 파워라이터들이 등장했다.《나의 문화유산 답사기》시리즈를 20년 넘게 발표해온 미술사학자 유홍준을 비롯해 김용옥(동양철학), 강준만(언론학), 공병호(경영학), 고종석(언어학), 서현(건축학), 정민(고전학), 이덕일(역사학), 이주헌(미술사), 정재승(과학) 등이 초창기 파워라이터로 꼽히는 저자들이다.

이들을 포함한 파워라이터들이 활약해온 시기는 한국이 대중지식 사회로 전환하는 과정과 궤를 함께한다. 정치적 민주화, 경제적·문화적 수준의 향상과 함께 고등교육을 받은 대중이 출현하면서 책과 지식에 대한 수요가 꾸준히 증가했다. 독서 동아리와 인문학 교실이 문을 열었고, 자기계발을 위한 평생학습이라는 화두가 광범위한 독서 대중을 형성했다. 특히 세계화·정보화로 인해 지식의 범위와 생산양식, 유통 속도가 달라짐에 따라 교양서의 수준과 종류도 변모했다. 과거에는 소설이나 에세이가 지배하던 교양서 시장이 인문·사회·자연과학의 여러 분야를 아우르는 논픽션 쪽으로 옮겨갔다. 전 세계가 영향을 주고받는 복잡한 사회, 시시각각 변하는 지식을 이해하는 데는 픽션보다 논픽션이 유리하기 때문이다.

지식인들 역시 대중과 곧바로 소통하는 데서 보람을 찾기 시작했다. 학자와 교수들은 소수 전공자들 사이에 유통되는 학술 논문에서 벗어나 대중적 글쓰기를 통해 직접 독자와 만났다. 현장 전문가나 활동가들 가운데서도 필력을 갖춘 저자들이 나왔다. 이들이 다루는 범위는 교양서의 주류인 문사철(文史哲) 분야를 넘어 경제학을 비롯한 사회과학, 뇌과학 등 자연과학으로 점차 확대, 세분화됐다. 이처럼 진지하고 전문성을 갖춘 동시에 대중에게 쉽게 읽히는 글을 쓰는 저자들 덕분에 삶과 지식의 대부분 영역에 접근하는 길이 한결 수월해졌다. 아울러 이들이 보여준 새로운 글쓰기 시도는 후속 세대 저자들이 활동하는 토양이 됐으며 '대중 저자 시대'를 열었다. 소수 전문가 집단에서 지식과 사회에 관심이 많은 일반 대중으로 저자층이 확대되기까지 불과 한 세대도 걸리지 않은 셈이다.

지식을 생산하는 글쓰기

파워라이터가 되기 위한 글쓰기에서 가장 중요한 대목은 글감을 마련하는 일이다. 요리에 비유하면 신선한 재료와 양념을 준비하는 과정이다. 철학자 김용석은 "지식의 유효기간이 긴 시대에는 같은 내용을 가지고도 어떻게 문장력을 발휘해서 설득력 있고 멋지게 전달하느냐가 관심사였던 데 비해, 지식의 생명이 짧은 시대에는 문장에 대한 관심 이상으로 어떤 지식을 신속하게 담느냐가 중요하다. 그래서 아예 지식을 생산해가면서 쓰는 것이 필요하다고 해도 무리한 표현이 아닐 것이다"라고 했다('글쓰기의 황홀과 고통 그리고 보람', 《글쓰기의 힘》, 장동석 외, 북바이북, 2014). 지식을 생산해가면서 쓰는 글이란, 기존 지식을 비판적으로 수용하고 주제에 맞게 정리하는 것과 더불어 누구도 갖지 못한 자신만의 경험과 관점이 들어 있는 글이다. 왜 이 책을 쓰는지, 책의 주장이 무엇인지 명쾌하게 말할 수 있을 때 비로소 글이 써지고 책이 완성된다.

그런데 문제의식과 주장을 효과적으로 전달하기 위해서는 흡인력이 필요하다. 이미지와 디지털 네트워크의 시대에 활자의 힘만으로 독자를 사로잡으려면, 진부한 구성을 버리고 글쓰기의 창의성을 발휘해야 한다. 전문가들은 창의성이 어떤 선험적 능력이 아니라 연습과 습관의 결과임을 강조한다. 창의성의 비근한 예로는 크로스오버를 들 수 있다. 경영학도가 쓴 인문학 개론, 시사프로듀서가 쓴 서평집, 정신과 의사가 쓴 대중문화 해설서가 눈길을 끄는 이유는 저자와 책의 소재가 색다른 조합을 보여주기 때문이다. 독자들은 이질적 분야의 마찰로부터 새로운 불꽃이 튀기를 기대한다. 글쓰기 소재가 이미 잘 알려진 것이라고 해도 어떤 요소를 독창적으로 골라 엮어내느냐에 따라 얼마든지 글쓰기의 성패가 달라질 수 있다.

어떤 소재를 쓰든지 문학이나 예술은 좋은 양념이 된다. 당대의 속살을 일상 언어로 묘사한 문학작품은 독자의 이해에 도움이 될 뿐 아니라 친근감과 공감을 자아낸다. 문학은 행동경제학이나 뇌과학, 자기계발서의 서술에서도 힘을 발휘할 수 있다. 문학과 마찬가지로 내러티브가 들어 있는 미술이나 영화도 같은 효과를 낸다. 좋은 저자는 끊임없이 다른 분야를 기웃거리며 자신의 글감과 연계되는 지점을 찾아냄으로써 독자에게 뜻밖의 덤을 주는 이들이다.

진심과 새로움으로 소통하기

글쓰기에 능한 사람에게도 글감이 정해지고 나면 실제로 어떤 글을 어떻게 써 내려갈지 고민하는 시간이 찾아온다. 이는 책의 목차를 짜는 방법이나, 매혹적인 첫 문장으로 시작해 명료하면서도 여운이 남는 마지막 문장으로 끝맺는 창작 기술과는 다른, 책의 개성 혹은 영혼과 관련된 문제다.

많은 저자들이 글쓰기를 말 걸기라고 정의한다. 자신을 향해 쓰는 글이란 없다. 누군가에게 자기 이야기를 하고 싶은 것이 글쓰기의 근본 동력이다. 주장이나 목적의식이 뚜렷한 글은 더 말할 나위 없겠지만 자기 고백적 글쓰기도 상대가 있기는 마찬가지다. 말 걸기가 되려면 독백이 아닌 대화를 통해 상대와의 공명이 이뤄져야 한다.

이때 말 걸기가 반드시 낮고 부드러운 목소리일 필요는 없다. 오히려 통념적인 해석과 거리를 둔 위반의 글쓰기가 돼야 한다. 조선 최고의 문장가로 꼽히는 연암 박지원은 판에 박힌 듯 진부한 글을 쓰지 않기 위한 방법으로 '진심의 글을 쓰라', 그리고 '아프고 가렵게 하라'고 일갈했다. "글이란 뜻을 드러내면 그만일 뿐 …… 제목을 앞에 두고 붓을 들 때마다 옛말을 떠올린다거나, 애써 경전의 뜻을 찾아내 그 뜻을 빌려 와 근엄하게 만들며 글자마다 무게를 잡는 자는 …… 그 참됨을 얻기가 어렵다"('공작관문고자서')고 했다.

문장의 명료함과 아름다움, 개성도 제쳐놓을 수 없다. 명료한 글쓰기는 아무리 강조해도 부족한 미덕이다. 단문은 전달력이 높고 강한 여운을 남긴다. 물론 드러난 글이 빙산의 일각일 뿐, 그 아래 거대한 생각의 덩어리가 숨어 있을 때 감동과 여운이 생긴다. 이는 수면 아래 실체에 대한 독자들의 상상력을 한껏 부추긴다. 그러면서도 독특한 문장은 비문과 오문의 경계를 넘나드는 데서 나온다. 소위 시적인 문장이

란 문법의 허용치가 높은 문장, 구어체의 묘미를 살린 문장이다. 간단
명료하게 똑떨어지는 글쓰기로부터 시작해 규범을 뛰어넘어 유희하는
글쓰기로 나아갈 수 있다.

현장과 지식을 잇는 뉴 파워라이터

〈경향신문〉은 '파워라이터'(2011년), '뉴 파워라이터'(2013년)를 연재
하면서 주요 논픽션 저자들의 글쓰기를 소개했다. 이들과의 대화에서
초점은 두 가지였다. 어떤 과정을 거쳐 자신만의 글감을 마련하는가,
그리고 그 글감을 어떤 방식으로 풀어내는가. 이들이 구사하는 글쓰기
의 속살을 들여다봄으로써 독자들이 저자에게 느끼는 궁금증을 해소
하는 한편, 이들처럼 파워라이터가 되기를 꿈꾸는 예비 저자들에게 용
기와 희망, 구체적인 도움을 주겠다는 목적으로 착수한 기획이었다.

이 책은 신문 지면에 미처 실리지 못한 깊은 내용을 담아내기 위해
추가 인터뷰를 한 뒤 상당 부분을 새로 썼다. 연재할 당시 문화부에서
취재를 담당했던 다섯 명의 기자가 함께 집필했다. 김종목(고병권·이강
영·이주은·임승수·전중환·진태원), 김희연(김원·박천홍·하지현·한윤형), 백
승찬(엄기호·장대익), 정원식(김종대·박해천·신형철·이원재·이현우·정여
울·정희진), 주영재(강신주·김두식·박찬일·선대인·이병률)가 각각의 필자
를 맡아 진행했다.

'뉴 파워라이터'로 선정된 저자들은 이전 세대 저자들과 몇 가지
차이점을 보였다. 이들의 책 소재는 교육(엄기호), 디자인(박해천), 국방

(김종대), 세대론(한윤형) 등으로 매우 다채로워졌다. 전통적 분야인 역사나 과학에서도 서발턴(김원)이나 진화심리학(전중환)처럼 한층 구체적인 소재를 다뤘다. 이들은 또 선배 세대와 달리 우월적 지위의 저자가 아니었다. 자신이 쌓은 지식을 쉬운 언어로 대중에게 전달하기보다, 공부와 현장 활동을 통해 얻은 생각과 경험을 독자와 나누고자 했다.

글 쓰는 방식에서 '나'를 내세운 주관적 글쓰기나 스토리텔링을 강조한 것도 이들의 특징이었다. 전달력을 높이기 위해 픽션 에세이(하지현), 비평적 픽션(박해천), 소셜 픽션(이원재) 등의 명칭으로 논픽션에 픽션 형식을 가미한 것은 최근 스토리텔링이 중시되는 경향을 보여준다. 갈수록 소설이 안 팔리는 세상이지만 소설적 글에 대한 욕구는 여전히 살아 있다는 뜻이기도 하다. 디지털 세상에서 출판시장이 위축되는 현실 역시 신세대 파워라이터들에게 중요한 환경이다.

이제 수만 부, 수십만 부가 팔리는 베스트셀러는 나오기 어렵다. 더구나 교양서는 다품종 소량 생산의 품목으로 자리 잡았다. 이로 인해 책은 집필과 독서라는 폐쇄된 영역을 벗어나 공부와 경험, 강연과 토론을 잇는 매개물이 됐다. 이 책은 뉴 파워라이터들과의 대화를 통해 소재를 고르고 책 쓰는 방식을 배우는 것은 물론, 책과 저자의 위상 변화까지도 살펴볼 수 있다는 점에서 저자를 꿈꾸는 이들에게 좋은 지침이 될 것이다.

한윤정(〈경향신문〉 문화부 선임기자)

차례

철
학
자
＼
강
신
주

연세대 대학원 철학과에서 〈장자철학에서의 소통의 논리〉로
박사학위를 받았다. 강단에서 내려와 강연과 책을 통해 우리 시대
인문학자가 되었다. 저서로 《철학, 삶을 만나다》 《장자, 차이를
횡단하는 즐거운 모험》 《상처받지 않을 권리》 《철학적 시 읽기의
즐거움》 《철학 VS 철학》 《강신주의 감정수업》 《강신주의 다상담》
《매달린 절벽에서 손을 뗄 수 있는가》 등이 있다.

삶이든 글이든
자기감정에 당당하라

서울 신문로 연구실에서 만난 강신주의 목소리는 잠겨 있었다. 오전은 원래 그에게 취침 시간이다. 연구실 서재엔 정돈되지 않은 책들이 넘어질듯 위태롭게 쌓여 있었다. 그는 보통 강연을 마치고 자정 무렵 들어와 새벽 4~5시까지 글을 쓰다 세검정의 집에 가서 잠을 잔다. 지방에 강연을 가야 할 땐 '야전생활'로 돌입한다. 집 대신 연구실에서 한두 시간 정도 눈을 붙인다.

강신주는 요즘 인문출판계에서 가장 '핫'한 저자로 꼽힌다. 그의 책을 내기 위해 출판사 편집자 한두 명이 그의 강연을 따라 다닐 정도다. 대표작 중 하나인《철학이 필요한 시간》은 철학책으로는 보기 드문 '성공'을 거뒀다. '고통을 치유하는 인문정신'을 담은 이 책에서, 강신주는 삶에 진통제를 주는 것이 아니라 '메스를 들이대고 상처를 치유하고자' 했다.

철학자 강신주는 글에 삶의 깊이를 투영시킨다. 그는 철학의 목적이 자신만의 삶을 '살아내게' 하는 데 있다고 생각한다. 그는 시종 다소 전투적인 느낌을 주는 '살아낸다'는 표현을 썼다. 철학이라는 밧줄을 타고 '삶의 탄탄한 바다'에 이르러 그가 찾고자 하는 것은 바로 '강신주다움'이다. "나의 궁극적인 목적은 나니까 쓸 수 있는 표현과 말을 찾는 거예요. 모든 삶이나 글에서 '강신주'적이 되는 거죠."

니체의 위대함은 '니체적'인 글을 쓴 데 있다

강신주는 딱딱하고 어려운 용어로 가득한 철학을 독자들의 삶 속에 용해시켜 전달한다. 객관성이나 진리를 들먹이지 않아도 경험을 공유하면서 공감을 얻어내는 것이 강신주 책의 힘이다. "진짜로 사랑을 하면 괴테의 《젊은 베르테르의 슬픔》이 다 읽혀요. 사랑과 관련된 책 다섯 권을 읽고 나서 얘기해보면 한 시간이 그렇게 길 수가 없는데, 사랑을 진짜 해본 사람은 밤새도록 얘기할 수 있어요. 이론은 경험을 대신하지 못해요."

강신주의 덕목을 꼽자면 힘든 경험, 공감할 수 있는 경험을 우회하거나 뒤로 물러서지 않는다는 점일 테다. 그는 어부가 배를 타고 가다 파도를 만나면서 용기가 생기는 것처럼, 고통에 직면하다 보면 용기가 생기고, 삶을 절실히 대할수록 세상을 보는 안목이 열린다고 했다.

그는 독자들이 자신을 멘토로 여기는 것을 원치 않는다. 자신의 삶을 심화시키지 않고 남이 주는 사진만 보면서 세상을 보지 않길 바라는 마음에서다. "강연을 할 때 사람들이 내 말만 듣고 나를 우상처럼 따른다는 느낌이 들면 바로 그만둬요. 강의도 대화처럼 청중이 내 말에 들이받는 분위기가 되면 좋겠어요. 진짜로 제대로 살아서, 다른 사람이 이렇게 살아야 한다고 말하면 '에이, 지랄하지 마'라고 말할 수 있는 당당함을 얻었으면 좋겠어요."

이렇게 자기만의 생각의 틀을 갖게 하는 것이 강신주의 인문학이다. 그는 이런 점에서 인문학의 궁극적인 목적이 민주주의라고 주장한다. 그에게 민주주의는 각자가 자신의 목소리를 내는 것, 자신만이 쓸 수 있는 표현과 말을 찾아내는 것이다. 모든 사람이 자신만의 소설과 시를 쓸 때에야 비로소 민주주의가 완성된다. 그가 인문학을 늘 '고유명사의 학문'이라고 이야기하는 이유다.

반면 모든 사람에게 적용되는 일반적인 가치와 기준을 들이대는 인문학자는 '사이비'라고 했다. 세상을 한 번에 볼 수 있다는 생각이야말로 종교적 망상에 지나지 않는다는 것이다. "철학을 공부하는 사람들 중에 '니체면 다 된다', '칸트면 다 된다' 요렇게 말하는 사람들이 있어요. 철학을 종교로 만드는 무식한 생각이죠. '칸트도 한 새끼고, 나도 한 새끼다' 이런 당당함이 없는 인문학자는 인문학 글을 쓰면 안 돼요."

공대생이던 그가 처음 철학의 문에 들어선 것도 사실 이런 '종교적 망상' 때문이었다. 세상을 한 번에 보겠다는 오만함, 이해하기 어려운 철학을 정복하겠다는 호승심과 지적 허영심이 있었다. 그렇게 20년간 철학을 공부하면서 깨달았다. 니체의 위대함은 니체적인 글을 쓴 데 있고, 장자의 위대함은 장자적인 글을 쓴 데 있음을. 그걸 깨닫고 스스로에게 물었다. "넌 지금까지 강신주적인 글을 쓴 거냐, 강신주니까 쓸 수 있는 글을 쓴 거냐."

이처럼 글쓰기의 핵심은 자기만의 문체를 세우는 일이다. "나만이 쓸 수 있는 글을 써야 진짜 저자라고 할 수 있어요. 아니면 그저 남이 했던 이야기나 정보만을 나열하는 글을 쓰게 될 겁니다."

나만이 쓸 수 있는 글에는 자기만의 고유한 호흡이 따르게 마련이다. 이런 호흡이 글에서 하나의 리듬으로 드러날 때, 비로소 문체 혹은 스타일이 된다. 이는 글에서 나올 수 있는 '시적인 부분'이다. 산문을 쓰지만 운문과도 같은 저자만의 리듬이 있을 때, 그 저자는 완성된 저자라고 할 수 있다. 강신주의 경우《철학, 삶을 만나다》가 그런 리듬을 얻는 데 성공한 첫 책이라고 한다.

최악의 조건에서 글을 써야 저자의 퀄리티가 나온다

강신주는 글쓰기에서 첫 문장, 첫 문단의 중요성을 강조한다. 첫 문장에서 프로인지 아닌지, 즉 흉내 내지 않고 자기만의 문체를 갖춘 사람인지 아닌지가 결정된다는 것이다. 그 자신도 첫 문단을 쓰기 위해 무려 13시간을 컴퓨터 앞에서 떨어지지 않은 적이 있다면서, 첫 문장을 잘 쓰려면 글이 안 써진다고 쉽게 물러나서는 안 된다고 조언한다.

강신주의 글쓰기 지론 중 하나는 "몸 상태가 최악일 때 나오는 글이 곧 저자의 퀄리티"라는 것이다. 글이 잘 써지지 않을 때, 바로 그때가 자신이 글쟁이인지 평범한 사람인지를 결정하는 순간이라고 했다. 말하자면 글을 쓸 때마다 바닥의 수준, 최악의 수준을 끌어올려야 한다는 것이다. "컨디션이 좋을 때 누군들 글을 쓰지 못하겠습니까. 감기

니체의 위대함은 니체적인 글을 쓴 데 있고,
장자의 위대함은 장자적인 글을 쓴 데 있다.
그걸 깨닫고 스스로에게 물었다.
"넌 지금까지 강신주적인 글을 쓴 거냐,
강신주니까 쓸 수 있는 글을 쓴 거냐."

삶이든 글이든 자기감정에 당당하라

몸살이 찾아올 때, 그리고 멍한 정신으로 글이 한 줄도 쓰이지 않을 때, 바로 이럴 때 쓰는 한 줄이 바로 저자의 수준을 말해주죠. 그러니 컴퓨터 화면과 목숨 걸고 싸워야 합니다. 만일 싸워 이긴다면, 저자는 한 단계 성장하게 될 겁니다.”그러면서 술을 마시든 무엇을 하든 하루에 A4 한 장 분량의 글은 반드시 쓴다고 덧붙였다.

철인(哲人)의 덕목은 철인(鐵人)이 되는 것일까. 그는 강연과 글쓰기가 타인을 보듬는 일인 만큼 몸도 건강해야 한다고 강조한다. 그래서 매일 가벼운 운동을 규칙적으로 하고, 일주일에 한 번은 산행을 하면서 체력을 유지한다.

한편 그는 글쓰기 사전 준비로 자료 확보를 위해 정리하는 독서카드 같은 것은 거의 활용하지 않는다. 글을 쓰기 위한 자료는 늘 마음속에 정리해둔다. 마음으로 정리되지 않는 건 글을 쓸 때 도움이 되기는커녕 방해만 된다면서. “무엇을 먹었는지도 모르게 잘 소화되어 나온 변과, 음식을 먹은 뒤 토한 것은 다릅니다.”물론 글을 쓸 때 기억을 더듬어 무엇을 먹었는지 확인하는 작업은 반드시 거치고 있다.

집필에 참고한 책들은 다시 볼 일이 없다는 각오로 본다

강신주의 서재에는 책들이 되는대로 쌓여 있다. 이 책들의 분류와 보관은 그의 마음 상태와도 같다. 언뜻 불규칙적으로 보이지만, 사실 앞으로 한 권의 책으로 정리될 수 있는 방향으로 분류되어 있다. 전혀 연결성이 없어 보이는 책들이 한 권의 저서에 녹아들면서 그만큼 개성 있는

글이 나오게 된다.

현재 그가 보유하고 있는 장서는 5,000권 정도에 이른다. 한 권의 책을 집필할 때 최소 70권 정도를 참고하는데, 집필이 끝나면 참고한 책들은 모두 지방 도서관에 보낸다. "아마 다시 볼 일이 없을 테니까요. 그런 각오로 책 집필을 하려고 노력합니다."

책을 집필할 때는 먼저 가장 느슨하게 구성부터 한다. 이어 그에 따라 전체적으로 글을 써 내려간다. 30퍼센트 정도 쓰고는 글쓰기를 잠시 멈춘다. 느슨한 구성을 다시 한 번 촘촘하게 조정하는 시간을 갖기 위해서다. 이어서 본문을 100퍼센트 완성할 때까지 규칙적으로 글쓰기를 계속한다. 본문이 완성된 후에는 2~3일 동안 지금까지의 글쓰기를 잊기 위해 다른 활동에 매진한다. 그다음 프롤로그, 에필로그 그리고 머리말을 써서 책 한 권을 완성한다.

책은 독자에게 던지는 '유리병 편지'

글의 소재를 찾는 데는 타인과의 만남이 중요하게 작용한다. 학생이나 청중 혹은 동료 저자들이나 방송 관계자들이 그들이다. '아! 사람들 대부분이 잘못 생각하고 있구나!' 이런 느낌이 들면 곧 글의 주제가 정해진다. "아무래도 인문학자이고 철학자여서 그런지 조금은 선생님 같은 노파심이 있어요. 하나뿐인 삶을 행복하게 살 수 있다는 확신에서, 잘못된 생각을 바로잡고 올바른 생각을 하도록 만드는 글을 써야 한다고 다짐하거든요."

삶이든 글이든 자기감정에 당당하라

강신주는 책뿐 아니라 강연과 방송에도 얼굴을 알리면서 대중과의 소통에도 적극적이다. 사람들의 고민을 접할 수 있는 대중 강연은 이웃을 가르치는 자리이자 동시에 자신도 배우는 자리가 된다. 강연을 통해 글쓰기의 소재를 잡을 수 있다는 점에서 "특정 소수를 위한 대중 강연이 불특정 다수를 위한 글쓰기의 인큐베이터"라고 했다. 즉 대중 강연이 말로 하는 대화라면, 글쓰기는 글로 하는 대화다.

그는 독자에게 아부하는 글이 아니라는 조건하에서 모든 글쟁이는 독자에게 사랑받고 싶어 하는 사람들이라고 했다. "시인 파울 첼란이 말한 것처럼, 책은 독자에게 던지는 '유리병 편지'라고 할 수 있어요. 모든 글쟁이는 더 많은 사람들이 자신의 삶을 담은 유리병 편지를 읽어보기를 희망하지요."그런 의미에서 보자면 소수의 몇몇만 읽을 수 있는 글, 혹은 거의 아무도 읽지 않는 글을 쓴다는 건 글쟁이로서 있을 수 없는 일이라고 했다. 그가 책을 전문서와 대중서로 구분 짓는 것에 부정적인 이유가 여기 있다. 강신주에게 전문서는 글쟁이로서의 자격 없음을 수식하는 미사여구에 지나지 않는다.

글쟁이들이여, 변비와 비만을 조심하라!

강신주는 책을 쓸 때 항상 두 단어를 염두에 둔다. '애정'과 '정직'이다. 애정은 자신의 책을 읽을 독자들의 삶에 대한 애정을 가지고 글을 써야 한다는 걸 말하고, 정직이란 자신이 진짜로 느끼고 생각하는 걸 글로 써야 한다는 걸 말한다. 독자들을 유혹해 돈을 벌려고 글을 써서는 안 되고, 자신이 옳다고 느끼지 않는 것을 글로 써서는 안 된다는 것이다. 독자에 대한 애정과 자신에 대한 정직만 있다면, 누구든 독자들에게 사랑받는 저자가 될 수 있다.

문득, 그가 책을 쓰면서 가장 보람을 느낀 순간이 언제였을지 궁금했다. "제 글을 읽고 삶이 완전히 변했다는 독자의 이야기를 들을 때죠. 최고의 찬사예요. 저도 그랬으니까요. 나가르주나를 읽고, 비트겐슈타인을 읽고, 스피노자를 읽고 나서 저도 과거와는 다른 내가 될 수 있었으니까요." 새로운 삶, 더 자유스러운 삶이 열리는 건 축복이라면서 강신주는 자신의 글이 그런 역할을 할 수 있음을 아는 순간 살아갈 이유를 발견한 것처럼 행복하다고 했다.

아울러 글쟁이가 되려는 사람이 반드시 경계해야 할 것이 있는데, 바로 '변비'와 '비만'이다. 글을 잘 쓰려면 좋은 책을 무턱대고 많이 읽기보다는 일단 지금까지 읽고 배운 것들을 글이나 말로 '배설'하는 과정이 필요하다. 독서 모임에 나가든, 블로그에 글을 쓰든, 책을 써서 풀든 속을 비워내서 더는 말이나 글로 떠들 게 없다고 느껴질 때 책도 읽힌다. "먹고 싸는 것을 함께해야 선순환이 되는데 만성 변비 상태인 사람들이 많아요. 책은 많이 읽는데 세상에 대한 판단이 별로 없는 사람들의 문제는 배설기관이 원활하지 못하다는 거죠."

김수영과 발터 베냐민처럼

철학자 강신주에게 시인 김수영은 특별한 존재다. 인문학의 본질이 민주주의라는 것, 자신만이 쓸 수 있는 글을 써야 한다는 깨달음을 준 이가 바로 김수영이다. 김수영이 당대 문인들에게 내뱉은 "지금 문단은 언어의 고통 이전의 고통이 부족하다"는 일갈은 자신에게도 그대로 적용된다. 그리하여 '언어 이전의 삶의 심화'를 얼마나 충실히 수행했는지를 돌아보게 만든다.

그는 김수영의 산문을 통해 시뿐만 아니라 산문도 온몸으로 밀어붙여야 완성되는 것임을 배웠다. 아울러 상처와 치부를 감추지 않는 정직한 글이 가장 큰 감동을 준다는 사실도 배웠다.

글쓰기에서 지향점을 제시해준 외국 작가로는 발터 베냐민을 꼽았다. "베냐민의 산문을 통해 사물, 인간 혹은 사건에 대해 어떻게 거리를 두며 글을 써야 하는지를 배웠어요. 너무 가까워도 안 되고 너무 멀어도 안 돼요. 너무 가까우면 신변잡기식 글이 되고, 너무 멀면 리얼리티가 떨어지거든요."

불편함과 마주하는 논픽션 글쓰기

사람들에게 세상을 새롭게 바라볼 수 있는 시선을 제공하는 수단 중 하나인 논픽션 장르. 하지만 한국에는 수준 있는 논픽션 도서가 턱없이 부족한 것이 현실이다. "세상을 새롭게 본다는 건 독자 입장에서 여간 불편한 게 아니에요. 저마다 잘 살고 있다고 믿고 있는 삶이 여지없이 흔들리는 경험을 하게 될 테니까요. 그래서 많은 독자들이 논픽션 도서를 찾지 않고, 그래서 논픽션 저자들은 집필만으로는 생활하기가 힘들

강신주

수밖에 없어요."

강신주는 그럼에도 세상과 이웃에 대한 애정을 가지고 계속 논픽션 글쓰기를 해야 한다고 강조한다. 더불어 저자가 끈덕지게 논픽션 도서를 낼 수 있는 최소한의 토대를 갖추도록 출판사나 사회가 어느 정도 지원을 마련해주어야 한다고 생각한다.

인터뷰를 마치자 한 시간 반 정도가 흘렀다. 달변이었다. 막힘없이 쏟아지는 말을 다 받아쓰니 원고지 200매가 넘었다. 열정적인 '강연'을 나 혼자 들었다는 생각에 영광스럽기까지 했다. 강신주라면 이런 태도를 좋아하지 않겠지만 말이다.

그가 열정적으로 쏟아낸 많은 말들 가운데 가장 크게 공감이 갔던 부분은 인문학의 목적이 민주주의의 완성에 있다는 것이었다. 현재 인문학은 취업을 위한 스펙 쌓기나 기업가들의 경영 마인드 개선을 위한 도구로 전락해버렸다. 인문학의 목적은 자본에 인간의 얼굴을 덧씌우기 위한 것이 아니다. 강신주의 말대로 인간을 자유롭게 하고 각자가 자신의 삶을 살아갈 수 있도록 만드는 데 있어야 한다. _주영재*

---

* 2010년 〈경향신문〉에 입사해 사회부, 문화부, 국제부 등을 거쳤다. 지혜로운 아내 선경과 귀여운 아들 윤건이와 함께 보내는 지금이 늘 인생 최고의 순간이라 생각한다.

사회학자 / 고병권

서울대 화학과를 졸업하고 동 대학원 사회학과에서 박사학위를
받았다. 현재 연구공동체 '수유너머R'에서 책을 읽고 글을
쓰며 강의하고 있다. 마르크스, 니체, 스피노자 등을 공부했고,
민주주의와 사회운동에 대한 글을 써왔다. 저서로《철학자와 하녀》
《생각한다는 것》《민주주의란 무엇인가》《점거, 새로운 거버먼트》
《"살아가겠다"》《언더그라운드 니체》등이 있다.

제도권 밖에서
'현장'을 이야기하다

고병권이 '뉴 파워라이터'에 선정되고 나서 어느 학자로부터 "고 선생이 왜 뉴 파워라이터냐"라는 항의를 받은 적이 있다. 그간 지식운 동과 사회운동을 활발히 해왔고 출간한 책도 많으며 인문학계에 존재 감도 큰데, '뉴(new)'라는 수식어로 묶을 수 있느냐는 지적이었다.

'뉴'라는 말에 어폐가 있을지 모르겠다. 고병권은 연구·생활공동 체 수유너머에서 16년, 서울사회과학연구소(서사연)까지 거슬러 포함 하면 20년을 공부하고 강의한, 한마디로 제도권 밖 지식인의 대명사 같은 존재다. 2001년《니체, 천개의 눈 천개의 길》을 시작으로 2015년 현재《너머학교 열린교실 세트》까지 모두 12권의 단독 저서를 냈다. 신문 칼럼도 여러 차례 썼다.

서울 용산 해방촌 수유너머R 연구실에서 만난 고병권에게 '뉴 파 워라이터' 선정에 이의가 있었다는 말을 꺼내자, "(제가) 파워가 떨어져 서 그런 게 아닐까요"라며 웃는다. 세상일에 조금 거리를 두고 콘텍스 트에서 벗어난 텍스트 읽기를 시도한다는 그는, 자신에 대한 세평에 별 신경을 쓰지 않는다는 투였다.

고병권을 뉴 파워라이터에 추천한 이들은 40대 초반이라는 생물학적 젊음, 철학과 당대 사건을 아우르는 글쓰기와 함께 자본과 권력으로부터 추방된 여러 현장에서 새로운 실천적·급진적 철학을 이끌어내는 사유 방식에서 신선함을 느낀 듯했다. "내 삶은 읽고 쓰고 말하기밖에 없다"고 단언하는 인문학자 고병권에게서 빼놓을 수 없는 건 당대의 사건과 현장이다.

당대의 사건과 현장을 아우르는 글쓰기

이른바 '인문학 열풍'이 불 때 그에게 현상에 관해 의견을 구한 적이 있다. 그때도 고병권은 '현장'을 꺼내며 이렇게 말했다. "인문학과 지식인을 걱정하는 건 한가해 보여요. 한참 낙담하고 있을, 밀양송전탑에서 농성하는 노인 분들이 더 걱정입니다."고병권과는 8년을 알고 지냈지만 그가 먼저 내게 연락한 적은 없었다. 신간을 내도 전화는커녕 이메일 한 통 보내지 않던 그가, 어느 토요일 오후 급하게 전화를 걸어 서울 광화문 광장 침묵시위 취재를 요청했다. 고병권은 송전탑 공사를 막으려고 한국전력공사와 대치를 이어가던 밀양 주민들을 응원하기 위해 광화문 광장에 나섰다. 그는 '죽음의 송전선으로 삶을 밝힐 수는 없습니다'라는 제목의 유인물을 시민들에게 나눠주고 있었다.

2014년 초에 나온《"살아가겠다"》라는 책은 그 제목부터 현장에 토대를 둔 고병권의 글쓰기와 사유의 방식이 드러난다. 그는 책 제목에도 "살아가겠다"며 따옴표를 쳤다. 무엇보다 현장 방문이나 강연, 인터뷰 때 들은 말들이라서 따옴표를 달았다. 선언의 의미도 있다. '해고는 살인이다'처럼 지난 몇 년간 한국 사회의 갈등 현장 복판에는 '삶' 내지 '생명' 문제가 놓여 있었다. 지금까지는 죽음으로 내모는 사회에 '살려달라'고 했는데, 이 책 제목은 '네가 어떻게 하든 나는 살아가겠다'는 선언을 담고 있다. "밀양이든 대추리든 별 수 없이 있을 수밖에 없기에 단호하게 어떻게든 살아갈 것이라고 말하는 게 중요하다고 생각했어요. 혁명은 빠른 걸음, 지름길에 있는 게 아니라 단호한 것에 있으니까요."

밀양송전탑, 대추리 등의 현장은 사유를 밀고 나가는 곳이다. 고병권은 밀양송전탑 같은 곳을 삶의 방식에 문제를 제기하는 시공간이 형성된 곳으로 여긴다. 여기서 중요한 건 '논밭 보상이 불충분하다'는 님비에서, '이 송전탑이 다른 데로 가면 괜찮은가, 핵발전소는 필요한가'라는, 이른바 삶의 방식을 바꾸는 사유로 밀고 나갈 수 있느냐다.

사유를 밀고 나가는 고병권의 글쓰기 방식은 니체를 다룬 책《언더그라운드 니체》에서 찾을 수 있다. 그라운드는 '토대', '근거'라는 뜻인데, 고병권은 '근거들의 근거 없음'의 영역이 있다고 말한다. 예를 들어 금권정치든 귀족정치든 각각의 근거나 원리가 있는데, 민주주의는 그런 근거의 근거 없음을 드러낼 때 시작된다는 것이다.

고병권은 리영희 선생을 한 예로 들었다. 리 선생은 독재정권의 근거 아래로 뚫고 내려가 근거 없음을 폭로한 이다. 그는 언더그라운드 개념을 정치체에 적용하면 민주주의를 사유할 수 있다고 했다. 고병권에게 이런 아이디어를 준 게 니체의《서광》이다.

사유의 저장소, 일기

급진적·실천적 사유를 기록하는 글쓰기 방법을 묻자 고병권은 딱히 글쓰기에 대한 노하우나 철학을 갖고 있지 않다고 답했다. 자료를 따로 축적하지도 않는단다. 소장하고 있는 책은 2,000권 정도라는데, 정확한 수는 기억하지 못했다. 그는 책을 특별히 관리하지도 소장하지도 않는다. 다만 분야별로 찾기 쉽게 나누어 꽂아둔다. 자주 볼 책은 구입하지만 잠시 참고할 책은 집에서 멀지 않은 곳에 있는 도서관을 이용하고 있다.

가끔 메모할 때가 있는데, 그가 만난 사람이나 일, 뭔가 생각할 거리 내지 어떤 강한 인상을 남기는 신문기사 같은 게 있으면 따로 정리해 클리어파일 같은 곳에 보관해두거나 노트북에 간단히 메모한다. 그리고 짧은 칼럼들을 쓸 때 이 메모를 이용한다.

사유의 저장소 역할을 하는 것 중 하나는 일기다. 인상 깊은 일, 특히 그의 맘에 강한 정서를 불러일으키는 일의 경우 가끔 쓰는 일기에 기록해둔다. 일기는 현장과 사유를 잇는 매개체다. 일기에 쓰는 '일'이란 세상 여론에서는 사소하게 다루었다고 해도 그에게는 인상 깊은 일이다. 그리고 사건보다는 일어난 감정이나 정서들을 기록해둔다. 감정이 일어난 이유가 무엇인지를 짧게 생각해보고 나서 적어두는 것이다.

본격적으로 글을 쓸 때도 메모를 활용한다. 보통 생각이 복잡하지 않으면 메모 없이 머릿속에서 정리해 글을 쓰지만, 복잡한 경우엔 꼭 생각을 적어간다. 글을 쓸 때 어떤 견해를 펼쳐나갈지는 대강 그려두는데, 무엇보다 자기 생각이 무엇인지를 명료히 하려고 노력한다. 분명한 생각을 갖고 있는지, 견해는 무엇인지를 적어보는 것이다. 견해를 정한 뒤에는 그 견해를 어떻게 펼칠지 간단히 구상한다. 그러고 나서 다시 그것을 어떻게 표현할지 생각한다. 이때 대강의 목차를 짜보기도 하고, 간단한 글의 전개도를 맵 형태로 그려보기도 한다.

이렇게 준비를 해도 막상 글로 쓸 때면 원래의 생각에서 자꾸 미끄러져가는 걸 느끼곤 한다. 그러면 써지는 대로 맡겨보면서 원래의 구상을 다시 수정하기도 하고, 어떤 때는 글을 제어하기 위해 쓰는 것 자체를 잠시 멈추기도 한다. 작업을 멈추면 계획을 다시 정리하기 위해 산책을 하는데, 대체로 이때 출구가 나온단다.

고병권은 글을 다 쓰고 나면 며칠 묵혀두는 습관이 있다. 그 뒤에 다시 한 번 읽어보고 수정할 게 있는지 살펴본다. 칼럼 역시 적어도 하루 정도는 묵혀두고 다시 읽고 고친다. 시사칼럼을 쓸 때 자신이 공부한 여러 개념과 당시 일어난 일을 교차시키는 것도 그만의 칼럼 쓰기 방식이다.

첫 책을 쓰고 '빼찌' 맞은 사연

고병권은 다른 인문학자에 비해 글을 쉽고 구체적으로 쓰는 편이다. 사건사고 기사 같은 저널리즘 글쓰기의 영향에다 오래전 겪은 쓰라린 경험이 대중적 글쓰기의 바탕이 되었다. 그에겐 첫 책이 될 뻔했으나 무산된 원고가 있다. 1997~1998년쯤 어느 출판사와 철학책을 쓰기로 계약을 맺고 원고도 넘겼다. 같은 시리즈에 참여한 동료들의 책은 출간되

'진실한 말'은 사실과 일치하는 말이 아니다.
자기 자신과 일치하는 말이다.
고병권은 자신의 삶과 행동에
일치하는 말과 글이야말로
사회를 중요하게 변화시킨다고 믿는다.

고병권

었지만 고병권이 쓴 책은 반려됐다. 어렵다는 이유 때문이었다. 출판사는 초고 형태의 원고를 편집자와 예상 독자층이 되는 몇몇 사람에게 읽힌 뒤 그 반응을 고병권에게 보내주었다. '무슨 말인지 모르겠다'는 등 충격적인 말들이 많았다고 그는 기억한다.

고병권은 이때 일을 서운해 하면서도 다행스러운 경험으로 여긴다. 무산된 첫 책 덕분에 이후 책을 펴낼 때는 조금 더 많은 생각을 하며 쓰게 되었다는 것이다. 다른 사람의 의견도 기꺼이 들으며 반영한다. 글을 쓰면 초창기 수유너머 동료들에게 코멘트를 부탁한다. 표현부터 내용까지 조언을 두루두루 들어 책 쓸 때 참고한다.

그렇다고 고병권이 '대중'을 크게 의식하는 것은 아니다. 그는 "글을 쓸 때 '유령 같은 대중'이라는 말에 그다지 신경 쓰지 않는다"고 했다. "그저 자신이 꼭 하고 싶은 말을 가장 효과적으로 전달할 방법이 무엇인지만 고민하면 되지 않을까요. 대중이 그것을 좋아할지 말지는 그다지 중요한 문제는 아니라는 생각이 듭니다."

가장 적합한 표현 형식에 진실한 말을 담아야

고병권이 고민하는 건 자신이 말하려는 내용에 가장 적합한 문체가 무엇인지다. 대중적 글쓰기가 따로 있다고는 생각하지 않는다. '대중적 버전', '학술적 버전' 하는 식으로 구분해서 쓰는 게 아니라 모든 글에는 그 내용에 가장 적합한 표현 형식이 있다고 여긴다.

고병권이 낸 책 가운데 가장 많은 사랑을 받은 건 어린이와 재소자, 장애인, 대학생 등에게 철학이란 무엇인가를 주제로 강연한 내용을 엮은《생각한다는 것》이다. 이 책은, 문체는 친근하지만 다루는 문제는 결코 쉽지 않다. 삶의 본질과 행복, 사유, 자유, 우정 같은 여러 철학적 문제와 새로운 '생각'을 다룬다. 이를테면 '자유'라는 주제에 관해서는 다음과 같이 풀어낸다. "혹시 엄마나 아빠가 여러분의 자유를 억압한다고 생각하세요? 물론 그럴 수도 있습니다. 하지만 한 번만 더 생각해보세요. 부모님이 자유를 빼앗았기 때문에 자유가 없는 게 아니라, 애초에 여러분에게는 자유가 없었는지도 모릅니다. 자유란 지키는 게 아니라 만드는 것이지요."

만약 고병권이 일상의 경험을 통해 '생각한다는 것'의 의미를 풀어낸 이 책을 학술적으로 썼다면 어땠을까? 아마도 그 내용과 표현이 전혀 어울리지 않았을 것이다. 그의 표현대로 글이 어렵기보다 우스꽝스러워졌을 것이다.

내용과 표현의 어울림을 강조하는 고병권은 때로 파격을 시도하기도 한다.《민주주의란 무엇인가》는 바로 민주주의를 '스타일'로 보여주는 책이다. 그는 결론에 해당하는 장을 집필하면서 '결론에 반대하며'라는 부제를 달았다. 그리고 민주주의에 대한 자신의 생각을 표현하기 위해 창작 동화와 아포리즘을 넣었다. 세상에 없는 책도 인용했다. 처음에는 논문 형태로 글을 마무리할 생각이었는데, 전형적인 논문 형식에 얽매이는 것 자체가 민주주의를 논하는 데 적합하지 않다고 생각되어 그 틀을 벗어나기로 했다. 그런 점에서 이 책은 고병권의 또 다른 글쓰기 원칙을 드러내는데, 즉 말하고 싶은 것을 가장 적절하게 나타내면서도 급진적 형식을 사유하는 것이다.

　하지만 급진적 형식보다 중요한 것이 바로 '진실한 말'이다. 말과 삶이 서로 멀어져버린 요즘, 그는 진실한 말을 더 좋아하게 됐단다. 진실한 말은 사실과 일치하는 말이 아니다. 그가 생각하는 진실한 말이란 사실과 일치하기보다 자기 자신과 일치하는 말이다. 예를 들어 한때 한 대학에서 화제가 된 바 있는 '안녕들하십니까' 대자보에는 철도 노동자와 관련한 일부 사실이 틀렸다고 하는데, 중요한 건 그 대자보가 진심을 담은 말을 한 데 있다고 고병권은 말한다. 자신의 삶과 행동에 일치하는 말과 글이야말로 사회를 중요하게 변화시킨다고 믿는다.

생계, 가난 그리고 공부와 글쓰기

고병권의 글쓰기와 이어지는 건 공부와 가난이다. 대학이나 연구소 같은 제도권에 적을 둔 적이 없는 그에게 글쓰기는 생계의 의미도 있다. 어렸을 때부터 줄곧 가난했지만 부자가 되려고 한 적은 없다. 일찌감치 가난을 빈곤과 구분하며 자신만의 '가난의 철학'을 정립해나갔다. "삶에 읽고 쓰고 말하기밖에 없다"고 자신 있게 말할 수 있는 것도 가난의 철학 덕이다.

　"사람들이 값비싸게 여기는 것들은 애당초 철학자한테 필요 없는 것들이에요. 철학자들은 검소하고 가난하게 보이지만 풍족하게 삽니다. 삶의 가치를 뒤바꿔야 그렇게 살 수 있어요. 가난은 오래전부터 고민한 주제죠. 개인 경험도 있어요. 중학교 1학년 때였나. 세 들어 살 때

열 살 어린 집주인이 어머니한테 큰소리를 질렀어요. 그 남자의 힘, 어머니의 침묵과 무력함이 어디서 왔을까. 누군가는 그러니까 돈을 벌어야 한다고 생각할 수 있지만, 저는 돈을 많이 벌면 그 남자처럼 될지도 모른다는 생각을 했죠. 가난은 '찢어진 팔꿈치'가 아니라 그걸 신경 쓰게 되는 상황이에요. 단지 재화가 없는 상태가 아니라 그것에 대해 갖게 되는 복잡한 감정인 거죠. 저는 '빈곤'이라는 말과 '가난'이라는 말을 나누려고 해요. 원래 빈곤이 결핍과 관계된다면 가난은 고생과 관계된 말이죠. 결핍이나 궁핍에서는 빨리 벗어나야 해요. 하지만 고생이나 고통에서는 그저 도망치려 해선 안 됩니다. 거기에는 우리를 일깨우고 성숙케 하는 뭔가가 있으니까요. 그래서 가난학을 공부하고 싶기도 하고요."

고병권의 글쓰기는 공부의 결과다. 그는 입시나 학점 따기와는 거리가 멀고 차원도 달리하는 새로운 공부, 즉 배움을 고민하고 있다. '배움 이전의 배움'을 생각하는 것이다. 그는 '어떤 각성의 순간'을 예로 든다. 장애인 학교에서 검정고시를 준비하던 어느 장애인 여성이 난생 처음 MT라는 걸 가서 밤하늘의 별을 보며 각성을 한다. 사람들이, 사회가 자기더러 '집에 처박혀 있으라'고 했는데, 그걸 뒤집는 체험을 하게 된다. "그러면 이전에 배운 지식과 정보가 새롭게 읽히기 시작해요. 수십 년 동안 집과 기숙사에 갇혀 살던 이 여성은 이후 독립해서 이동권(移動權) 투쟁 등에도 나섰어요. 각성의 순간이 변혁적 사회과학 지식을 배울 때가 아니라 밤하늘 별을 보면서 일어난 거죠."

결국 '좋은 공부'란 자기한테 맺혀 있거나 자기를 고통스럽게 하는 것과 싸우는 방법이라고 고병권은 말했다.

다시 '고병권의 현장'이 떠올랐다. 그 현장의 중심은 곧 사람이다. 고병권은 말하고 읽고 쓰기 전에 사람들의 이야기를 경청한다. 장애인의 이야기를 진지하게 또 성실하게 들으며 '각성의 뜻'을 되새김한 이런 사유와 글쓰기 방식은 추방과 주변화가 진행된 대추리와 새만금, 밀양 송전탑에서도 이뤄졌다. 소수자와 약자의 말을 그저 참고로만 여기거나, 듣는 척 시늉만 한 적도, 현장을 한번 방문하고는 온갖 장광설을 늘어놓은 적도 없다.

　　고병권의 읽기, 쓰기, 말하기는 바로 이 경청과 연대, 공감에서 우러나오는 '삶'이다.

_김종목 *

---

* 2000년부터 〈경향신문〉에서 일했다. 사건팀장, 사건데스크까지 기자 생활 절반 이상을 사회부에서 지냈다. 정치부와 문화부에서 보낸 세월이 엇비슷하다. 신문혁신팀, 기획취재팀에도 각각 몇 달간 있었다. 일할 때 빼고는 인터넷과 SNS를 멀리하던 차 모바일팀장에 발령 받았다. 지금은 웹과 모바일 모니터에 빠져 산다.

　　　　　　　　　　　　　제도권 밖에서 '현상'을 이야기하다

법학교수 / 김두식

대학과 대학원에서 법학을 공부했고, 군법무관, 검사, 변호사 등을
거쳐 현재는 경북대학교 법학전문대학원에서 형법, 형사소송법,
형사정책 등을 가르치고 있다. 저서로《공부 논쟁》《평화의 얼굴》
《불멸의 신성가족》《욕망해도 괜찮아》《불편해도 괜찮아》 등을 썼다.
《헌법의 풍경》으로 2004년 한국백상출판문화상 교양 부문 저술상을
수상했다.

내부자로서의
양심적 고백

대학마다 연구 실적 경쟁이 갈수록 치열해지고, 책 한 권이 연구 논문 한 편만큼 인정받기 어려운 시대다. 교수 입장에서 보면 쓰기도 힘들뿐더러 팔리기는 더 힘든, 거기다 연구 실적을 쌓는 데 별 도움이 안 되는 교양서를 쓰기란 쉽지 않다. 이런 사회적 분위기 속에서 학문과 사회의 소통을 위해 고군분투하는 교수들이 소수나마 저자로 활동하고 있는 것은 그나마 다행이다.

그 가운데 김두식 경북대 법학전문대학원 교수는 법조계와 교회의 이야기를 누구나 이해하기 쉽게 바꿔 쓴 최초의 저자로 평가받는다. 그동안 성역처럼 여겨지던 법조계와 교회의 문제를 김두식은 '인간의 권리'라는 화두로 짚어나갔다. 독실한 기독교인이자 검사와 변호사를 거친 법조인이라는 점에서 내부자로서의 고백이기도 하다.

그는 어렵고 딱딱할 수 있는 분야의 이야기를 대중적인 시선으로 풀어 쓰려는 노력과 욕망이 강한 필자다. 사회의 문제를 본인과 이웃의 삶에 잘 버무려 독자가 읽기 쉽도록 하는 마법적인 글쓰기를 한다. 그렇다고 전문성이 떨어지는 것도 아니다. 아무리 쉬운 책이라도 꼭 주석을 달아 정확성을 갖춘다.

골방에 갇혀 글을 쓰는 전통적인 글쟁이 이미지와는 거리가 먼 김두식은 늘 새로운 시도를 마다하지 않는다. 검증된 필력에 본인의 전문 분야가 확실히 있으면서도 사회 각 분야로 소재와 관심사를 확장해나가는 데 망설임이 없다.

고민 해결을 위해 공부한 결과물이 책이 되다

김두식의 첫 책은 양심적 병역거부 문제를 다룬 《칼을 쳐서 보습을》이다. 이 책에서 그는 양심에 따른 병역거부를 '여호와의 증인' 같은 특정 교단의 문제로 보는 개신교 주류의 시각에 반대한다. "예수님이 이야기한 것은 대체로 평화의 메시지인데, 실제 교회는 호전적인 모습을 보이는 불일치에 대해 오랜 고민을 해왔습니다."

그는 책을 써서 세상을 바꾸겠다는 생각보다도, 책 한 권 한 권이 고민을 해결하기 위해 공부한 결과물이라는 데 의미를 둔다. 말하자면 자신의 고민을 하나하나 짚어가면서 답을 찾는 과정이 모여야 비로소 한 권의 책이 된다는 것이다. 그가 출판사의 기획에 의한 책 쓰기를 좋아하지 않는 이유도 자신의 문제의식에서 나오지 않은 것이기 때문이다. 《헌법의 풍경》이 4만 부가 넘게 팔리며 대중적인 성공을 거두자 수많은 출판사에서 '청소년을 위한 법률교양서'와 같은 책을 제안해왔지만 거절했던 것도 같은 이유다.

고민을 해결하기 위한 노력의 일환으로 책을 써왔기에 김두식의 책에는 늘 자기 이야기가 들어가 있다. 독자들은 이 때문에 그의 이야기에 더 깊게 호응하곤 한다. 《불편해도 괜찮아》는 사춘기가 되면서 이해하기 힘들어진 딸에 대한 이야기로 시작한다. 중학교 1학년이 된 딸이 "엄마 아빠처럼 찌질하게 살지 않겠다"고 선언하고 사사건건 부모와 충돌한다. 그는 이를 예로 들면서 청소년 인권 문제로 자연스럽게 화제를 이어간다.

한편 김두식은 책에서 자기 이야기를 할 때 어디까지 진실해야 하는가에 대해 늘 고민한다. 가족의 이야기가 어떤 형태로든 바깥으로 새어나가는 걸 원치 않는 그의 아내는 딸이 책에 등장하는 것에 반대했는데, 결국 가족회의를 통해 이 문제가 결정될 때까지 책 출간이 미뤄지기도 했다.

고통스럽게 쓰되, 쉽게 읽혀야 한다

김두식은 이야기가 곧 힘이라고 믿는다. "주장이 아니라 내러티브에 힘이 있습니다. 전형적으로 예수님은 어떤 주장을 펴지 않고 이야기를 통해 사람을 변화시켰거든요." 한마디로 그는 자신이 이야기를 하고 싶은 사람이자 이야기를 듣고 싶어 하는 사람이고, 그 범위 내에서 책을 쓰고 있다.

2012년 초부터 1년 4개월에 걸쳐 〈한겨레〉 토요일판에 '김두식의 고백'이라는 인터뷰 기사를 연재하면서 이야기의 힘을 체감했다. 그는 인터뷰를 하면서 배우의 '메소드 연기'와 비슷한 체험을 겪었다고 했다. 마치 연기할 때 실제 그 사람이 되어서 상대 배역과 정말 사랑에 빠졌다가 드라마가 끝나면 빠져나오듯이 말이다. 여러 사람들을 인터뷰하면서 남의 고통스런 이야기를 듣고 있으면, 사랑하는 사람의 이야기를 듣는 것처럼 그 고통이 고스란히 전달되는 것을 느꼈다.

그는 '고통스럽게 쓰되, 쉽게 읽혀야 한다'를 원칙으로 글을 쓴다. 이는 소설가이자 언론인인 최일남 선생의 인터뷰 기사를 읽으면서 체득한 원칙이다. 최일남 선생은 독자로 하여금 인터뷰이가 어떤 사람인지 훤히 알 수 있게 만드는 능력이 탁월했다. "인터뷰 기사에 한 획을 그은 분이라고 생각하는데, 나중에 들어보니 질문을 50여 개씩 만들어 가셨다고 하더군요. 독자들은 굉장히 쉽게 읽겠지만 최일남 선생에게는 고통스런 작업이었겠구나 싶었어요. 그렇지만 그게 굉장히 중요한 글쓰기의 원칙이라고 생각합니다."

그는 스스로 바보가 아닐까 의심이 들 만큼 이해되지 않는 책들을 많이 봐왔는데, 나이 마흔을 넘기면서 그런 마음을 고쳐먹었다. '읽어도 무슨 뜻인지 모르는 책은 잘못된 책이 아닐까'라고 말이다. 자기 위로만은 아니다. 그는 진짜 대가들을 만나면 어떤 분야든지 한 시간만 같이 얘기를 나눠도 그 분야에 대해 눈뜰 수 있게 해준다고 말했다. 그렇지 않은 사람들이 정작 어려운 이야기를 계속하고 유명한 사람의 이름을 인용한다는 것이다. 자기 일을 제대로 이해하고 있는 전문가일수록 읽기 쉬운 책을 쓰는 법이다.

김두식은 책에서 늘 경어체를 쓴다. 다른 사람과 이야기를 나누고 말을 걸고 있다는 느낌을 받아야 글이 잘 써지기 때문이다. 그를 잘 아

진짜 대가들을 만나면 어떤 분야든지
한 시간만 같이 얘기를 나눠도
그 분야에 대해 눈뜰 수 있게 해준다.
그렇지 않은 사람들이
정작 어려운 이야기를 계속하고
유명한 사람의 이름을 인용한다.
자기 일을 제대로 이해하고 있는 전문가일수록
읽기 쉬운 책을 쓰는 법이다.

내부자로서의 양심적 고백

는 사람들은 실제 말투와 글의 문체가 너무나 비슷해서, 책을 읽고 있으면 실시간으로 그의 낭독을 듣는 것 같다고 말할 정도다. 독자와의 거리감을 좁히는 데 이런 대화체 문장이 큰 역할을 하고 있다.

글은 고칠수록 좋아진다

김두식은 글을 쓸 때 일단 떠오르는 생각을 아무렇게나 적고 나서 많이 고치는 편이다. 무조건 많이 고칠수록 좋아진다고 생각한다. 마감에 쫓겨 일정 시점에서 퇴고 작업을 중단할 뿐 완성이란 있을 수 없다고 믿는다. 예전에 신문에 칼럼을 쓸 때는 진중권, 김규항, 조갑제, 노무현, 이명박 같은 사람들을 한 명씩 머리에 떠올리면서 그들의 시각으로 글을 읽고 고치곤 했다.

　글을 많이 고칠 때의 함정도 있다. 전제를 많이 깔고 예상되는 공격에 자꾸 방어를 하다 보면 글이 밋밋해진다는 점이다. "〈한겨레〉에 칼럼을 4년 가까이 썼는데도 기억하는 독자가 거의 없어요. 글은 어떨 때 강력하게 지르는 맛이 있어야 하는데 제가 그런 게 약해요.(웃음)" 그는 뭘 제대로 질러본 적이 없어서인지 지를 땐 지르는 유시민 전 보건복지부 장관이나 리처드 도킨스 같은 필자들이 부럽단다.

　책 작업에 들어가면 별다른 구성 없이 A4 두 장 정도로 목차만 잡아놓고 일단 쓰기 시작한다. 아는 게 많지 않아 머리에 들어 있는 걸 그대로 옮기기보다는 공부한다는 생각으로 책을 쓴다고 하는데, 지나친 겸손이 아닌가 싶으면서도 한편으론 그게 사실일지도 모른다는 생각이 들었다. 그만큼 글을 쓸 때 공을 많이 들인다는 뜻일 것이다. 100을 알면 30 정도만 책에 쓰는 사람이 있는가 하면, 김두식은 그때그때 알아낸 걸 다 쓰는 편이다.

가벼운 교양서를 쓸 때도 마찬가지다. "제가 대단한 학자가 아니라서 갖는 장점도 있어요. 궁금한 걸 공부해가면서 쓰다 보니까 평범한 독자들과 눈높이를 맞출 수 있거든요. 억지로 맞추는 게 아니라 그냥 그게 딱 제 수준이에요. 제가 궁금해 하는 걸 찾아서 공부하고 쓰니까 독자들의 궁금증하고도 주파수를 맞출 수 있고요."

글을 쓰다 막히면 지금까지 써놓은 글을 다시 읽으면서 수정한다. 그러다 보면 전체 흐름에 몸을 다시 실을 수 있고 자연스럽게 다음 이야기가 이어진다. 그래도 잘 써지지 않으면 친한 친구들과 이야기를 나누는데, 그때 생각의 한계를 넘는 엉뚱한 길이 열리기도 한다.

일기 쓰기와 포스트잇을 활용하라

김두식에게 일기 쓰기는 한때 즐겨 썼던 연애편지와 함께 훌륭한 글쓰기 수업이다. 그날 읽은 성경 구절이며, 사람들과 만나 나눈 대화, 그날 봤던 영화 이야기 등 일기에 온갖 이야기를 적는다. 한 달이면 많을 땐 원고지 500매 분량이 나오기도 하고, 일기의 한 부분을 떼어내 책의 한 장을 완성하기도 한다.

그러다 몇 해 전 《불편해도 괜찮아》에서 동성애자 인권 문제를 다룬 글이 기독교계에서 논란이 된 후 얼마 동안 성경도 보지 않고 일기도 쓰지 않은 때가 있었다. "기독교인들을 만나 동성애자 문제를 이야기하면서 조금 충격을 받은 부분이 있어요. '내가 인권에 대해서 이렇게 마음이 닫힌 사람들하고 평생을 보냈나' 하는. 그래서 6개월 정도 의식적으로 성경도 안 보고 일기도 쓰지 않고 지냈어요. 굳이 얘기하자면 일종의 탈근본주의 과정을 겪은 거죠.(웃음)"

요즘에도 일기는 꾸준히 쓰려고 노력하지만 바빠서 제대로 못 쓸 때가 많다. 그날 누구를 만났는지, 뭘 했는지 정도만 겨우 적어놓는다. 지금은 자료 축적 방법으로 포스트잇을 많이 활용한다. 책에 밑줄 긋는 것을 좋아하지 않아서 책을 읽다가 기억하고 싶은 부분이 있으면 포스트잇을 붙여놓는다. 책 밖으로 살짝 드러나게 해서 급할 때는 그 부분만 봐도 책 전체 흐름을 파악하기 쉽게 하려는 것이다. 포스트잇이 많이 붙어 있을수록 인상적인 책이라고 보면 된다.

그러면서 얼마 전에 김수박 작가의 만화책을 읽던 일화를 들려주었다. 지하철에서 평소처럼 인상적인 부분에 포스트잇을 붙이면서 낄낄거리며 책을 읽고 있는데, 문득 주변의 시선이 느껴져 고개를 들었더니 사람들이 모두 자신을 쳐다보고 있었다고 한다. 또 음악을 듣다가도 글을 쓰기 시작하면 이내 곧 음악이 들리지 않는다고 하는데, 이 두 가지 사례만 보더라도 그의 집중력이 상당함을 알 수 있다.

홍대 카페나 정독도서관을 찾는 이유

김두식은 학교 강의가 있는 평일에는 학교 일에만 집중하고 휴일에는 홍대 일대의 카페에서 글을 쓴다. 예전에 고시 공부를 할 때도 칸막이가 있는 곳보다 탁 트인 책상에서 공부가 잘됐다면서, 지금도 글을 쓸 때는 카페처럼 열린 공간을 좋아한다. 누가 봐야 딴짓을 하지 않고 일을 할 수 있기 때문이다. 딸이 그런 자신의 체질을 쏙 빼닮았다. 딸이 고등학교에 다닐 땐 함께 홍대 근처 카페에 가서 자리 하나를 사이에 두고 딸은 《수학의 정석》을 풀고 그는 글을 썼다. 지금 딸은 대학생이다. "이젠 아빠와는 놀지 않아요. 예전에 비하면 같이 다니는 횟수가 10분의 1로 줄었어요. 이게 인생이구나라고 생각합니다.(웃음)"

연구실이나 집은 그에게 작업 공간으로서 썩 좋은 공간은 아니다. 개인적인 공간에서는 음악을 듣는다든지, 이런저런 책을 다양하게 보는 등 글을 쓸 때 딴짓을 많이 해서다. 카페에는 책 한두 권과 컴퓨터만 들고 가기에 오히려 시간을 효율적으로 쓸 수 있다고 했다.

최근에는 정독도서관에서 글을 쓸 때가 많다. 조용하고 커피 값이 안 들고 책이 많다는 점에서 글쓰기에 기막히게 좋은 장소라고 생각한다. 게다가 밥도 싸고 맛있단다. 자료실이 토요일과 일요일에 좀 일찍 닫는다는 것만 빼곤.

책은 닥치는 대로 읽는다. 보통 서너 권쯤을 동시에 읽는다. 끝까지 읽겠다는 강박 없이 재미없으면 중간에 관둔다. 화장실 앞에 책이 늘 서너 권쯤 있고, 침대 머리맡에는 열 권쯤 쌓여 있다. 소설책은 재미있으면 한달음에 읽는다. 친구들 중에 문학을 좋아하는 친구들이 있어 그들의 권유로 한두 권씩 사서 보다가 몇 년 전에는 아예 전집을 들여놓았다. 충동적으로 세계문학전집을 두 질이나 들여놓았는데, 막상 사놓으니 그렇게 좋을 수가 없단다. 필요한 책을 그때그때 찾아볼 수 있고, 아직 안 읽은 책이 집에 많다는 죄책감 때문에 쓸데없는 책도 덜 사게 되고, 같은 작가 책을 연달아 읽을 수 있는 등 여러 장점을 꼽았다.

꿈은 전업작가, 현실은?

김두식은 자신의 꿈이 늘 전업작가라고 말한다. 2009년을 미국에서 보내면서 그는 책을 세 권 냈다. 그때 이 책들이 성공하면 전업작가가 될 수도 있겠다고 생각했다. "(하지만) 책을 차례로 펴내면서 느낀 게 있어요. '한국 사회에서 전업작가가 되기는 힘들겠구나'라는 거요. 그러다 보니 다달이 학교에서 월급 받는 게 그렇게 고마울 수 없더라고요."

그는 교수로서의 삶이 갈수록 빡빡해지는 환경 탓에 다른 생각을 할 수 없는 처지라고 했다. '정말 하고 싶은 게 아니라면 교수직을 그만 둬야 하지 않을까' 하고 생각하지만 아직 그럴 형편은 못 된다.

전업작가의 꿈은 포기했지만 교수나 변호사보다 작가라고 불리는 걸 좋아한다. 작가는 그에게 가장 중요한 정체성이다. "글쓰기란 개인의 한계, 사회의 한계를 넓혀가는 거예요." 김두식은 남들 모르게 조금씩 인식의 한계를 넓혀가면서, 세월이 지나면 사람들이 "앗! 저놈이 그동안 이렇게 공간을 넓혀왔어" 하고 깜짝 놀랐으면 좋겠다는 바람을 가지고 있다.

'사회의 한계를 확장했는가'라는 점에서는 아쉬움이 크다. 양심에 따른 병역거부자나 동성애자의 인권 문제를 여러 글에서 다뤘지만 그들의 인권에서 큰 진전을 보지 못했기 때문이다. "할 수 있는 말은 다 했는데 사회에 잘 안 먹힌 거죠. 그럼 그냥 천천히 스며들길 기다릴 수밖에 없는 거구요." 그나마 《불편해도 괜찮아》를 쓰고 나서는 법과 인권에 대해 그가 할 수 있는 범위에서는 충분히 했다는 생각이 들었다. 물론 이것으로 너무 우려먹으면 작가로서는 끝이라고 생각한다. 그래서 꺼낸 이야기가 욕망과 규범의 문제다. 성공을 위해 욕망을 억누르고 살아온 자신의 이야기에서 시작해, 욕망의 억압으로 생긴 사회적 일탈의 문제를 다룬 《욕망해도 괜찮아》가 그 결과물이다.

김두식은 책을 쓸 때마다 이것이 마지막이라고 생각한다. 책 한 권에 모든 것을 쏟아붓고 머릿속을 비워낸다. 지난 책들은 일단 쓰고 나면 잊어버린다. 책을 여러 권 쓰다 보니 혹시 쓴 이야기를 또 쓰게 될까봐 걱정스러운 것이다. 그러나 그런 걱정은 기우가 아닐까.

〈한겨레〉 인터뷰어로 활약하면서 인터뷰 상대에게 던진 질문의 밀도와 폭을 보면 감탄스러울 정도로 철저하게 준비했다는 인상을 받는다. 자신의 작업에 그런 수준의 꼼꼼함과 책임감을 보여주는 사람은 흔치 않다.

책과 인터뷰, 팟캐스트 등 김두식은 늘 새롭고 다양한 방법으로 세상에 말을 건다. 그의 바람대로 이런 다양한 활동들이, 실수하고 잘못을 저지르기 마련인 인간이 서로에게 좀 더 관대해질 수 있는 사회를 만들 것이리라 기대한다.

_주영재

정치학자 / 김원

한국학중앙연구원 한국학대학원 사회과학부 교수. 박정희 시대의
서발턴 혹은 민중이라 불린 존재들이 일으킨 사건과, 이들의 기억이
어떻게 현재화되고 재현되는가에 대해 꾸준히 관심을 가져왔다.
단독 저서로는 《여공 1970, 그녀들의 反역사》《박정희 시대의
유령들》《잊혀진 것들에 대한 기억》 등이 있고, 함께 쓴 책으로
《근대의 경계에서 독재를 읽다》《1970, 박정희 모더니즘》 등이 있다.

'독한 글'로
시대의 통념을 깨다

김원 한국학중앙연구원 교수의 첫인상은 마치 오촌 아저씨처럼 친근했다. 그의 책 발문에는 가끔 지인들이 그의 순한 인상에 대해 표현한 말들이 옮겨져 있다. '장난기 많다', '모난 데 없이 둥글둥글하다' 등. 수줍게 웃으며 건네는 인사나 조용한 말투, 한편으론 장난기 어린 눈빛을 떠올리면 맞는 말이지 싶다.

하지만 그의 독하고 격렬한 글들과 마주하면 생각이 달라진다. 반전도 이런 반전이 없다. 얼굴이 딴판으로 보일 정도다. 그는 한번 잡은 주제는 우물 밑바닥까지 긁어내듯 집요하게 파고든다. 비난을 받을지언정 찾아낸 사실들을 숨김없이 기록해오는 동안 그는 '반전 매력'의 소유자가 됐다.

《박정희 시대의 유령들》,《여공 1970 그녀들의 반 역사》는 김원을 무서운 신예로 떠오르게 했다. 1960~1970년대 현대사를 관통하며 주목 받지 못한 사람과 사건을 담아낸 일련의 작업들은 그의 말대로 "보통 사람들의 삶을 복원해내고 싶은 열망"에서 움텄다.

거대 서사와 지배 담론은 처음부터 그의 관심사가 아니었다. 오히려 그 속에서 소외된 보통 사람들, 이를테면 '공순이', '식모', '도시 빈민'들의 일상사에 주목했고, 그들의 얘기를 복원해 거꾸로 한국 사회와 정치, 역사를 조망하는 데 천착했다.

　김원은 대학에 진학하며 전공으로 사학을 선택했는데 그 이유가 엉뚱하다. 어려서부터 막연하게나마 소설가를 꿈꾼 그는 꽤 유명한 작가들 가운데 역사학을 전공한 이들이 많다고 나름 분석한 뒤 망설임 없이 사학을 택했다. 전공을 살려 교수나 연구자가 되리라는 생각은 전혀 해본 적이 없다. 그가 오랫동안 감춰온 비밀 가운데 하나는 고등학교 시절 두어 번 신춘문예 공모에 작품을 낸 적이 있다는 사실이다. 별스러운 비밀이 아닌데도 그때를 생각하면 아직도 얼굴이 화끈거린단다. 지인들도 잘 모르는 일이라며 민망해 하는 기색이 역력하다. 작가를 꿈꾸던 시절에는 이문열의 초기 작품과 박완서, 김소진의 소설을 좋아했다. 그는 정말로 소설가가 되고 싶었던 걸까.

같은 자료를 가지고 다르게 쓰기

김원이 이제까지 써온 글들은 대체로 기존의 통념적인 해석과 상당 부분 거리가 있는 탓에 '글이 독하다'는 평가를 받곤 한다. 예컨대《박정희 시대의 유령들》에서는 '유신 대 반유신', '억압적인 국가권력 대 민주화운동' 같은 프레임을 과감히 깨뜨렸다.

　기존 프레임이 갖는 힘은 강력하기 마련이다. 이 흐름에서 벗어나지 않으려는 데는 여러 가지 이유가 있을 것이다. 모든 역사 해석은 현재적인 정통성 내지 정당성과 결부된다. 이설 내지 균열이 가해지는 해석에 대해 '예외적인 것'이나 '부차적인 것'으로 간주하는 경향이 강한 것도 바로 그러한 이유다. 그렇기에 김원은 책에서 부마항쟁이나 광부들의 기억을 통해 민중이라 불리지 않고 민중사로 표현되지 않은, 즉 역사에서 기록되지 않은 영역과 사람들을 어떻게 기억할 것인가에 집중한다.

2002년 리츠메이칸대학 외국인 객원연구원으로 1년 동안 교토 연구실에 틀어박혀 쓴 논문들을 토대로 펴낸 《여공 1970 그녀들의 반 역사》는 출간과 동시에 문제작으로 떠올랐다. 이 책으로 그는 2006년 제1회 김진균 학술상(고 김진균 서울대 교수를 기리며 '훌륭한 진보적 논저를 발표한 사람'을 선정해 주는 상)을 수상했다.

그의 책들이 뚝심을 지니게 된 것은 엄청난 자료 수집의 인고를 견뎌낸 덕분이기도 하다. 김원은 구술과 인터뷰는 물론 르포와 수기, 일기 등 비정형문까지 가리지 않는다. 시대별로 정도의 차이는 있지만 자료가 없어서 연구와 집필을 못하는 역사가는 없다는 것이 그의 생각이다. 똑같은 1차 자료를 갖고도 어떤 시각으로 이전과 달리 해석하고 관점을 갖느냐가 중요하다. 짧은 일기나 한 명의 생애사, 구술 자료에서도 현대사 내지 특정 시기의 여러 가지 풍부한 얘기들이 흘러나오게 마련이다.

구술사의 매력은 알려지지 않은 과거의 사실을 발굴해낸 것도 중요하지만 본질적인 것은 따로 있다. 한 개인이 과거에 체험한 것을 그때와 다른 사회적 지위와 직업, 환경 등에서 기억해낸 것이 거시적 역사와 구조에서 어떠한 연관성을 갖는지 밝혀낼 수 있다는 점이다. 그는 개개인의 기억회로에 지나온 시대와 사건, 인물들이 어떤 방식으로 고유의 형태를 띠며 저장돼 있는지에 주목한다. 덕분에 '현재화된 기억'이 서술하는 또 하나의 역사와 만날 수 있고, 그것을 바탕으로 글을 쓴다.

그러나 험난한 시대의 기억을 끄집어내는 게 간단한 일은 아니다. 때로는 윤리적인 고민에 직면하기도 한다. 5·18 당시 시민군에 참여한 청년의 가족 살인사건을 다룬 적이 있는데, 그 현장을 목격한 가족의 일원을 인터뷰할 때가 바로 그랬다. 개인의 고통스러운 얘기를 어디까지 끄집어내야 할지, 말하고 싶지 않거나 트라우마로 고통 받는 상황이 벌어질지도 모르는데 계속 인터뷰를 해야 할지 망설여졌다. 그렇다고 자신이 사건 해결에 도움이 되는 것도 아닌데 말이다. 하지만 모든 얘기를 끄집어냄으로써 고통을 더는 경우가 많아 다시금 용기를 냈다고 한다.

공감을 얻으려면 '나'와 지금의 '현실'을 글 속에 담아라

자료 수집 과정에서 만나는 이들의 인간적 고뇌, 숨소리까지 깃들어 있는 한 권 한 권의 책들은 방대한 사료와 저자의 깨달음까지 더해져 세상에 나온다. 모든 글이 나름의 의미가 있겠지만, 그는 좋은 글이란 무엇보다 독자가 저자의 고민을 읽어낼 수 있을 때 비로소 자격을 얻는다고 생각한다. 좀 힘들고 마음이 무거워지더라도 작가의 글 속에 담긴 고민을 독자가 엿보고 공감할 수 있는 기회를 제공하는 것이 무엇보다 중요하다는 뜻이다.

김원

자기만의 글쓰기 스타일을 찾는 것도 그렇다. 고유한 글쓰기란 것이 요즘 같은 전자 복제 시대에 가능한 것인지 의문이 들기도 하지만, 중요한 것은 '나'와 지금의 '현실'을 글 속에 넣으려는 시도 그 자체가 아닐까 한다. 즉 글감의 대상 또는 연구 대상의 진보성, 희귀성보다는 연구자인 자신이 살면서 현실과 부딪치고 고민하는 문제를, 당장의 주제는 아니더라도 그 고민을 낳게 한 연원을 추적하고, 그 안에서 자신의 생각과 위치를 독자가 읽을 수 있도록 하는 작업이 아닐는지.

글쓰기는 사람에 따라 누군가에게는 치유를, 누군가에게는 지식을 나눠주기도 한다. 그야말로 여러 가지 역할을 담당한다. 김원에게 글쓰기란 실천이나 치유보다도 오랫동안 고민해온 현실의 화두를 동시대인들에게 공감을 얻는 방법으로 설명하는 것일 테다.

소설의 이야기 방식을 고민하는 정치사학자

김원의 연구실과 집에는 3,000여 권에 이르는 장서가 있다. 역사를 다루다 보니 책보다는 복사 자료들이 더 많다. 장서는 여성, 노동 같은 주요 키워드를 해방 직후나 1980년대 등 시기별로 구분해서 관리한다. 1960~1970년대 자료는 국립도서관이나 국가기록원, 민주화운동기념사업회 아카이브즈 등 여러 자료원을 활용하는 편이다.

글은 언제나 목차가 만들어진 뒤에 작성하기 시작한다. 각 장마다 어떤 주장과 해석, 자료가 배치되어야 하는지를 화이트보드에 적어두고, 포스트잇을 붙여가면서 작업을 해나간다. 따라서 구성이 잘못 만

김원은 개개인의 기억회로에
지나온 시대와 사건, 인물들이
어떤 방식으로 고유의 형태를 띠며
저장돼 있는지에 주목한다.
덕분에 '현재화된 기억'이 서술하는
또 하나의 역사와 만날 수 있고,
그것을 바탕으로 글을 쓴다.

들어지면 만족스러운 글이 되지 않는 경우가 많다.

그가 쓴 책 중에서 가장 기억에 남는 것은《잊혀진 것들에 대한 기억: 1980년대 대학의 하위문화와 대중정치》이다. 이미 석사논문으로 초고를 다져놓았으나, 1980년대 당시 운동권 중심과 주변에 있던 선후배 18명을 인터뷰하는 등 자료 조사를 보완하면서 6개월이 더 걸렸다. 이 책은 1980년대에 어떤 일상을 살았고 무엇에 대해 분노했고 그 분노가 왜 민중 지향적 공동체라는 하위문화나 운동문화로 이어졌는지, 그 시기를 살았던 사람들의 기록이다.

항상 사람을 중심에 두는 그의 작업을 두고 누군가는 이렇게 표현했다. "정치인류학적 현장 조사를 거쳐 그의 첫 저서를 완성했다." 실제로 그는 원고를 쓰는 데 3~4개월 정도가 걸린다. 다른 책도 마찬가지지만 조사에 많은 시간을 할애하는 데 반해 글쓰기 자체에는 그다지 오랜 시간이 걸리지 않는 편이다.

정치학자, 현대 역사학자로 많은 글을 써오는 동안 소설 비슷하게 쓴 책이 하나 있다. 《87년 6월 항쟁》은 절반이 소설 같은 책이다. 물론 자료에 기반을 두고 썼지만 등장인물을 소설처럼 구성했다. 글이 술술 풀렸냐고? 쓰면서도 어려워 혼쭐이 났고 소설은 아무나 쓰는 게 아니라는 것을 절감했다. 그는 역사라는 게 인과관계와 실증의 문제, 엄밀한 사료 등이 걸려 있지만 결국 소비되고 유통되는 핵심에는 서사 내지 이야기가 존재한다고 생각한다. 소설에 대한 미련을 접지 못하는 것도 대중과의 공감을 확보하는 데 소설과 같은 이야기가 가장 적합하다고 생각하기 때문이다. 지금까지도 고민하는 부분이다.

간혹 글쓰기를 물어오는 사람들에게는 주제의식에 대해 강조한다. 왜 지금 이 주제를 다루며, 누구에게 어떤 이야기를 전달하고 싶은지가 명확해야 한다. 모든 연구 주제가 저마다 중요한 이유가 있겠지만, 독자로 하여금 왜 지금 이 문제가 중요한지를 설득하지 못한다면 아무리 중요한 주제라도 관심 밖으로 멀어질 수밖에 없다.

또 100년 전, 50년 전 일이라도 왜 이것이 현재 '나에게' 중요한 문제인지 알리바이를 독자에게 제공해주어야 한다. 그렇지 않으면 학술 논문과 별 다른 차이가 없다. 한국 지식 사회에서는 사실 대중서와 학술서의 구분이 불분명하다. 다만 좀 더 일반 독자에게 가까이 다가갈 수 있는 방식이 대중서라는 모양을 띤 학술서가 아닐까 한다.

존경하는 스승은 향후 글쓰기에 가장 큰 영향

지금은 유명을 달리한 리츠메이칸대학의 경제사가 나카무라 후쿠지 교수는 김원이 가장 존경하는 스승이다. 그에게 일상사의 중요성을 일깨워준 지적·학문적인 격려자이기도 하다. 그와는 리츠메이칸대학 외국인 객원연구원으로 일본에서 박사논문을 집필할 때 인연을 맺었다.

생전에 나카무라 교수는 한국의 역동적인 거리에 매료돼 젊은 한국 연구자들과 소통하는 것을 즐겼다. 김원은 "한국 지식 사회에는 여전히 패거리 문화가 남아 있지만, 나카무라 교수는 그런 것과 무관했다"고 기억했다.

일본 천민집단 '부라쿠' 문제가 전공인 나카무라 교수는 평소 소수자 인권에도 관심을 갖고 있었다. 그러다가 1988년 재일작가 김석범이 쓴 제주 4·3민중항쟁을 다룬 소설《화산도》를 우연히 읽고, 1년간 한국에서 연수를 받으며 박명림 연세대 교수와 최장집 명예교수 등의 책을 여러 권 번역하기도 했다. 2002년 간암으로 투병하면서도 박명림 교수의 역작《한국 1950: 전쟁과 평화》가 마지막 책이라며 일본어 번역에 매달렸고 끝내 유명을 달리했다. 나중에 시가대학 모리 요시노부 교수가 이 작업을 이어받았다. 문학적 소양을 가진 사학자로서 주류가 아닌 소수의 일상사에 시선을 두었던 나카무라 교수는 앞으로 김원이 쓰게 될 저서에도 내내 영향을 미칠 것이다.

'경계'에서 글쓰기

김원은 스스로 특정 시대 전문가가 아니라고 말하지만, 혹자는 그를 '1960~1970년대' 전문 저자로 일컫는다. 여기에서 벗어나기 위한 것인지 요즘 그는 1980년대와 관련한 것들을 구상하며 더 많은 시간을 보낸다. 1980년대의 사회상을 현재 어떻게 기억해야 하는지에 관해 당시 사회와 사상, 문화, 사람을 포괄적으로 살펴보고 있다.

실제로 오랫동안 한국의 1980년대는 광주나 6월 항쟁으로 기억돼온 경향이 있다. 현재와 비교적 가까운 시기인 탓에 기피하는 측면도 있을 것이다. 그렇기에 더욱더 1980년대의 정형화된 기억 이외의 것들을 공식적인 논의의 장으로 불러낼 필요가 있다. 젊은 세대에게 1980년대는 체험이 아니라 역사에 가깝다. 이것만으로도 환기시킬 이유가 충분하다.

연구 대상으로써 1980년대는 특히 더 부담되는 측면이 있다. 1980년대를 지나치게 비이성적인 시기로 규정하거나, 반대로 신화화한 감이 없지 않기 때문이다. 그러나 김원은 시기에 대한 부담보다도 체험자로서 거리 두기를 고민하고 있다. 그는 자신의 글쓰기를 '경계에서 글쓰기'라고 말한다. 그의 책들은 이 같은 특징을 잘 살리고자 애쓴 산물이기도 하다.

말하기보다 글 쓰는 것을 좋아한 십대 문학 지망생은 이제 '현대사 전문가'로, '기억의 연구자'로 그만의 여정에 들어섰다. 앞으로도 김원은 현실과 아슬아슬한 긴장감을 유지하는 한편, 특정 시대의 전문가보다는 역사학도로서, 또 현실만 다루기보다는 과거와 현실이 공존하는 글쓰기 작업을 꾸준히 해나갈 것이다.

_김희연 *

---

* 1995년 〈경향신문〉에 입사해 매거진X부, 문화부, 산업부와 경제부 등에서 일했다. 승민, 승원 두 딸의 응원 덕분에 기자 생활을 재미있게 하고 있다.

군사평론가 〳 김종대

1992년부터 20년 넘게 민간인으로서 국방·안보 문제를
연구·분석해온 군사안보 전문가. 현재 국방부 병영문화혁신위원회
전문위원과 군인권센터 운영위원으로 활동 중이며,
각종 팟캐스트와 블로그, 페이스북을 통해 대중과 소통하고 있다.
안보 전문지 《디펜스21+》의 편집장이기도 하다. 저서로 《노무현,
시대의 문턱을 넘다》《시크릿파일 서해전쟁》《김종대 정욱식의 진짜
안보》 등이 있다.

기록하지 않으면
망각되는 군대 문제

출판 선진국들에 비해 상대적으로 인구가 적은 데다 오랫동안 문학 출판 중심으로 시장이 움직여온 탓에 한국 논픽션 분야 필자군은 여전히 층이 얇고 다양성이 부족한 형편이다. 그중에서도 내부 정보에 대한 진입 장벽이 높은 군사안보 분야는 특히 더 그렇다. 군사안보 전문가 김종대 〈디펜스21+〉 편집장은 군사평론 분야에서는 거의 독보적인 존재다. 그는 언론 기고와 방송 출연, 팟캐스트 진행 등을 통해 비교적 소수의 관심사였던 군사안보 문제를 대중적인 관심사로 만드는 데 크게 기여했다.

김종대가 군사안보 전문가가 된 데는 여러 가지 우연이 복합적으로 작용했다. 1984년 대학에 입학해 경제학을 공부하던 그는 2학년을 마치고 군에 입대했다. 육군 17사단에 배속돼 인천 지역에서 상병으로 근무하던 중 1987년을 맞았다. 한국 사회의 뜨거운 변혁 열기가 잇단 시위로 분출되던 때였다. 당시 정권이 계엄 선포를 강행했다면, 1980년 광주에서의 비극이 재현되었을지도 모르는 비상사태였다. 이 사건은 그가 군대의 역할에 대해 진지하게 생각해보는 계기가 됐다.

복학 후 김종대는 반핵평화운동연합이라는 평화운동 단체에서 활동했다. 김낙중 전 민중당 공동대표가 고문을, 손병선 전 민중당 조국통일위원장이 의장을 맡고 있었다. 그러다가 김낙중, 손병선이 1992년 남조선노동당 중부지역당 사건으로 구속되면서 단체는 공중 분해됐다. 이때부터 김종대는 평화운동을 내실 있게 하려면 군대를 알아야 한다는 생각에서 군 조직과 국방 문제를 파고들기 시작했다. "평화운동과 군사학은 분리해서 생각할 수 없어요. 전쟁과 평화가 맺고 있는 양면성을 인식해야 평화의 길을 체계적으로 모색할 수 있거든요." 그는 군사안보 전문가라는 타이틀을 달고 있는 지금도 스스로를 평화운동가라고 생각한다.

특권 아닌 특권이 된 국회에서 보낸 8년

군사 분야 필자로 든든한 밑거름을 쌓는 데는 국회에서 보낸 8년이 큰 도움이 됐다. 1992년 당시 김대중 민주당 총재는 14대 총선을 앞두고 예비역 장성 출신을 대거 영입했다. 육군 소장 출신 임복진 의원도 그중 한 명이었다. 육군사관학교를 나온 엘리트 장성 출신이 김대중 전 대통령이 총재로 있는 정당에 들어간 건 충격이었다. 김종대는 이듬해 임복진 의원실을 찾아갔다. 이후로 세 명의 의원을 거치며 국방 및 외교통일 분야 비서관과 보좌관을 지냈다(그 가운데 임복진 의원을 포함해 두 명이 군 출신이었다).

마침 한국 정치에서 군대 이슈가 중요한 화두로 떠올랐다. 오랜 군인 출신 대통령(박정희-전두환-노태우)을 거쳐 탄생한 김영삼 정권은 출범 초기부터 군 개혁을 밀어붙였다. 하나회 숙청, 율곡사업 비리 감사, 12·12 쿠데타에 대한 법적 단죄 등 국방과 관계된 굵직한 이슈들이 연이어 터졌다. 군 개혁에 대한 국민적 지지가 압도적으로 강세였던 덕분에 국회의원실이 국방부의 협조를 얻어내기에 그만인 시절이었다. "국회의 자료 요구 권한은 지식에 대한 갈증이 있는 사람에게는 엄청난 특권입니다. 군 내부 정보를 얻을 수 있고 핵심 당사자를 직접 만나 토론도 할 수 있죠. 의원들을 보좌하는 과정에서 부수적으로 얻은 특권인데, 저에겐 큰 도움이 됐습니다."

이후 김종대는 노무현 정부 때 청와대 국방보좌관실 행정관과 국무총리실 혁신기획관, 국방부 정책보좌관 등을 거치며 행정부에서의 경험도 쌓아갔다.

제대로 된 기록이 없다는 데 분노하며 쓴 첫 책

김종대는 지금까지 《노무현, 시대의 문턱을 넘다》와 《시크릿파일 서해전쟁》 두 권의 단독저서를 비롯해 《김종대 정욱식의 진짜 안보》, 《저항하는 평화》, 《봉인된 천안함의 진실》 등 여러 권의 공저를 냈다. 직업적인 글쓰기는 2007년 〈D&D 포커스〉를 창간하면서 본격적으로 시작했다. 첫 책은 잡지 일을 시작하고 3년 뒤인 2010년에 나왔다. 일종의 습작기를 거친 후 그간의 내공을 더해 펴낸 것이다.

《노무현 시대의 문턱을 넘다》를 집필하게 된 동기는 기록물과 관련해 한국 사회의 척박한 인식에 대한 분노 때문이었다. 아울러 김종대는 '지(知)의 거장'으로 불리는 일본인 저술가 다치바나 다카시가 《우주로부터의 귀환》을 집필한 것과 비슷한 이유라고 설명을 덧붙였다.

《우주로부터의 귀환》은 다치바나 다카시가 우주비행사 100여 명을 직접 인터뷰해 쓴 책으로, 일본에서 1970년대에 출간됐지만 지금도 꾸준히 읽히는 명저다. "다카시는 언론의 천편일률적이고 신변잡기적인 우주비행 관련 기사에 분노한 나머지 책을 썼다고 했어요. 인간이 최초로 지구 밖으로 나간 엄청난 사건에 대해 기자들이 한다는 질문이 '무엇을 먹느냐', '용변은 어떻게 보냐', '어떤 옷을 입느냐' 같은 하찮은 것들이었거든요. 저는 우리 사회의 외교안보 분야에 대해서도 같은 분노를 느낍니다. 외교안보는 기록하지 않으면 망각되는 거예요. 그런데도 제대로 된 기록이나 회고록이 없어요. 진보와 보수로 갈려 누가 옳은지 그른지 논쟁만 벌이고 있죠. 역사를 도매금으로 폐기 처분하는 모욕적인 일입니다."

《노무현 시대의 문턱을 넘다》는 주한미군의 역할 변화, 이라크 파병, 전시작전통제권, 한반도 평화체제와 남북정상 회담에 이르기까지 참여정부 시절의 갖가지 비사(秘史)들을 담고 있다. 애초 2008년 노무현 대통령과 인터뷰가 예정돼 있었으나, 노 대통령의 바쁜 일정 때문에 밀리고 밀리다가 2009년 노 대통령의 서거로 끝내 인터뷰는 성사되지 못했다.

힘들게 작업한 첫 책에 견주었을 때 두 번째 저서인 《시크릿 파일 서해전쟁》은 욕심을 버리자 의외로 즐겁게 쓸 수 있었다고 한다. 이 책

기록하지 않으면 망각되는 군대 문제

은 전자책까지 포함해 1만 권이 넘게 팔렸다. 군사 분야 책으로는 이례적인 기록이다.

가장 중요한 건 취재원에게 듣는 생생한 정보

김종대는 군사안보 분야의 저술은 이론보다 현장이 중요하다고 강조한다. 그중에서도 관련 취재원들을 직접 만나는 게 필수다. 그는 대학원 강의도 책보다 사례 중심으로 하는 쪽이다. 그 때문에 자기 스스로 다독가는 아니라고 말한다.

다행히 그는 입법부와 행정부에서 안보 관련 일을 오래 해온 덕에 다양한 인맥을 통해 정보 수집과 꼼꼼한 인터뷰를 바탕으로 한 글쓰기가 가능하다. 그가 국회 국방위 소속 의원실 보좌관으로 일하던 시절 초급 장교였던 이들은, 하나둘 장성으로 진급해 현재 그의 든든한 정보원이 되어주었다. "100여 명에 이르는 핵심 취재원들은 가능하면 그들의 경조사까지 챙기려고 합니다. 저보다 최소 20년 이상 연상인 분들이지만 나이를 의식하지 않고 허물없이 지내고 있죠. 한 분야를 오래 파고들어야만 가능한 일입니다."

인맥을 통해 평소 관심을 기울이고 있던 분야의 정보가 입수되면 취재에 나선다.《시크릿 파일 서해전쟁》을 쓸 때는 2년 동안 육해공 고위 장교 31명을 만나 총 250여 회의 인터뷰를 진행했다. 이때 중요한 것은 오래 들어주는 자세다. "흔히 기자들은 상대방을 다그치거나 사정하는 방식으로 취재를 하는데, 그래선 안 돼요. 최대한 상대방을 편

"외교안보는 기록하지 않으면 망각되는 거예요.
그런데도 제대로 된 기록이나 회고록이 없어요.
지금 우리 사회는 진보와 보수로 갈려
누가 옳은지 그른지 논쟁만 벌이고 있죠.
역사를 도매금으로 폐기 처분하는
모욕적인 일입니다."

하게 만들어줘야 해요. 그래야 진솔한 이야기가 나옵니다. 한번 그렇게 이야기를 듣고 나면 그를 통해 다른 사람들을 소개받아 더 많은 이야기를 들을 수 있죠."

글쓰기에도 학문 간 통섭이 필요하다

군사안보를 잘 이해하려면 다른 학문으로부터 도움을 받아야 한다. 인문학과 사회학은 물론 심리학이나 뇌과학의 도움도 필요하다. "국방과 안보는 세상을 보는 창입니다. 그것을 통해 인간과 사회를 바라봐야 합니다. 이런 자세가 없으면 지엽적인 정보에 탐닉하는 마니아에 그치게 되죠."

정보와 인터뷰만으로는 책이 완성될 수 없다. 책을 쓰려면 글쓰기 노하우가 필요하다. 다양한 책 읽기는 안보를 총체적으로 이해하는 데만 필요한 게 아니라 글쓰기 노하우를 얻는 데도 필요하다. "자기 분야의 책만 읽으면 쓸 수 있는 어휘가 제한돼 표현 능력에 제약이 생겨요. 다른 분야로 자꾸 시야를 확장해나가야 합니다. 천문학, 물리학, 생물학 분야의 책들이 바로 그러합니다."

예를 들면 이런 식이다. 노무현 정부 때 국방장관을 지낸 김장수 주중대사와 남재준 전 국정원장은 둘 다 군 출신이지만 성향이 매우 달랐다. 김장수 대사가 친화력 있고 유연한 스타일인 데 반해 남재준 전 국정원장은 고집불통형이다. 김종대는 어느 글에서 두 사람의 성향 차이를 한눈에 확인할 수 있는 방법을 고민하다 원소주기율표를 떠올렸다. 탄소는 다른 원소와 결합해서 화합물을 만들지만 불소는 화합물이 없다. 이 점에 착안해 "박근혜 정부의 인재 주기율표상에는 성격이 다른 두 존재가 있다. 탄소 같은 김장수와 불소 같은 남재준이다"라는 문장으로 도입부를 썼다. "생물학에서는 종족 내부 경쟁, 천적, 공진화 같은 개념들이 안보 분야 글을 쓸 때 도움이 됩니다. 천체물리학에서는 미국과 주변국들의 관계를 항성과 행성의 관계로 비유할 수도 있죠. 이렇게 통섭이 가능한 지적 토양을 꾸준히 만들어야 합니다."

고전 읽기의 중요성도 간과할 수 없다. 그는 새뮤얼 헌팅턴, 카를 폰 클라우제비츠 등의 책은 군사안보 분야에 대한 글을 쓰려는 이들이라면 반드시 읽어야 한다고 강조한다.

사상의 은사, 리영희

1987년 군복무 중 계엄군으로 투입될 뻔한 아찔한 상황이 그가 군사 문제에 관심을 갖게 된 계기였다면, 군사 문제에 대한 그의 지적인 각성은 리영희 선생의 저작에서 촉발됐다. 특히 리영희 교수가 1988년 발표한 〈남북한 전쟁능력 비교연구〉라는 논문이 던진 충격은 대단했다. 이 글은 〈사회와 사상〉 1988년 9월 창간호에 게재됐다.

1990년 단행본 《자유인》에도 수록된 이 논문은 실증 자료를 바탕으로 남북한의 전쟁 능력을 객관적으로 비교해 실상을 드러냄으로써, 그 이전까지 정부가 퍼뜨려온 '북한의 압도적인 군사적 우위'라는 신화를 무너뜨렸다. 북한이 우위에 있기는커녕 남북한 군사비를 비교했을 때 남한 군사비는 당시 기준으로 북한의 6배를 넘어섰다. 이후 국방부는 이 논문이 던진 사회적 충격 때문에 〈국방백서〉를 발간하기 시작했다. "리영희 선생님 덕분에 국방 문제에 본격적으로 뛰어들었다고도 말할 수 있어요. 그분의 저작들은 그 가치를 논할 수 없을 만큼 저에겐 소중하죠."

구체적인 글쓰기 스타일에서는 '워터게이트' 사건을 폭로한 〈워싱턴포스트〉의 전설적인 기자 밥 우드워드와, 미중 수교를 성사시킨 헨리 키신저의 글을 참고한다. "우드워드는 글에 아무런 꾸밈이 없고 아주 드라이해요. 철저하게 사실에 입각해서 쓰죠. 키신저의 강점은 역시 오랜 외교 경험을 통한 현장성과 이를 바탕으로 한 스토리텔링 능력입니다. 저술가가 되려면 스토리텔링 능력이 필수죠."

김종대는 스스로 글쓰기에 소질이 있다고 생각한 적이 없다. 초창기에 쓴 글들을 보면 얼굴이 화끈거릴 정도란다. 그러나 글쓰기는 노력으로 얼마든지 좋아질 수 있다고 믿는다. "말과 술과 글은 많이 할수록 늘어나죠. 다작으로 유명한 강준만 교수를 보세요. 활자 중독증이에요. 글을 쓰려면 글에 중독돼야 합니다. 저는 뭔가를 쓰지 않으면 시간을 낭비한 기분이 들어요. 그래서 그때그때 떠오른 생각들은 페이스북에라도 꼭 씁니다."

아울러 글쓰기는 천재의 산물이 아닌 노력의 산물이기에 멈추면 오래된 연장처럼 녹이 슨다면서, 무엇보다 쉬지 않고 꾸준히 쓰는 게 중요하다고 덧붙였다.

김종대에게 군사안보 분야의 글쓰기는 저자로서 동시대인들의 고민을 함께 나누는 작업이기도 하다. 군사안보 관련 저술이 어떻게 그런 역할을 할 수 있다는 것일까. "요즘 주변을 보면 '어떻게 살아야 할지 모르겠다'고 말하는 중년들이 많아요. 자신이 옳다고 믿고 있는 것이 이긴다는 보장도 없는 데다 사회는 잘못된 방향으로 가고 있는 것 같아 상실감에 빠져 지내는 거죠. 제가 쓰는 글이나 책이 그런 분들에게 기여할 수 있지 않을까 해요. '당신만 그런 고민을 하는 건 아니다'라는 위로 같은 거죠."

역사는 우리가 바라는 대로 단시일 안에 이뤄지는 게 아니다. 군사안보와 관련된 역사를 보면 특히 그런 일들이 많다. 김종대는 좋은 스토리를 발굴해 잘 풀어내면 그분들의 허무한 마음에 조금이나마 위로가 되지 않을까 고민한다. 그것이 자기의 몫이고, 또 작가와 독자가 소통하는 길이라고 생각한다. 그래서 그에겐 '지금'의 작업이 늘 행복하고 뿌듯하다.

_정원식*

---

* 2007년 〈경향신문〉에 입사해 5년 반 동안 〈주간경향〉 사회팀에서 일했다. 이후 〈경향신문〉 문화부에서 문학과 출판을 담당했다. 2015년 1월부터 정책사회부로 옮겨 서울시교육청에 출입하고 있다.

셰프·음식칼럼니스트／박찬일

기자로 일하던 중 이탈리아 영화에 매혹되어 3년간 이탈리아에서
요리와 와인을 공부했다. 시칠리아에서 요리사로 일하다 귀국한 뒤
셰프 생활을 하면서 틈틈이 요리에 관한 글을 쓰고 있다.
저서로《백년식당》《지중해 태양의 요리사》《보통날의 파스타》
《추억의 절반은 맛이다》등이 있다.

재료가 좋으면
과정이 즐겁다

서울 서교동에 위치한 '로칸다 몽로'에서 박찬일을 만났다. 로칸다 몽로는 박찬일이 에밀 졸라의 《목로주점》에서 자극을 받아 2년여의 준비 끝에 문을 연 음식점이다. 영업 시작까지 약 두 시간을 앞뒤선지 지하 1층의 가게로 내려가는 계단은 불이 모두 꺼져 있었다. 그는 가게 안 한쪽 테이블에 앉아 노트북을 펴놓고 일을 하고 있었다.

2년 전 개업에 앞서 배낭을 메고 시장 조사를 다니던 그는 야인처럼 보였다. 점퍼 차림에 헌팅캡 모자를 쓴 지금도 그 느낌은 여전했지만 한결 여유 있어 보였다. 초록빛 내벽과 은근한 백열등 조명에 더해 그가 내준 따뜻한 차를 한 모금 마시니 마음이 편안해졌다.

목로는 나무로 된 널따란 판자를 뜻하는 말로, 구한말 일제 초입에 있던 우리 술집을 일컬어 목로주점이라 불렀다. 박찬일은 서민 식당이면서도, 우리 땅에서 난 신선한 재료로 만든 맛있는 이탈리안 음식에 우리 술이 이질감 없이 잘 어울릴 수 있는 식당을 열고 싶었다. 목로를 발음 나는 대로 적은 '몽로'에서 꿈 몽(夢)자와 소주의 상징인 이슬 로(露)자를 택해 식당 이름으로 쓰려 했으나, 간판 제작자와 혼선이 있었던지 이슬은 길 로(路)자가 되어버렸다. 박찬일은 '꿈 길'도 좋다며, 다 운명이려니 했다.

요리 배우러 이탈리아로 떠난 전직 기자

박찬일은 잡지사 기자로 일하다 서른넷이던 1999년에 요리를 배우러 이탈리아 유학을 떠났다. 마침 이탈리아 음식이 본격적으로 한국에 소개되던 시기였다. 그는 정서적으로 이탈리아에 매력을 느꼈다. 우리처럼 정이 많고, 엄마가 아이들에게 요리를 해주고, 마늘을 좋아하는 점 등을 예로 들면서. 우리가 파스타를 좋아하는 것도 그걸 국수처럼 인식하기 때문이라고 했다.

애초 그는 여섯 달 정도 요리를 배운 뒤 한국으로 돌아와 파스타 집을 차릴 요량이었다. 하지만 그곳의 오만 가지 음식에 매료되어 요리하는 재미에 푹 빠져버렸다. 서양 요리에서 빠질 수 없는 와인도 배우고, 시칠리아에서 요리사로도 일했다. 그러다 보니 3년여의 시간이 훌쩍 지났다.

2002년 6월 한국에 돌아온 그는 청담동의 한 이탈리아 음식점에 취직했다. 이후에도 홍대의 '라꼼마', 이태원의 '인스턴트 펑크' 등 몇 곳의 음식점을 거치는 동안 '훈제 고등어 파스타'나 '누룽지 프라이드치킨'처럼 한국적인 재료로 만든 이탈리아 요리를 선보이며 주목받았다.

박찬일은 한국의 제철 채소와 해물을 가지고 만드는 요리에 가장 애착을 가지고 잘할 수 있다고 했다. 이는 스승인 시칠리아의 요리사주세페 바로네의 "가장 가까운 곳에서 나는 재료를 가지고, 가장 전통적인 조리법으로, 가장 사랑하는 사람에게 줄 요리를 만든다"는 가르침이기도 하다.

그런 점에서 요리와 글쓰기는 공통점이 있다. 좋은 재료를 써야 음식이 맛있듯이, 자료 조사나 취재가 부실하면 원고를 쓰기 어렵다. 글이나 요리나 재료가 좋으면 결과가 좋고 과정도 즐겁다. "글은 읽어보면 알고 요리는 먹어보면 아는데 깊이가 없으면 맛이 없어요. 잠깐은 속일 수 있지만 영원히는 아니죠."

요리는 인문학이다

박찬일은 자신의 글이 음식 사회사 혹은 음식 문화에 대한 잡담이라며, 평소 얼마나 읽고 공부하느냐가 글쓰기의 질을 좌우한다고 말했다. 한 음식이 음식 사회사나 문화사에서 어떤 의미를 갖는지 밝히기 위해서는 일단 자료 취재를 꼼꼼히 해야 한다. 이를테면 음식의 내력을 알기 위해 근현대기 신문기사나 당대 문인들이 남긴 기록들을 조사한다. 또 오랜 맛집들을 찾아 이야기도 듣는다. 자료를 체계적으로 축적하지는 않지만 궁금한 게 있으면 닥치는 대로 뒤져 찾아본다. 그러나 큰 줄기는 평소 책을 읽으면서 배우는 것들에서 나온다. 서양의 요리사와 음식사를 두루 공부한 것도 도움이 된다.

이런 공력이 그대로 드러난 책이 《백년식당》이다. 그는 이 책에서 설렁탕과 육개장, 냉면, 추어탕 등 우리 음식의 연원에 대한 독창적인

재료가 좋으면 과정이 즐겁다

시각을 보여주었다. 설렁탕을 예로 들어보자. 장국밥, 해장국과 함께 전형적인 서울 음식인 설렁탕은 특히 가난한 노동 계층이 즐겼던 음식이다. 돈이 있으면 덩어리 고기를 먹었을 텐데 그럴 형편이 못 되기 때문에 뼈를 고아 나눠 먹는 설렁탕이 나왔다고 한다. 이 부분에서 설렁탕은 서양의 수프와 닮았다는 게 그의 해석이다. 참고로 스테이크로 먹을 수 없는 자투리 고기들을 푹 고아서 나눠 먹는 수프는 농노의 음식이었다.

하나의 음식이 생기고 모습을 바꿔가는 데는 당대의 경제적 조건이나 유행 등 인간 세상의 모든 것들이 영향을 미친다. 그런 점에서 박찬일은 "요리는 이미 인문의 영역으로 들어갔다"고 말한다. 《잡식동물의 딜레마》를 쓴 마이클 폴란이나 《대구》의 작가 마크 쿨란스키처럼 요리나 음식 재료를 가지고 경제·사회·문화적 요인을 분석하는 작가도 유명하다. "사람들이 음식을 먹는 것은 곧 식자재의 유통이고, 그것이 세계사의 일부를 이루죠. 향료를 안정적으로 공급받기 위해 십자군 전쟁이 일어난 것이나, 대구를 소금에 절여 장기간 보관했던 바이킹이 콜럼버스보다 먼저 아메리카에 닿았던 것이 그 예입니다."

박찬일은 요리가 인문의 영역에 들어갔다는 또 다른 근거로, 인문학이 인간의 상처를 쓰다듬으려는 것처럼 요리를 통해 치유를 원하는 사람들이 늘어난 점을 꼽았다. 이런 추세는 이미 서양과 일본에서 봤던 것이다. 한때 유럽과 미국에서는 프랑스나 스페인, 이탈리아와 같은 지중해에 인접한 지역을 찾아 그곳의 음식을 먹으며, 햇살 좋은 해변에서 텃밭을 일구며 사는 삶을 소개하는 책들이 큰 인기를 끌었다. 박찬일은 《지중해 태양의 요리사》가 호응을 얻었던 것도 한국인이 시칠리아에서 요리를 배우며 겪은 웃기는 음식 이야기, 이탈리아의 슬로푸드를 통해 음식에 대해 잊고 있던 철학을 환기시킨 것이 독자들에게 대리만족을 줬기 때문이라고 보았다.

냉면의 역사, 누군가는 남겨야 할 기록

박찬일은 일본의 한 서점에서 《이베리코 돼지를 사러》라는 책을 보고 부러움과 슬픔을 함께 느꼈다. 자유기고가인 일본인 저자는 도토리만 먹고 자란다는 스페인의 흑돼지종인 하몽 이베리코가 정말 도토리만 먹고 사는지 궁금함을 느끼고 이 책을 쓰기로 마음먹었다. 박찬일은 분명 많은 취재비용이 들었을 이 책을 일본의 대형 출판사인 소학관에서 출판하고, 이런 미시적인 주제의 책이 팔릴 만한 시장이 존재한다는 점이 몹시 부러웠다고 한다. 그러면서 한국은 이런 저작이 나오기 어려운 환경이라는 데 생각이 미치자 슬퍼졌다. 만약 자신이 '우리 돼지의 식육 유통사'를 쓴다고 하면, 일단 참고할 만한 자료가 드문 데다 2억 원 정도 예상되는 취재비용을 지원하고 나설 출판사도 없을 것이라고 했다.

음식사학 연구가 제대로 마련되지 않은 상황에서 현장을 직접 뛰어야 하는 어려움이 따르긴 하지만, 그래도 박찬일에게는 꼭 하고 싶은 작업이 있다. 바로 냉면의 역사를 기록하는 일이다. 누군가 이 인터뷰를 보고 냉면 이야기를 쓰라고 주선한다면, 그는 2년을 휴직할 각오가 되어 있다. 물론 쉽지 않다. 냉면의 본고장이라 할 북한을 자유롭게 왕

요리와 글쓰기는 공통점이 있다.
좋은 재료를 써야 음식이 맛있듯이,
자료 조사나 취재가 부실하면
원고를 쓰기 어렵다.
글이나 요리나 재료가 좋으면
결과가 좋고 과정도 즐겁다.

박찬일

래할 수 없다는 점이 가장 큰 난관이다. 박찬일은 북한이 사회주의 체제하에서 음식문화가 망가졌다고 했다. '냉면을 맛있게 먹으려면 면발에 직접 식초를 뿌려 먹어야 한다'는 김일성 주석의 교시에 따라 냉면이 만들어지면서 요리의 자연스런 발전도 가로막혔다는 것이다.

한편 냉면이 어떻게 발전했는지 알기 위해선 평양냉면의 기억을 갖고 있는 사람들의 이야기를 들어야 한다. 하지만 이들 대부분이 80대인 탓에 증언을 듣기가 쉽지 않다. 한마디로 냉면에 대한 자료 구축이 시급하다. 게다가 음식의 민속사를 써야 한다는 인식이 낮을뿐더러 사회적 지원도 기대하기 어렵다. "취재비만 5천만 원 정도가 들 텐데, 관련 학위도 없고 고작 수필 몇 권 쓴 나 같은 사람에게 누가 투자하겠어요."

그러나 누군가는 써야 한다. 조선시대 의궤에서 전해지는 것 외에 민간에서 전수된 음식에 관해서는 현재 아무런 기록이 없다. "뜻있는 사람들이 개인적인 호기심과 의무감에 기대서 조금씩 저작을 만들고는 있는데, 진정한 민족의 아카이브를 만들려면 지금이라도 서둘러 작업해야 합니다."

책 한 권을 천천히 보는 이유

"예전에는 얼른 책을 읽고 싶다는 욕망이라든지, 다 읽고 뒷장을 덮었을 때의 통쾌함 같은 게 있었는데, 이제는 그런 욕망이 없어요."

아침부터 밤까지 식당 운영에 매달려야 하는 박찬일은 이제 책을

재료가 좋으면 과정이 즐겁다

중간중간 짬이 날 때나 밤에 볼 수밖에 없다. 한 달에 한 권을 못 읽을 때도 있고, 책 한 권을 1년 동안 본 적도 있다. 이런 책 읽기가 그에겐 나쁘지 않다. 책 읽는 기간이 길면 그 시간 동안 책을 받아들이는 태도가 바뀌고, 다른 책을 함께 보면서 전에 보이지 않던 연관성도 눈에 들어오기 때문이다.

그는 소장하고 있는 책은 별로 없다고 하는데, 그렇다고 책을 적게 사는 건 아니다. 수입에 비해 많이 사는 편이고, 인터넷 서점 두 곳에서는 가장 높은 등급의 회원이다. "어디서도 그런 높은 대접을 받은 적이 없는데, 항상 그곳에 가면 특별대우를 받지요. 하하." 자신도 책을 팔아서 일 년에 천만 원씩 수익을 얻으니, 책을 사서 출판사에 보태줘야 한단다. "책처럼 돈을 써서 덜 억울한 게 어디 있어요. 자식에게 밥 먹여주는 게 안 아깝듯이. 책은 저와 혈연관계예요."

이렇게 책을 남달리 생각하는 박찬일도 특별히 책을 모아야겠다고는 생각하지 않는다. 그래서 딱히 장서 관리라고 할 게 없다. 그는 책을 갖고 있는 것 못지않게 유통되는 것도 중요하게 생각해서 가지고 있을 필요가 없다고 생각하면 팔거나 기꺼이 남에게 준다.

글쓰기 전 취재 과정을 즐긴다

그는 자신이 마크 쿨란스키와 같은 통찰력을 가진 연구자는 아니지만 자신만의 호기심에서 시작해 남들이 보지 못하는 부분을 짚어내는 데 장점이 있다고 자부한다. 요리사로 음식 만드는 최전선에 있으면서 요리에 관해 글을 쓰다 보니 자연스레 글에서 생동감이 느껴진다는 것이다. 《보통날의 파스타》는 한국에 파스타 이야기가 정확히 알려지지 않았다고 생각해 쓴 책이다. 파스타에 대한 일종의 '최초 보고서'와 같은 역할을 함으로써 독자들에게 좋은 반응을 얻었다.

박찬일은 예전에는 대상에 즉자적으로 달라붙어 이해하고 분석하는 글을 썼다면, 지금은 조금씩 공부가 쌓여서인지 좀 더 시야를 넓게 보고 쓰려고 노력한다. 그래서 앞으로는 좀 더 거시적인 글을 쓰려고 한다. '이베리코 돼지'를 다룬 책이나 한일 생선 교류의 역사를 다룬 다케쿠니 도모야스의 《한일 피시로드, 홍남에서 교토까지》처럼 특정한 대상을 다루면서도 큰 그림을 담아낼 수 있는 글 말이다.

그는 책 한 권 낼 때의 쾌감도 있지만 그보다도 취재 과정에서 커다란 재미를 느낀다. 몰랐던 무언가를 발견할 때, 어떤 대상이 자신의 예상과 정반대일 때(혹은 그대로일 때도) 그렇게 흥미로울 수가 없단다. 서양의 수프와 우리의 설렁탕이 음식의 성격 면에서 정치·경제·사회·문화적으로 일치하는 걸 알았을 때는 소름 끼치는 것과 같은 흥분을 느꼈다고 한다.

직업이 요리사인 만큼 시장이나 산지에 나가 직접 재료를 먹어보기도 하는데, 이건 곧 생생한 취재의 현장이기도 하다. 박찬일은 재료를 생산하거나 음식을 만드는 사람과 이야기를 나누면서 많이 배우려고 한다. 예컨대 고등어를 파는 상인에게서 '어떤 먹이를 먹고 자란 고등어가 더 맛있다'는 이야기를 듣는 식이다. 전주 남부시장에서 콩나물 국밥을 먹을 때는 미리 다져놓은 것이 아니라 그 자리에서 바로 다진 마늘과 풋고추를 넣어 먹으면서 콩나물 국밥의 핵심이 양념을 갓 다 졌을 때 터져 나오는 향이라는 것을 알았다.

원고라는 글밭에 있는 황소

박찬일은 책을 읽는 것처럼 글도 마구잡이로 시간을 가리지 않고 쓴다. 심야에 쓸 때도, 가계에 나와 낮에 쓸 때도 있다. 간혹 카페에서 쓰기도 한다. 글 쓸 때 특이한 버릇이 있는데, 반드시 손을 깨끗이 씻고 커피를 마셔야 한다는 점이다. 손이 지저분하면 연필을 잡을 때 개운하지 않고, 컴퓨터를 사용할 때도 자판 누르는 속도가 더디게 느껴진단다.

박찬일에게도 글쓰기는 고통스럽고 고단한 일이다. 특히 마감에 맞춰 글을 쓰는 일은 수명을 몇 년씩 갉아먹는 것만 같다. "기자를 그만두고 요리사가 된 것도 이런 고통 때문이었는데, 직업을 바꾸고도 똑같이 글을 쓰고 있으니 한심하죠. 하하."

사실 그는 원고 마감을 많이 어기는 편이다. 그래서 의식적으로 스스로를 '원고라는 글밭에 있는 황소'라고 생각한다. 써지지 않더라도 피하지 않고 황소처럼 끌고 가겠다는 의지가 담겨 있다. "김훈 선생이 글은 엉덩이로 쓰는 거라고 했죠. 글밭에 있는 황소가 어떻게든 끌고 가야 글도 갈리게 돼요."

글이 안 써져 괴로울 때는 회피하지 않으려고 노력한다. 고통을 받아들이면 글은 어떻게든 써진다. 단, 글을 쓸 때는 되도록 인터넷을 멀리한다. 인터넷이 최대의 적이라나? 그래서 인터넷이 되지 않는 곳을 찾거나 카페에 가더라도 인터넷을 일부러 연결하지 않는다.

현재 생계비에 보탤 요량으로, 또 주변 요청으로 글을 쓰고 있는데, 막상 글을 쓰고 책을 출간할 때면 뿌듯해지는 글쟁이의 보편적 즐거움이 있다고 한다. 앞으로도 1년에 한 권 정도는 책을 낼 계획이다.

인터뷰 말미에 집에서 아이들에게 요리를 자주 해주냐고 묻자 "코미디언들도 집에선 웃기지 않잖아요"라는 대답이 돌아왔다. 코미디언들이 방송을 염두에 두고 약속된 대본대로 행동하듯이, 요리사도 재료 공급과 장비, 메뉴 기획 등 시스템이 갖춰진 상태에서 공동 작업을 하기 때문에 집에서는 요리를 잘 안 한다는 것이다. 그래도 아이들이 좋아하는 닭튀김과 파스타는 꼬박꼬박 해준단다.

박찬일은 요리하는 행위 자체를 즐긴다. 맛있는 요리를 먹고 사람들이 행복해 하는 걸 보는 일이야말로 요리사의 크나큰 즐거움일 것이다. 다만 평생 요리를 할 생각인데 벌써부터 눈이 침침해져서 큰일이란다. 그런 걱정 속에서도 그는 행복해 보였다. 평생을 좋아할 수 있는 일을 하기 때문일 것이다. 글과 요리로 사람들의 몸과 마음을 살찌우는 일이 그에겐 천직인 듯싶다.

_주영재

역사저술가 ＼ 박천홍

고려대 사학과를 졸업하고 서울대 서양사학과 대학원에서
수학했다. 〈출판저널〉편집장을 거쳐 현재 재단법인 아단문고
학예연구실장으로 재직 중이다. 저서로《악령이 출몰하던 조선의
바다》《매혹의 질주, 근대의 횡단》《여행하며 읽는 우리 고전 시리즈》
등이 있다.

근대 사료를 포착해
현재에 다리를 놓다

글을 쓴다는 것은 산에 오르는 행위와 닮았다. 만만한 뒷산부터 감히 쳐다보기도 힘든 구름 위 산까지. 산세에 따라 등산로도 제 각각이고 오르는 사람에 따라 등정의 성격도 달라질 수 있다. 날씨와 장비, 그날의 컨디션 등 변수가 다양하다. 특히 정상이 눈앞에 버젓이 있지만 천근만근 무겁고 둔탁해진 육체를 이끌고 끝까지 발걸음을 옮겨야 하는 괴로움, 포기하고 싶은 강렬한 유혹, 지치고 막힐 때는 차라리 쉬는 게 낫다는 점까지 글쓰기와 비슷한 구석이 많다.

역사저술가 박천홍에게 요즘 집필 중인 책이 어느 정도 진도가 나갔는지 묻자, 8부 능선은 넘었지만 아직도 멀었다며 산 등정에 비유했다. 《악령이 출몰하던 조선의 바다》를 출간한 후 꽤 오랜 시간이 흘렀지만 새 책 소식이 들리지 않아 궁금하던 터였다. 그는 정상이 눈앞이지만 결코 쉽지 않은 등정이 남아 있다며 슬며시 말끝을 흐렸다.

박천홍은 2003년 철도를 통해 한국 근대사의 문명을 다룬 《매혹의 질주, 근대의 횡단》을 내놓으며 단박에 주목을 받았다. 그 밖에 《여행하며 읽는 우리 고전》 시리즈와 《인간 이순신 평전》을 냈고, 지금은 근대 지식의 형성사를 담아낼 책을 한 권 집필 중이다. 이 책이 나오면 '근대 3부작'이 완결되는 셈이다.

재단법인 아단문고의 학예연구실장인 박천홍은 고려대 사학과를 졸업하고 서울대 대학원에서 서양사학을 전공했지만, 역사학자는 아니다. 전업 저술가도 아니다. 그는 스스로를 '경계인'이라고 칭했다. 그 덕분에 밑바닥 민중들의 삶에까지 눈길을 뻗을 수 있고, 근대 문인의 작품에서 당시 지식인들의 인식을 읽으며, 새로운 문명과 맞닥뜨린 사람들의 혼란과 환희까지 촘촘한 그물망으로 포착해 근대의 또 다른 모습을 잡아낼 수 있다는 것이다.

많은 전문가들이 자신의 분야에 대해 진입 장벽이 높다고 얘기하는 분위기와 달리, 그는 역사저술가가 되는 길이 생각처럼 어렵지 않고 진입 장벽이 낮으며 사료가 널려 있다고 천연덕스럽게 말했다. 그 말에 은근히 용기가 솟았다. 그렇다면 저술가가 되기 위해, 특히 역사저술가가 되기 위해 필요한 덕목은 무엇일까.

백수 생활 덕분에 입문한 저술가의 길

대학원에 다닐 때까지만 해도 박천홍은 역사의 재미를 잘 몰랐다. 〈출판저널〉이란 잡지 회사에 다니면서 글쓰기를 시작했는데, 이때 자신이 잘할 수 있는 영역에서 글을 쓰면 재미있겠다는 생각을 막연하게나마 했다. 하지만 초등학생 때도 일기를 제대로 써본 일이 없었다. 더욱이 글이란 것을 마음먹고 쓰기 시작한 것도 잡지사에 들어간 뒤부터라

사회초년병 시절 기본이 안 돼 있다고 엄청나게 구박을 받았다. 그러다 회사가 재정난을 겪으면서 본의 아니게 백수 생활에 접어들었다. 첫 저서인《매혹의 질주, 근대의 횡단》집필에 도전한 것이 바로 이 무렵이었다. 지금도 물 흘러가듯 글을 잘 쓰는 것은 아니라면서, 스스로를 '뒤틀고 쥐어짜는' 스타일이라고 말했다.

박천홍은 아단문고에서 자료를 관리하고 전시를 기획하는 것 말고도 여러 가지 행정 업무를 맡고 있다. 상설 전시 공간에서 다양한 전시회를 열고 있지만, 일반인에게는 잘 알려져 있지 않다. 아단문고는 고려시대부터 1970년대까지 생산된 고문헌과 신문, 잡지, 단행본 등을 소장하고 있다. 그 가운데 특히 가치가 높은 근현대 잡지가 많다. 문인들이 기증한 육필 원고까지 합치면 소장품이 9만여 점에 이른다. 그야말로 자료의 보고 속에서 살고 있는 셈이다.

박천홍은 직장인으로서 저술에만 전념할 수 있는 상황이 아니다. 일하는 틈틈이, 일하지 않는 시간을 쪼개 글을 쓰고 있다. 2년 만에 한 권, 그리고 5년에 책 한 권을 펴낸 것을 두고 스스로 게으른 탓이라고 둘러댔지만, 그보다는 묵직한 주제를 마음에 담아두고 긴 시간을 파고드는 그의 성격 때문이 아닐까 싶다.

열린 사회로의 출발, '근대'를 글감으로 쓰는 이유

박천홍이 근대에 집중하는 이유는 무엇일까. 그는 역사는 현실에서 출발하는 것이라고 생각한다. 현재의 모습이 왜 이러한지, 어떤 모습인지를 제대로 파악하고 이해하기 위해서는 과거를 살펴야 한다는 것이다. 500년 전, 1000년 전의 역사까지는 몰라도 오늘날과 멀지 않은 근대 초기는 현재 우리의 유전자에 아로새겨져 있는 때인 만큼 중요하다. 박천홍은 그 어느 때보다도 근대가 낯선 사람과 문명, 지식 체계와 정면으로 만나는 시기여서 더욱 매력적이라고 느낀다. 새로운 것들과 어떻게 갈등하고 투쟁하고 대화했는지를 통해 현재의 모습을 들여다보는 글 작업에서 보람을 얻고 있다. "한 개인이든 사회든 공동체든 자기 안에 갇혀 있으면 올바른 주체로 형성되기 힘들어요. 내가 아닌 다른 존재와 만났을 때 비로소 정확히 내가 누구인지 인식할 수 있어요. 나를 열어놓고 다른 존재와 만났을 때 인간은 훨씬 더 풍부해지기 마련이에요. 갇혀 있을수록 빈곤해지죠."

그런 점에서 근대는 획일화되고 독단적인 지식 체계를 깨나가는 시기이자 열려 있는 사회로 나아가는 때였다. 식민시기로 접어들면서 모든 게 어그러졌지만 모든 가능성이 가장 활발히 펼쳐진 시대였다. 일본이든 서양이든 새로운 주체와 의식, 변화와 만났을 때 우리는 왜 유연하게 대처하지 못했을까. 박천홍은 글을 쓰면서도 내내 안타깝다. 그의 눈에는 지식으로 위장하지 않고 권력으로 유지할 기득권이 없는 민중이 오히려 좀 더 유연해 보인다. 만약 이들이 근대 주도권을 잡았다면 우리 모습은 많이 달라지지 않았을까. 이 같은 문제의식은 그의 글을 더욱더 풍성하게 만든다.

"사람마다 지문이 다르듯이
글 안에 나만의 지문이 느껴지도록
표현하려고 노력해요.
사실에 대해선 엄격하고 정확하되,
그 해석에서는 독단에 빠지지 않으려고
타인의 말에 많이 귀 기울이죠."

카메라로 찍은 것처럼 생생하게 담아라

박천홍의 글은 세밀한 묘사가 뛰어나 "100~200년 전의 역사를 카메라로 방금 찍은 것처럼 생생하다"는 평이 따라다닌다. 특히 첫 책을 냈을 때는 문학계 사람들에게도 높은 관심을 샀다. 철도가 주요한 배경이 되거나 주제가 됐던 시나 소설 등 문학작품을 적극 활용한 덕분이다. 문학작품이 역사에도 유효하게 쓰였다는 점이 일반 독자는 물론 문인들에게 깊은 인상을 주었다. 역사학에 등장하는 일반적인 사료에는 한계가 많다. 정부의 공식적인 자료 등 정통적인 사료는 이야기의 골격만 있을 뿐 살점이 없기 때문이다. 야사가 많은 얘기를 들려주듯, 다른 시선으로 바라보고 접근한 자료에서 찾아내는 일상의 풍경과 역사가 그의 글을 풍부하게 하는 비결이다.

박천홍은 글을 쓸 때 반드시 목차를 구성하고 나서 쓴다. 설계도면이 없으면 집짓기가 불가능한 것과 같은 이치다. 일단 주제가 정해지고 나면 중요한 사료와 논저를 읽어가면서 목차를 짠 다음 자료 조사에 들어간다. 그리고 나서 자료를 80퍼센트 정도 읽은 후에 천천히 쓰기 시작한다.

본문과 결론을 다 쓰고 맨 마지막에 서문을 공들여 쓴다. "서문이야말로 내밀하고 사적인 기억까지 떠올리며 한 줄 한 줄 완성하는 부분이라 무척 조심스럽고 떨리기조차 합니다. 독자에게 책을 내놓으며 내가 왜 이 글을 쓰려고 하는지 일종의 고백 같은 것이니까요." 첫 책의 서문을 썼을 때 기묘한 감정으로 잠시 멍했던 순간이 지금도 그의 기억 속에 생생하다.

도서관이 없었으면 집필은 불가능했을 것이다

집필에 들어가기에 앞서 자료는 어떻게 축적해나갈까. 박천홍은 관련 자료 읽기에서부터 자료 축적을 시작한다. 예를 들어 1차 사료가 되는 《조선왕조실록》,《일성록》,《승정원일기》 등 관찬 사서를 먼저 찾아보고, 그 밖에 각종 문집이나 일기류 등을 조사해나간다. 쓰고자 하는 글의 주제와 관계있는 논문들을 읽어가면서 더 찾아야 할 사료나 논문, 단행본 등을 살펴본 뒤 대략적인 목차를 짜고, 다시 관련된 자료를 읽어가면서 살을 붙여간다. 목차의 각 장마다 관련 자료 목록을 정리하고 읽어가다가 중요한 내용을 따로 기록하는 것도 잊지 않는다.

또 늘 수첩을 가지고 다니면서 미처 확인하지 못한 자료를 접할 때마다 정리해둔다. 때에 따라 스마트폰으로 기록하거나 사진을 찍어두기도 한다. 생각이 어느 지점에 머물게 되면 뜻하지 않게 귀한 개념이나 낯선 생각, 생소한 단어들이 떠오를 때가 있는데, 그것을 놓치지 않고 기록하는 것이 중요하단다. 단어 하나라도 좋다. 마침 그가 며칠 전에 적어둔 것이라며 '시간, 경험의 위태로운 생존'이라는 짧은 문구가 적힌 메모를 보여주었다. 이 메모가 앞으로 어떻게 글감으로 쓰일지는 그만이 알 테지만 말이다. 그리고 인용문의 경우에는 반드시 출처와 쪽수를 적어두는데, 대체로 서문이나 결론을 쓸 때 인용하거나 조금 변형해서 넣곤 한다.

착실하게 자료를 축적하고 꼼꼼히 메모하는 그이지만, 도서 관리만큼은 영구 미제의 난제처럼 어렵기만 하단다. 장서 숫자는 한 번도 세어보지 않았다. 그의 책들은 질서와 계통 없이 뒤죽박죽 서가에 꽂혀

근대 사료를 포착해 현재에 다리를 놓다

있다. 분명 소장하고 있는데도 찾을 수가 없어 다시 사거나 빌려볼 때가 적지 않았다고 한다. 언제 정리할 수 있을지 장담하기 어렵단다. 다만 글 쓸 주제가 정해지면 많은 시간을 들여서라도 관련 있는 책들을 한곳에 모아둔다.

그는 도서관이 없었다면 글쓰기 작업이 불가능했을 것이라고 생각할 만큼 도서관을 자주 찾는다. 도서관에서 복사한 논문이나 단행본은 장서 양을 뛰어넘고도 남는다. 미리 자료 목록을 뽑은 다음 도서관에 가서 자료를 찾고 읽어가면서, 새로운 자료를 만나면 거듭 기록해두는 식이다.

풍부하게 읽고, 깊이 생각하고, 천천히 쓰기

대중서를 쓰게 된 건 여러 가지 이유가 복합적으로 작용했다. 막연히 글쓰기 욕구가 생겨나기 시작할 무렵, 실업으로 인한 호구지책이 필요했다. 평소 알고 지내는 출판인의 적극적인 권유가 맞물리며 책을 준비하게 됐다. 무명 필자의 첫 책을 신문과 방송에서 호평해주고 독자들의 평가도 호의적인 데다 무엇보다 국문학 연구자들의 찬사가 쏟아져 그로서는 무척 뜻밖이었다.

글쓰기란 자신이 무엇을 알고 싶은지 정확히 인식하는 것에서 시작해야 한다. 자료는 그다음에 찾으면 된다. 한번 시작한 '사다리 타기'처럼 하나의 자료가 또 다른 자료를 찾게 만들고 길을 안내해줄 것이다. 질문을 제대로 던져야 제대로 된 답을 얻듯, 자기만의 문제의식을 갖는 것이 무엇보다 중요하다. "문제의식만 확고하면 그에 필요한 자료가 발견되기 마련이고, 홀리듯 이야기가 써집니다. 역사는 무궁무진한 가능성이 있는 영역이에요. 전문 역사학자가 발견하지 못하는 것을 새로이 발견할 수 있거든요."

박천홍은 자신의 글이 케케묵고 흔해빠진 상투어의 세계에 갇히지 않도록 하기 위해 늘 고군분투한다. "사람마다 지문이 다르듯이 글 안에 나만의 지문이 느껴지도록 표현하려고 노력해요. 사실에 대해선 엄격하고 정확하되, 그 해석에서는 독단에 빠지지 않으려고 타인의 말에 많이 귀 기울이죠. 물론 최종 해석은 나의 것이어야 하고 내가 그것을 책임져야 합니다."

특히 대중서를 처음 쓰고자 하는 사람들은 무엇보다 "두려움을 떨쳐내야 한다"고 조언한다. 누구나 저마다 개성이 있고 표현의 욕구가 있으며 자기만의 이야기가 있다는 것을 기억하는 것이 중요하다. '내가 왜 이 책을 써야 하는지' 스스로를 설득할 수 있다면, 또 그것을 자기만의 사유로 가다듬고 자기만의 언어로 표현해낼 수 있다면, 먼저 풍부하게 읽고 깊이 생각하고 천천히 쓰기 시작하면 된다.

사유와 표현 면에서 박천홍이 가장 닮고 싶은 논픽션 작가는 발터 베냐민이다. "그의 사유는 영감으로 가득하고, 그의 문체와 표현은 결코 진부하거나 상투적이지 않아요. 또 남의 뒷덜미를 낚아채는 것처럼 기발하고 막 그물로 건져 올린 물고기처럼 싱싱하죠." 베냐민은 독일 출신 유대인으로 마흔여덟의 나이에 자살하기 직전까지 늘 나치의 위협과 가난에 쫓긴 것으로 알려져 있다. 가난했던 그는 노트 살 돈이 없어 편지지와 엽서 뒷면, 차표 뒷장에 빼곡하게 글을 쓴 것으로도 유명하다. 절박함에서도 놓지 않은 깊은 사유가 베냐민을 오늘에 있게 했듯, 박찬홍 역시 현실에 안주하지 않기 위해 노력한다.

박천홍은 가끔 집이나 사무실을 빠져나와 근처 골목을 찾아 어슬렁거리곤 한다. 담장 아래 핀 쑥부쟁이를 쳐다보는 걸 좋아하고, 낯익은 사람과 마주 앉아 가벼운 얘기를 나누며 기분 전환하는 것도 즐긴다. 소박하고 조용한 시간을 즐긴다.

여느 사람들의 일상과 다르지 않아 보이는 삶 속에서 박천홍은 그만의 언어와 눈으로 우리가 알지 못한, 때론 무심했던 역사에 대해 말을 건넨다. 물질문명이 턱밑까지 차올라 있지만 여전히 '궁핍한 시대'를 살고 있는 우리가 조금이라도 나아갈 수 있게, 스스로에게 귀 기울이도록.

_김희연

디자인연구자 ╱ 박해천

카이스트 산업디자인학과에서 학사와 석사학위를 받았다.
현재 동양대학교 교양학부 조교수로 재직 중이다. 디자인연구자로서
디자인의 역사는 중산층의 역사이고, 이는 곧 아파트의 역사라고
생각하는 박해천은, 다양한 글쓰기 방식을 통해 시각문화와 사회
전반에 대한 문제의식을 이어나간다. 저서로《인터페이스 연대기》
《콘크리트 유토피아》《아파트 게임》이 있다.

논픽션의 새로운 기법, '비평적 픽션'

박해천은 프로야구가 출범하기 전 고교 야구가 전성기였던 당시, 신림동에서 어린 시절을 보냈다. 그 시절 아이들이 그랬던 것처럼 학교에서 돌아오면 동네 길가나 공터에서 친구들과 야구를 하면서 시간을 보냈다. 세월이 흐르자 신림동 주택가를 떠나 새 아파트 단지로 이사하는 친구들이 하나둘 생겨났다. 훗날 그는 아파트라는 공간이 이사 간 친구들의 모습을 바꿔놓았다는 사실을 깨닫고 아파트의 어떤 힘을 느꼈다.

2013년 아파트를 다룬 책 세 권이 나란히 출간돼 화제가 됐다. 명지대 박인석 교수의《아파트 한국사회: 단지공화국에 갇힌 도시와 일상》와 서울시립대 박철수 교수의《아파트: 공적 냉소와 사적 정열이 지배하는 사회》, 그리고 박해천 동양대 교수의《아파트 게임: 그들이 중산층이 될 수 있었던 이유》가 그것이다. 이들은 아파트를 단순한 주거 공간이 아니라 한국 사회의 '욕망의 집합체'로 보고 전국을 아파트 공화국으로 만든 욕망의 실체를 분석했다. 그 가운데서도《아파트 게임》의 입지는 독특하다. 박해천은 다른 두 저자와 달리 건축학자가 아니라

디자인연구자다. 얼핏 아파트와 무관해 보이는 디자인학자가 아파트의 문화사회학을 본격적으로 해부하는 책을 쓴 것이다.

박해천은 카이스트(KAIST) 학부와 석사과정에서 산업디자인을 공부하고 영국 미들섹스대학에서 공간문화연구 석사과정을 마쳤다. 앞서 그는 2011년에 아파트 문제를 다룬 《콘크리트 유토피아》라는 책을 출간한 바 있다. 그가 지금까지 출간한 단행본 세 권 가운데 두 권이 아파트에 관한 책이다. 그는 두 책을 준비하면서 사회학자나 인류학자와 달리 디자인연구자의 관점에서 아파트를 바라볼 수 있는 독특한 입지를 발견했다.

디자인연구자는 어떻게 아파트 책을 썼을까

박해천의 첫 단독 저서는 2009년에 나온 《인터페이스 연대기》다. 디자인과 테크놀로지가 인간이 경험하는 현실을 어떻게 변형시켰는가를 살핀 책이다. 그런데 어떻게 두 번째 책부터는 아파트를 주제로 삼게 된 걸까.

박해천은 디자인사에서 1960년대 중반 이후 등장한 전자제품이나 상품들이 최종적으로 모이는 공간이 아파트라고 했다. "디자인은 대량생산 체제에서 소비자를 대상으로 하는 사회적 실천이라고 할 수 있어요. 이때 대량생산되는 사물의 소비자가 바로 중산층이었고, 한국에서 중산층이 성장하는 데 아파트가 아주 중요한 역할을 했어요."

《콘크리트 유토피아》가 아파트를 설계하고 건축한 사람들의 시

논픽션의 새로운 기법, '비평적 픽션'

선, 아파트에 거주하는 사람들의 시선과 시각적 경험을 다루고 있다면, 《아파트 게임》은 앞선 책에서 물음표로 남겨둔 문제, 즉 어떤 방식으로 중산층이 소비 활동에 필요한 여건을 만들 수 있었는지, 아파트라는 공간이 주거 공간의 역할만 한 게 아니라 독특한 형태의 상품으로써 중산층의 자산 소득에 어떤 영향을 미쳤는지를 살펴본 책이다. 아파트에 관한 책 두 권은 박해천이 자신의 전공 분야인 시각문화 연구를 아파트를 매개로 해 확장한 것이라 할 수 있다.

저술가로 만들어준 '비평적 픽션'

아파트에 관한 박해천의 책들은 디자인연구자가 쓴 책이라는 점에서 뿐만 아니라 서술 방식에서도 주목을 받았다. 스스로 '비평적 픽션'이라고 이름 붙인 그 독특한 형식은, 그를 단순히 디자인연구자가 아니라 자기 전공 분야에 대한 글을 흥미로운 방식으로 풀어낼 줄 아는 저술가라고 불리게 된 근거가 되었다.

《콘크리트 유토피아》에서는 네 개의 시선이 등장한다. 1960년대 초반 완공 당시의 마포아파트를 바라보던 항공 카메라의 시선, 반포에서 압구정을 거쳐 잠실로 이어지는 강남의 대규모 아파트 단지의 시선, 1970년대 이후 강남의 아파트에 거주해온 1940년생 강남 1세대의 시선, 고급 가전제품의 꽃무늬 장식의 시선이 그것이다. 사회문제를 다루고 있는 다른 책들과 달리 허구적 화자를 내세워 이야기를 풀어나가는 목소리로 설정했다는 점이 인상적이다. 이 책의 두 번째 장에 해당

되는 '아파트의 자서전'에서는 아파트가 화자로 등장한다.

"내가 '비인간'이라는 이유로 아무도 내게 발언권을 주지 않는다는 사실을 잘 알고 있다. 몇 해 전부터 뉴타운, 재건축, 재건설 등 도시 재생 사업의 빅뱅 덕분에 나를 둘러싼 비판의 목소리가 어느 때보다 한껏 고조된 상태다. (중략) 물론 이런 패턴화된 비판의 반복 속에서 나는 언제나 꽤 그럴싸한 희생양이다. 그들은 나를 과녁 앞에 세워놓고, 비판의 활시위를 당긴다."

또 《아파트 게임》에서는 가상의 1955년생 베이비부머와 1962년생 베이비부머의 삶을 중심으로, 한국 중산층이 형성되는 데 아파트가 그들의 삶과 내면에 끼친 영향을 소설적으로 풀어냈다.

이런 문학적 기법을 사용한 덕분에 박해천의 책들은 아파트라는 사회학적 소재를 다루면서도 딱딱한 서술을 탈피했다는 점에서 새로운 필자를 찾는 출판업계 종사자들과 교양서를 찾는 독자들에게 주목을 받았다.

문학적 기법은 단순히 독자들의 흥미를 유도하기 위해 채택된 방법만은 아니다. 박해천은 디자인 연구 자체가 던지는 과제가 비평적 픽션이라는 형식을 낳았다고 설명한다. 그는 디자인사를 연구하면서 인간과 인공물이 주고받는 영향 관계에 꾸준히 관심을 갖고 있다. 그러면서 인간이 환경을 변화시키기도 하지만 인공물이 인간의 사고·인지·문제 해결 과정에 영향을 미치고 신체적 감각을 재배치하는 효과를 낳기도 한다는 사실을 깨달았다. "이러한 과정을 실증적으로 보여주고 싶었어요. 그래서 감수성이 예민한 작가들이 이런 변화들을 어떻게 받

박해천의 글들은 논픽션(비문학)으로 구분되지만,
그는 논픽션 저자들보다는 픽션 저자들한테서
더 많은 영감을 얻는다.
최근에는 소설가 박완서나 드라마 작가 김수현이
한국 사회를 바라보는 독특한 여성의 시점을
훔치고 싶다는 생각도 자주 하고 있다.

박해천

아들였는지도 찾아보고 신문기사들도 참고하면서 큰 틀에서 재해석해 봤습니다. 또 인간·인공물의 영향 관계를 살펴보다 보니 특정한 역사적 국면보다는 한 사람의 생애 주기 안에서 인간이 어떤 경험을 하는지에 대해 쓰게 됐죠. 그래서 비평적 픽션의 형태를 취하게 된 거고요."

실험적 기법의 책들을 읽어야 하는 이유

박해천은 1989년 카이스트에 입학해 요즘처럼 '스펙 쌓기'에 몰두하지 않아도 되는 1990년대의 여유로운 대학 환경에서 다양한 문학책들을 읽었다. 그의 관심을 사로잡은 작가는 밀란 쿤데라, 보르헤스, 포스트모더니즘 계열 작가들, 백민석, 김영하 등 당시 실험적이고 파격적인 기법을 쓰는 것으로 잘 알려져 있던 작품들이었다. 그 밖에 박완서, 김원일, 이문열 등 전통적 기법의 소설 대가들도 젊은 박해천의 독서목록에 들어 있었다. "학계에서 요구하는 논문 스타일로는 제 문제의식을 제대로 드러내기 힘들었을 거예요. 대학 시절 읽은 문학작품이 다른 방식의 글쓰기를 모색하는 데 많은 도움이 됐어요."

그런 그도 대학원에서는 논문 형식의 글쓰기만 익혔다. 그러다가 이론적 사유를 자유분방한 상상력과 결합시키는 방법을 배우게 된 것은 대학 바깥에서였다. 박해천은 1999년 디자인을 공부하는 동료들과 〈DT〉라는 이름의 동인지를 만들었는데, 디자인그룹 '슬기와 민'의 최성민 서울시립대 교수와 미술평론가 임근준 등이 당시 함께 활동한 동인들이다.

박해천은 한국에서 깊이 있는 논픽션이 나오려면 직장을 갖지 않고 전업으로 글을 쓸 수 있는 환경이 제대로 갖춰져야 가능하다고 말한다. 극소수 베스트셀러 작가들을 제외하면 국내 저자들은 거의 '부업'으로 책을 쓰는 상황이다. 그러다 보니 기획 연재물이나 칼럼, 논문을 손봐서 책으로 내는 경우가 많다. 시의성을 확보할 수 있는 장점은 있지만 이래서는 내용의 깊이와 대중성을 확보하는 데 한계가 따를 수밖에 없다. 더욱이 최근 20년간 주요 매체의 원고료 인상 추이를 보면 이 문제가 심각하다는 것을 확인할 수 있다. 저자들이 글만 써서 먹고살 수 있도록 원고료가 크게 올라야 전업작가들이 마음 놓고 활동할 여지가 생긴다는 뜻이다.

3,000명의 독자를 생각하고 쓴다

첫 책《인터페이스 연대기》는 '디자인플럭스'라는 디자인 건축 전문 웹사이트에 연재했던 글을 묶은 것이다. 처음 연재할 때부터 책으로 펴내야겠다는 생각을 하고 1년 정도 썼다. 그러나 이 책은 디자인 전공자를 위한 이론서의 성격이 강했다. 그러다가 그의 이름을 대중 독자들에게 알린 최초의 책은 디자인 바깥 영역의 독자들과 만났으면 하는 바람으로 쓴《콘크리트 유토피아》다. 이 책의 전반부는 계간〈자음과 모음〉에 1년간 연재했던 글이다.

그는 3,000명쯤 되는 독자를 예상하고 글을 쓰는 게 집필에 도움이 된다고 말했다. "《콘크리트 유토피아》나《아파트 게임》이 학술서는 아니지만 그렇다고 대중서라고도 생각하지 않아요. 제가 책으로 만나고 싶은 독자들, 그러니까 구체적으로 예상할 수 있는 독자를 3,000명 정도라고 생각하고 쓴 책이에요. 이런 식의 접근이 글을 쓰면서 독자 유형에 따라 '어떤 대목에서 어떤 반응을 보일까' 하고 상상하는 데 도움이 되는 것 같아요. 책을 집필할 때 활력소도 되고요. 글을 쓰기 이전에 내 책의 독자가 누군지, 그들이 내 글에 어떻게 반응할지 스스로 시뮬레이션해보는 것이 글 쓰는 즐거움을 배가시켜주는 것 같습니다."

박해천의 글들은 논픽션(비문학)으로 구분되지만, 그는 논픽션 저자들보다는 픽션 저자들한테서 더 많은 영감을 얻는다. 최근에는 드라마 작가 정성주의 작품(〈풍문으로 들었소〉, 〈밀회〉 등)에 관심을 보이고 있다. 또 소설가 박완서나 드라마 작가 김수현이 한국 사회를 바라보는 독특한 여성의 시점을 훔치고 싶다는 생각도 자주 하고 있다.

세대 담론이 불가능해진 시대

김훈은 《자전거 여행》에서 "그 민짜 평면은 인간의 꿈이나 생활의 두께와 깊이를 받아들이지 않는다. 한 생애의 수고를 다 바치지 않으면 이런 공간에서조차 살 수가 없다"라며, 아파트라는 무미건조한 공간을 갖기 위해 엄청난 돈을 투입해야만 하는 부조리함을 지적한 바 있다. 박해천 역시 한국 사회에서 아파트가 주거 공간의 표준이 되면서 아파트 거주자들이 시민사회를 경유하지 않고 곧바로 소비자에 이르게 된 것이라고 말한다. 즉 시민들이 소비자가 되는 데 아파트가 핵심 역할을 한 것이나 다름없다는 것이다.

요즘은 어떤 공동체의 질적 가치를 판단할 때 '얼마나 좋은 공동체인가'가 아니라 '아파트의 가격'을 따지는 시대가 됐다. 시민 주권보다도 소비자 주권의 비중이 높아졌다. 한국에서의 아파트 문제는 이제 세대 담론이 불가능한 지점으로까지 악화됐다. "한국 사회에는 각세대가 중산층이 되어 과거를 회상하면서 자기 세대에 이름을 부여하는 메커니즘이 존재해요. 대표적으로 386세대의 경우, 20대 당시 한국사회의 모순에 반발하던 엘리트들이 30~40대에 아파트 공간에 포획되어 이전의 급진성을 잃으면서, 20대 시절 지녔던 정치적 지향성으로자기 세대를 호명하고 있습니다. 그런데 세대 담론이란 것이 고도성장기에만 가능한 일이에요. 지금은 젊은 세대가 '집'을 갖기 어렵고 '방'에서 살아야 하는 시대입니다. 사실상 세대 담론이 불가능해진 지점에온 거죠."

박해천은 2015년 9월쯤 《콘크리트 유토피아》와 《아파트 게임》을 잇는 3부작의 마지막 책을 펴낼 예정이다. 앞선 두 책의 중심이 아파트였다면 세 번째 책은 아파트를 벗어나 한국 중산층의 성장과 관련된 또다른 형태의 공간과 사물을 다룰 예정이다.

그는 앞선 두 책과 새로 나올 책을 묶어 '콘크리트 유토피아 3부작'이라고 이름 붙였다. "디자인과 관련해 모더니티를 상징하는 독특한 재료들이 있어요. 플라스틱, 유리, 콘크리트 같은 것들이죠. 그 가운데서도 한국 중산층의 성장과 디자인 문화의 형성에서는 콘크리트가 핵심적인 키워드입니다. 도시 공간에서 일상생활에 이르기까지 한국처럼 압축적 근대화의 상징으로 콘크리트가 부각된 경우는 흔치 않으니까요."

인터뷰 말미에 박해천은 다음과 같은 말을 남겼다. "청년 세대의 삶은 앞으로 더 어려워질지도 모릅니다. 욕망을 구조조정하고 새로운 주거 모델과 생활양식을 어떻게 만들어갈 것인지 고민해야 합니다."

지금의 기성세대가 청년들을 대신해 그 고민을 해결해줄 리 만무하다. 기성세대가 떠넘긴 짐을 젊은 세대가 평생 떠안고 살아야 하는 이 사회구조에서, 우리는 과연 어떤 공동의 미래를 만들어나갈 수 있을까. 박해천은 이 까다로운 질문을 우리 모두가 함께 떠안아야 한다고 단호하게 요구한다.

_정원식

경제연구인／선대인

〈동아일보〉와〈미디어다음〉취재팀 기자와 서울시 정책전문관 등을
거쳐 현재 일반인들을 위한 정직한 경제 정보 제공을 목표로 하는
선대인경제연구소의 소장을 맡고 있다. 저서로《위험한 경제학》
《문제는 경제다》《선대인, 미친 부동산을 말하다》등이 있고,
옮긴 책으로는《성공하는 사람들의 열정 포트폴리오》《다윗과
골리앗》등이 있다.

경제와 인문 사회를
교직하다

"30년 후 당신이 직업적으로 어떤 성취를 올렸는가 못지않게 세상의 거대한 불평등과 어떻게 맞서 싸웠는가로 자신을 평가하라."

마이크로소프트의 창업자 빌 게이츠가 2007년 6월 7일 하버드대학에서 명예학위를 받았을 때 했던 말이다. 현장에서 이 연설을 들으며 가슴 뛰었던 사람이 있다. 경제평론가 선대인이다. 그날은 하버드케네디스쿨에서 공공정책으로 석사학위를 받은 그의 졸업식이기도 했다.

선대인은 〈동아일보〉에서 6년, 〈미디어다음〉에서 1년 5개월 정도 기자로 활동했다. 유학을 다녀온 뒤에는 서울시 정책전문관을 거쳐 경제 전문 저술가로 활약하고 있다. 2005년 당시 경실련 공공감시사업단장이던 김헌동 씨와 함께 《대한민국은 부동산공화국이다?》를 쓴 이후 공저와 번역서를 포함해 12권의 책을 냈다. 그는 대중이 피부로 느끼는 경제 현실을 바탕으로 한국 경제의 문제점을 지적하고 대안을 모색하는 글을 써왔다.

선대인의 저술이 독자에게 호응을 얻는 이유는 부동산과 세금 등 일반인들이 피부로 느끼는 경제 문제를 쉽게 풀어 설명해주고 대안까지 제시해주기 때문이다. 그는 학문을 하는 이유가 현실의 문제를 해결하는 데 있다고 강조한다. "경제학은 경제라는 사회현상을 설명하고 또 가능하다면 그 사회의 현실을 개선하기 위한 것으로 이론이 있는 것이지, 이론에 꿰맞추기 위해 경제 현실이 있는 게 아니에요."

이보다 더 심각한 문제는 이해관계에 따라 오염되는 정보다. 재벌들의 목소리를 어떤 식으로든 직간접적으로 대변하고 옹호하는 경제학자들이 주류를 이루고, 경제연구소들도 대기업과 정부 관료들의 입장을 지지하는 방향으로 정보를 왜곡하고 있다는 것이다.

그는 이런 문제의식을 갖고 팟캐스트와 방송 출연, 강연과 SNS 활동으로 경제 문제에 관해 꾸준히 대중과 소통하면서 주목받고 있다. 선대인경제연구소를 이끌면서 세금과 예산에서 기득권의 이해를 앞세우는 정부의 경제정책에도 비판의 목소리를 아끼지 않는다. 자신의 이름을 따 2012년 문을 연 선대인경제연구소는 "정부와 재벌의 눈치를 보지 않는 정직한 정보 생산 기관이자 이런 콘텐츠를 체화한 전문 인력을 키워내는 양성소"를 목표로 하고 있다.

글쓰기의 출발은 블로그와 SNS에 올린 짧은 글

선대인은 연구소 운영과 SNS 활동 등 일상이 책 쓰기와 연관되어 있다. 연구소에서 발간하는 보고서 중에서 그가 쓰는 글은 일주일에 한 편꼴이다. 그는 연구소 보고서를 쓸 때 참고하거나 만들었던 자료를 나중에 책을 쓸 때 많은 부분 활용한다. 블로그에는 일주일에 두세 차례 글을 쓰는데, 여기서 다룬 주제를 더 심화시켜 책에 담는다. 블로그 글은 트위터와 페이스북 등 SNS에 올린 짧게 쓴 글들을 다듬은 것이기도 하다. 블로그에 차분하게 쓴 글은 다시 SNS를 통해 유통시키기도 한다.

선대인은 하고 싶은 말이 있을 때마다 글을 써서인지 글을 쓰다 막힌다는 느낌은 거의 받지 않는다. "가능한 한 편하게 쓰고 내킬 때 쓰기 때문에 글이 안 써져서 고민한 적은 많지 않아요. 다만 가끔 너무 과로해서 글 쓰기 싫은 때는 있어요.(웃음)"

글감은 책을 읽을 때 가장 많이 생각난다. 주로 관심 있게 보는 분야는 경제와 경영, 인문, 사회 분야의 책이다. 좋은 연구 결과를 담고 있는 책들을 보면서 놓치고 있는 부분을 파악해나간다. 이때 외국 저자의 내용을 곧이곧대로 받아들이는 게 아니라 '한국 사회에 어떤 식으로 적용할 수 있을까'라는 관점에서 글감으로 많이 사용한다. 잠자기 전 편안하게 있을 때나 산책을 할 때도 긴장감이 풀리면서 아이디어가 많이 떠오른다고 한다.

글쓰기 작업은 주로 집에서 한다. 강연과 인터뷰, 연구소 운영이나 사업 관련 모임 등 외부 일정은 되도록 몰아서 소화한다. 연구소 운영과 집필로 여력이 없기에 외부 강연은 가능한 일주일에 두 번이 넘지 않도록 시간을 조정한다.

중요한 책에 집중하기 위해 1,500권 '상한제' 유지

선대인은 몇 년 전부터 서재 규모를 1,500권 정도로 유지하고 있다. 물

론 1,500권에 해당하는 책들은 매년 바뀐다. 그는 연말이나 연초쯤 자신이 볼 때 유효기간이 다했거나 잘 참고하지 않는 책들, 도서관 등에서 구할 수 있는 책들을 골라내 근처 도서관에 기증한다. 지금 살고 있는 집의 서재 규모가 그 이상을 감당하기도 어렵지만, 정말로 보고 싶은 책에 집중하기 위해서다. "책을 무조건 많이 소장하고 있는 게 좋은 건지 모르겠어요. 읽지 않고 거의 끄집어내지 않는 책을 갖고 있기보다는 정말 필요하고 자주 보는 책들 중심으로 유지하는 게 더 낫다고 생각해요. 어떤 분야에서 일하든 중요하게 참고할 책들은 한정되어 있거든요. 그런 책들을 반복해서 되새김하는 작업이 중요하죠."

책장은 보기 편하게 주제별로 정리해놓고 있다. 현재 집필 중인 책과 관련 있는 책들은 따로 분류해놓았다. 분석 방법론이나 지표 관련 해설서처럼 보고서를 쓸 때 주로 참고하는 책들은 조금 가까이 둔다. 북트레이를 만들어서 새로 산 책들을 따로 두거나 책상에 몇 십 권 정도를 쌓아놓고 있다.

사람들이 못 보는 걸 보게 하려면 공감을 얻어라

선대인은 글쓰기의 핵심이 사람들이 쉽게 보지 못하는 걸 보여주고, 거기서 충분한 공감을 이끌어내는 것이라고 말한다. "사회적으로 바람직한 변화를 이끌어내고 싶을 때 책을 도구로 사용합니다. 부동산도 세금도 경제민주화도 그렇고요. 심지어《다윗과 골리앗》이라는 번역서를 내면서도 약자들이 열등감을 갖고 있는 현실에 위안과 용기를 주고 싶

113   선대인

강력한 자기 내면의 동인이나
전하고 싶은 메시지가 없는데도
'누가 책을 써서 유명해졌다더라' 또는
'박사논문 쓴 걸 책으로 출간해보면 어떨까'
하는 마음으로 책을 쓰면
잘 써지지도 않을뿐더러
책이 출간되어도 좋은 책이 되긴 힘들다.

은 생각이 있었습니다."그는 이런 의도를 충실히 구현해 많은 사람들에게 공감을 얻은 책이야말로 좋은 책이라고 본다.

이는 글을 쓸 때 공감하는 능력이 중요하다는 뜻이기도 하다. 그는 미국 유학을 마치고 돌아온 뒤 두 번 이사했다. 처음 경기도 양평으로 이사한 후 지금은 경기도 용인에 살고 있다. 모두 아이를 위한 선택이었다. 도시에서 행복해 하지 않는 아이를 자유롭고 행복하게 지낼 수 있도록 해주고 싶어서다. 그는 폐교 위기에 있던 학교를 주민과 학부모, 교사들이 힘을 모아 살린 양평의 한 대안학교에 아이를 보냈다. 자연 속에서 아이들끼리 뛰어놀면서 자연스레 감수성이 풍부해지고 협동심이 생겨났다. 이러한 초등학교 때의 분위기를 이어갈 학교를 찾다보니 결국 용인까지 오게 됐다.

"봄에 할미꽃이 지면 그걸 주워 쓰다듬으면서 '아, 떨어져서 아프지'하면서 쓰다듬을 줄 아는 감수성은 도시에서 논리적으로 설명한다고 되는 게 아니에요. 다른 사람의 아픔, 꼭 아픔만이 아니라 희로애락을 공감할 수 있는 능력이 삶에서 굉장히 중요합니다."

공감은 선대인 글쓰기의 출발점이기도 하다. "처음 기자가 된 건, 왜 낮은 곳에 있는 사람들의 목소리는 대변되지 않을까. 언론인으로서 제대로 역할을 해서 세상을 바꿔보고 싶다는 생각이었죠."주류 언론에 들어가 언론을 바꾸겠다고 각오했지만 뜻대로 되지 않았다. 1999년 삼성 이재용 씨의 편법 상속 문제를 다룬 기사를 사회면 머리기사로 발제해 썼지만 단 한 줄도 실리지 않았다. 삼성과 관련된 기사는 줄기차게 축소·왜곡됐고, 파업을 다룬 기사에서도 사용자 측의 목소리만 비

선대인

중 있게 실렸다.

이해관계에 의해 왜곡된 정보를 유통하는 언론과 기자라는 직업에 회의가 들 무렵 큰아이가 태어났다. "애가 태어나는 장면을 보면서 그런 생각이 들었어요. 이 아이가 십 년 정도 지나면 문자를 해독할 텐데 애한테 아빠가 썼던 기사라고 떳떳하게 내보일 수 있을까. 자신이 없었어요. 그때 이미 마음속에 사표를 썼죠."

이슈에 덜 민감해지기

선대인은 지금까지 대체로 분석적인 글을 많이 썼다. 경제 문제에 관한 구체적인 사실과 데이터를 찾아 분석하고, 그 분석을 바탕으로 뚜렷한 사회적·경제적 메시지가 있는 책을 썼다. 그 나름대로 목적의식과 소명의식을 구현하기 위한 수단으로 책을 썼기 때문에 약간 전투적인 측면이 있었던 게 사실이다.

그런 그가 이제는 글쓰기에 변화를 줄 모양이다. "기본적으로 분석적인 글쓰기를 버릴 순 없지만, 앞으로는 현실에 대해 강한 주장을 하는 것보다 한 발짝 물러나서 좀 더 큰 흐름을 보고 인문사회적인 시각에서 큰 틀의 통찰을 줄 수 있는 책을 써보려고 해요." 이슈의 민감성에서 한발 비켜서면서 좀 더 다양하게 독자 저변을 확대하고 저자로서 경제 분야를 넘어 폭을 넓히려는 의도에서다.

앞서 선대인은 2005년부터 2년 동안 미국 유학 시기에 한국 경제에 관한 10부작을 구상했다. 그중 다루지 않은 분야도 있지만 지금까지 권수로 총 7권의 책을 냈다. 남은 주제는 두 권 정도로 정리할 생각이다. 그 가운데 한 권에 붙일 가제는 '올레길 경제학'이다. 경제에 관한 철학, 방법론, 한국 경제가 지향해야 할 방향들에 대한 생각을 담을 계획이다. 분석적인 부분이 있으면서도 에세이와 비슷한 방식으로 나름의 통찰력을 큰 틀에서 풀어내는 것이 목표다.

또 다른 작업은 세금 문제를 다루고 있는《프리라이더》(2010)와 《세금혁명》(2011)을 한 권으로 묶는 일이다. 이 두 권은 부동산이나 경제 전반을 다룬 그의 다른 책들에 비해 상대적으로 덜 알려져 있다. 원래 한 권으로 묶었어야 할 책이고, 데이터가 많아 상대적으로 어렵게 느껴진 것을 세금에 대한 관심과 중요도가 높아진 만큼 좀 더 대중적으로 접근할 수 있게 다시 쓸 계획이다.

이 작업이 끝난 다음에는 현실에서 한 발짝 떨어져 전반적으로 목소리 톤을 조금 낮추면서 인문사회적 통찰과 그간 섭렵한 연구 결과들을 통합적으로 보여줄 생각이다. 어려운 내용을 이론이나 논리, 도표나 수치로 설명하는 게 아니라 풍부한 이야기를 통해서 쉽게 보여주려 한다.《다윗과 골리앗》을 쓴 말콤 글래드웰이나《습관의 힘》을 쓴 찰스 두히그가 이런 글쓰기의 모델이다.

3부작이 될 이 저술의 첫 번째 주제는 '타이밍'이다. '왜 우리는 제때 대처하지 못하는가'라는 문제의식에서 출발해, 소소하게는 야구의 타이밍에서 궁극적으로는 저출산·고령화 충격에 대응하는 정책의 타이밍 적기에 대해서 다룬다. 선대인은 이 책이 순수 경제 분야가 아니라는 점에서 저자로서 새로운 도전이자 또 대중 저자로서 자신을 한

선대인

단계 업그레이드시키는 계기라고 생각한다.

또 다른 주제는 '공통의 파이'다. 보통 협상이란 정해진 파이 속에서 상대 몫을 많이 빼오는 것이라고 보지만 실제로는 서로 이익이 다른 부분을 교환하면서 공동의 이익을 키울 수 있고 그렇게 할 때 개인적으로는 물론이요, 사회 조직이나 정부, 기업이 성장·발전할 수 있다는 내용이다. 일단 파이부터 키우자는 성장지상론에 대한 대안을 제시하는 책이 될 것이다.

유명 저자만 대우해주는 한국 출판 풍토

선대인은 한국에서 논픽션 도서를 출간한 저자가 어느 정도 생활이 되는 수준까지 수입이 생기는 경우는 매우 드문 일이라고 말했다. 그 자신도 책의 인세 수입만으로 생활을 꾸리기가 쉽지 않단다. 물질적 토대가 부족한 데는 우리 사회에서 지식의 생산도구가 되는 기관들이 대부분 개인의 자유로운 생각의 공개를 허용하지 않는 분위기도 한몫을 한다. "(경제학자들이) 재벌이나 정부 출연 연구소에 있거나, 교수들이 재단이나 정부, 기업의 눈치를 보면서 대중들이 정말 필요로 하는 목소리와 정보들을 제공하지 못하고 있어요. 이런 풍토에서는 책을 내서 독립적으로 생활할 수 있는 물질적 기반이 약할 수밖에 없고 훌륭한 저자들이 나올 수 없습니다."

출판사나 언론사들이 논픽션 저자를 키우는 데 인색한 것도 한 가지 원인으로 봤다. 이를테면 출판사나 언론사들이 각종 문학상을 주지만 논픽션 장르에 관해서는 제대로 된 상도 없고 그런 저자들을 키우려는 생각도 없다는 것이다. 그러면서 한국 출판사가 외국 유명 저자들에게는 몇 억 원씩 선인세를 주면서, 정작 국내의 잠재력 있는 저자에게는 아무런 선투자도 하지 않는 것에 안타까움을 드러냈다.

그는 한 출판사와 손잡고 경제 분야의 저술 활동을 지원해주는 사업을 추진하고 있다. 2014년에는 마땅한 대상자가 없어서 당선자를 내지 못했지만 앞으로는 좋은 논픽션 저자들을 발굴할 계획이다.

전하고 싶은 메시지가 분명할 때 책을 써라

선대인은 대중서를 쓰려는 사람들이라면 무엇보다 책으로 엮어낼 만하고 책으로 엮어내서까지 꼭 전하고 싶은 메시지가 있어야 한다고 강조한다. 즉 강력한 자기 내면의 동인이나 전하고 싶은 메시지가 없는데도 '누가 책을 써서 유명해졌다더라' 또는 '박사논문 쓴 걸 책으로 출간해보면 어떨까' 하는 마음으로 책을 쓰면 잘 써지지도 않을뿐더러 책이 출간되어도 좋은 책이 되긴 힘들다. 그 책을 읽어보면 어떤 상태에서 썼는지 단박에 독자들이 간파할 것이기 때문이다.

그는 책을 쓸 때마다 '왜 세상 사람들은 내가 보는 걸 보지 못할까', '이렇게 중요한 문제가 있는데 왜 사람들이 놓치고 지나갈까', '제대로 알려야겠다'라는 욕구들이 상당히 강했다. 이제껏 그런 욕구에서 책을 써왔고, 그것이 대중적 반향을 일으켜 알려진 것이다. 그러면서 "만약 하고 싶은 말이 뚜렷하지 않은데, 예컨대 돈을 벌려고 책을 낸다면 그게 무슨 가치가 있을까요?"라고 오히려 반문한다.

그는 또 책을 내기 전 충분한 검증 과정을 거치라고 조언한다. 간절히 전하고 싶은 메시지가 있어야 하는 것은 물론, 어떻게 하면 이를 왜곡 없이 전달하고 대중과 최대한 많이 만날 수 있는지를 고민해야 한다. "2005년에 펴낸 《대한민국은 부동산공화국이다?》에도 사실상 제가 간절히 쓰고 싶은 메시지가 잘 담겨 있어요. 그럼에도 대중적으로 알려지지 않았던 이유는 '어떻게 쓰면 사람들이 좋아할까'라는 고민이 덜했기 때문이라고 생각해요."

그러면서 이런 사전 검증의 한 방법으로 블로그나 SNS 활용을 들었다. 예컨대 블로그에 꾸준히 글을 써서 조회 수가 어떻게 올라가는지, 어떤 글에 독자들이 반응하는지를 확인하면 그 부분을 좀 더 강조할 수 있다. 또 SNS로 간단하게 평을 듣는다든지 독자들이 궁금해 하는 부분이 무엇인지 짚어가다 보면 글을 쓰는 데 참고할 수 있다. 작업실에 앉아 치열하게 내면과 승부를 걸어도 좋은 작품이 나올 수 있겠지만, 많은 사람들과 소통할 수 있는 방법들을 활용해 독자들의 반응을 확인하고 검증하는 과정이 있으면 대중성이 있으면서도 자신이 놓치는 부분들을 잡아낼 수 있다.

실제로 그 역시 이런 방법을 쓰고 있다. 《문제는 경제다》를 쓸 때는 트위터에서 한국 경제에 대해 어떤 점이 궁금하고 중요한지 물어보고 거기에 답하는 형식으로 글을 썼다. 《두 명만 모여도 꼭 나오는 경제질문》은 이를 더 발전시켜 강연과 SNS를 통해 받은 질문들을 취합해 답하는 형식을 취했다. 2015년 말 출간 예정인 '타이밍' 역시 1월 말부터 연구소의 메일 클럽 회원들을 대상으로 이메일 연재를 시작하고 관련한 페이스북을 만들어 그 반응들을 반영하면서 글을 쓸 생각이다.

선대인은 강연과 글로 충분히 메시지를 전달하고, 또 연구소라는 틀에서 사람들을 키울 수 있다고 생각하기 때문에 굳이 대학 강단에 서야겠다는 계획은 없다. 다만 훗날 '선대인'이라는 사람을 단 하나의 직업으로 표현해야 한다면, 사람들에게 저자로 기억되는 것이다. 그리하여 그가 저자로서 모델로 삼고 있는 미국의 독립 저널리스트 I. F. 스톤처럼 억압받는 자를 위해, 진실을 위해, 진정한 언론인으로서 이상을 실천하는 글을 계속해서 쓰는 것이다. 불평등에 맞서는 활동가로서 항상 자신을 돌아보는 선대인이 그 길을 따라 잘 살고 있는지 많은 사람들도 곁에서 힘껏 응원하지 않을까. _주영재

선대인

문학평론가 〳 신형철

서울대 국어국문학과에서 10년 동안 공부했고, 2005년〈문학동네〉로
등단해 평론을 쓰기 시작했다. 이후 2007년 여름부터〈문학동네〉
편집위원으로 합류해 활동 중이다. 현재 조선대 문예창작학과에서
비평론을 강의하고 있다. 저서로는 평론집《몰락의 에티카》, 산문집
《느낌의 공동체》, 27편의 영화 이야기를 묶은《정확한 사랑의
실험》이 있다.

비평은 함부로 말하지 않는 연습이다

문학비평에 대해 널리 퍼져 있는 통념 중 하나는 '비평은 문학작품 없이 홀로 설 수 없다'는 것이다. 비평은 홀로 설 수 없다는 믿음은 '비평가는 시인이나 작가가 되는 데 실패한 문인'이라는 선입견의 질료가 된다. 비평에 대한 또 다른 통념은 그것이 냉정한 논리와 판단으로만 이루어져야 하며 애정이나 감동을 드러내서는 안 된다는 인식이다. 이런 생각은 비평에 지적 교사로서 권위를 부여할지 모르지만, 독자들에게는 '비평이란 재미없고 골치 아픈 것'이라는 고정관념을 만들어낸다.

문학평론가 신형철은 문학비평이란 엄격한 논리학 교사가 아니라 성숙한 동반자에 가깝다고 믿으며, 비평의 독자성이란 예외적인 개인의 성취가 아니라 비평 본연의 지향점이어야 한다고 믿는 사람이다. 2005년 문학비평을 시작한 이래 비평집《몰락의 에티카》와 산문집《느낌의 공동체》,《정확한 사랑의 실험》, 그리고 책으로는 묶이지 않았지만 이런저런 많은 글들을 써왔다. 또 2013년부터 1년 남짓 진행한 팟캐스트 '문학 이야기'를 통해서는 비평의 독자성과 아름다움에 대한 자신의 신념을 인상적으로 입증해왔다.

비평의 근본은 섬세함이다

신형철은 자신이 시와 소설 창작에 재능이 없는 사람이라는 사실을 비교적 일찍 깨달았다. 그는 대학 국문학과에 입학할 때부터 비평가가 되기로 결심했다. 그러나 앞의 두 문장 사이에는 아무런 인과관계도 없다. 그는 창작에 재능이 없다는 사실에 좌절하고 비평가가 되기로 결심한 것이 아니라, 비평이란 글쓰기가 갖고 있는 본질적 매력을 일찌감치 간파하고 비평가의 길에 들어서기로 마음먹었다.

신형철은 1995년 대학에 입학해 학부와 대학원에서 국문학을 공부했고, 2005년 봄 계간지 〈문학동네〉로 등단해 평론을 쓰기 시작했다. 2007년에는 〈문학동네〉 편집위원으로도 합류했다. 그리고 1년 뒤 첫 평론집 《몰락의 에티카》를 출간했다. 이 평론집 한 권으로 그는 우리 시대 문학 독자들을 단숨에 사로잡았다.

지난 시기 〈창작과 비평〉 그룹에 백낙청이 있고, 〈문학과지성〉 그룹에 김현이 있었다면, 2005년 이후 〈문학동네〉 그룹에는 신형철이 있었다. 한 출판 관계자는 사석에서 "신형철은 문학동네의 복룡(제갈공명) 같은 존재"라고 말한 적도 있다.

신형철은 본격적으로 비평을 시작한 뒤부터 곧잘 김현과 비교되었다. 글의 따뜻함과 섬세함, 지식이나 논리를 과시하기보다는 독자의 직관과 감수성을 파고드는 스타일 등은 확실히 김현을 연상하게 한다.

문학비평이 그 자체의 아름다움만으로 문학 독자들을 열광하게 만든 것은 1990년 김현이 세상을 떠난 이후로 처음 있는 일이다. 많은 문인들이 자신의 작품에 대해 그의 평론을 받고 싶어 할 만큼, 문인들이 사랑하는 평론가라는 점에서도 두 사람은 흡사하다. 죽은 김현이 다시 살아나 2000년대에 비평을 한다면 신형철의 그것과 구분하기 어려울 것 같다는 생각이 들기도 한다.

신형철은 비평의 근본이 섬세함에 있어야 하고, 섬세함이야말로 비평의 운명이라고 생각한다. 그런 점에서 김현은 신형철이 가장 존경하는 선배 비평가다. "김현 선생의 비평이 섬세해서 좋다는 빤한 이야기를 하려는 것이 아닙니다. 섬세함은 비평의 여러 가치 중 하나가 아니라 비평의 근본이라고 생각합니다. 왜냐하면 비평이 미세한 진실에 대해 말하는 사회적 실천일 수 있으려면, 섬세함 없이는 불가능하거든요. 그런 의미에서 김현 비평의 힘은 제게 근원적인 것이에요."

새로운 인식을 생산해야 하는 이유

신형철은 문학비평을 하기에 김현보다 불리한 조건을 안고 있다. 김현은 문학이 문화의 중심일 때 활동했지만, 지금 문학의 위상은 예전과 달리 크게 위축되었다. 한때 한국 문학의 양대 산맥이었던 〈창작과 비평〉이나 〈문학과 사회〉에 실리는 글들은, 이제 더는 우리 시대의 지식 담론을 주도하지 못하고 있는 형편이다. 비평을 읽는 독자도 크게 줄었다. 요즘 문학 계간지들은 초판 2,000부를 다 팔기도 버거운 실정이다. 1990년대 영화가 문화의 중원을 차지하며 발생한 불가피한 결과라는 해석도 나오지만, 영화비평의 위축은 문학비평보다 더 빠르게 진행됐다. 요컨대 오늘날 비평은 장르를 막론하고 주변부로 밀려난 지 오래다.

신형철은 비평을 쪼그라들게 만든 복잡한 이유들을 따지는 대신, 어떻게 하면 비평이 스스로 존립할 수 있을지에 대해 오랜 고민을 털어놨다. "비평이 하나의 글로 존립할 수 있으려면 반드시 가져야 할 것 중 하나가 인식의 생산이에요. 비평은 텍스트를 앞에 세워야만 존재할 수 있는 글입니다. 텍스트의 이야기를 잘 듣는 과정에서 비평의 고유한 장점이 발휘될 수 있어요. 그러나 비평이 텍스트로 환원될 수 있는 종류의 것이라면 굳이 비평을 읽을 이유는 없겠지요. 텍스트로 환원될 수 없는 인식을 생산해내지 못한다면 비평은 하나의 글로 존립할 수 없습니다. 비평을 읽는 독자들이 줄어들고 있다면 비평이 이 지점에서 실패하고 있기 때문일 겁니다."

당신은 삶에 의미가 있는가

"문학이 윤리적·지적 과제를 짊어지기 때문에 영향력을 지니는 시대는 기본적으로 끝나고 있습니다. 그 잔영만이 있을 뿐이죠." 일본의 대표적인 비평가 가라타니 고진은 2005년에 출간한 《근대문학의 종언》에서 일본과 한국에서 더 이상 사회적으로 의미 있는 문학이 생산되지 않고 있다는 점을 이와 같이 지적했다.

비평은 함부로 말하지 않는 연습이다

한편 '근대문학의 종언'을 선언해버린 가라타니 고진과 달리, 신형철은 지금도 문학과 문학비평이 윤리적 실천일 수 있다고 믿는다. 물론 문학과 문학비평이 사람들이 따라야 할 어떤 실천적 지침을 제공해야 한다고 믿는 것은 아니다. 다만 그는 문학이 삶의 의미를 성찰함으로써 독자 스스로가 삶의 윤리에 대해 고민하게 만드는 힘을 갖고 있다고 생각한다. "'삶에 의미가 있는가', '왜 살아야 하는가', '어떻게 살아야 하는가'는 넓은 의미에서 윤리학적인 테마들입니다. 문학이 제게 소중한 이유는 삶의 의미에 대해 가장 섬세하게 질문할 수 있는 분야이기 때문입니다."

요즘 들어 신형철은 '삶의 의미'라는 말을 자주 사용하는데, 이 쉬운 말 안에 담겨 있는 어려운 문제들이야말로 그동안 그가 써왔고 앞으로도 써나갈 주제라고 한다.

정확한 문장이 아름답다

신형철은 미문가다. 그러나 미문가라고만 말한다면 오해의 소지가 있다. 한국어의 맥락 속에서 미문가라는 말에는 내용보다는 형식에 치우친다는 부정적 함의가 담겨 있기 때문이다. 신형철의 문장이 아름다운 것은 단순히 그가 화려한 수사적 기교를 사용해서가 아니다.

신형철은 좋은 문장에 대해 확고한 기준을 갖고 있다. 바로 정확한 문장이 좋은 문장이라는 것이다. 그가 말하는 정확한 문장이란 문법적으로 정확한 문장이 아니라, 사태의 본질에 대해 정확한 인식에 도달함으로써 다른 그 어떤 문장으로도 대체할 수 없는 문장을 뜻한다.

"어떤 사태와 진실을 백퍼센트 담아내는 문장이 있다고 생각해요. 다른 문장으로 표현되면 부정확해지는 그런 문장 말입니다. 정확한 인식에 도달하게 해주는 문장이 정확한 문장입니다. 그런 문장을 쓴다면 당연히 인식의 생산에 성공할 수 있죠. 마찬가지로 정확한 문장을 쓰지 못하면 어떤 인식에도 도달하지 못했다는 뜻입니다. 화려하거나 현학적인 문장은 그 부작용으로 생기는 거라고 봐요."

국문과나 문예창작과에서 문장 훈련을 쌓을 수 있는 창작자들과 달리 문학평론가들은 그런 훈련을 받을 기회가 적다. 모범적인 문장을 쓰는 사람들의 책을 읽고 스스로 노력하는 수밖에 없다. 신형철에게는 김현, 황현산, 고종석 같은 저자들의 책이 문장 훈련을 위한 교과서 역할을 했다.

또 신형철은 사전에만 있을 뿐 일상에서는 잘 쓰지 않는 어려운 한자어들을 가능한 쓰지 않는다는 원칙을 갖고 있다. 어려운 한자어를 쓴다고 해서 글에 격이 생기지는 않는다. 구체적인 상황을 표현하는 말로 대체하는 것이 정확한 글을 쓰는 데 도움이 된다.

1990년대는 '늙은 아이들'의 시대

이 명민한 비평가의 20대는 어떠했을까. 신형철은 1995년에 대학에 입학했다. 텍스트를 통해 말하는 비평가답게 그는 1990년대에 대해 직접적으로 말하는 대신 동갑내기 소설가 윤이형의 단편소설 〈큰의 여

신형철은 좋은 문장에 대해 확고한 기준을 갖고 있다.
바로 정확한 문장이 좋은 문장이라는 것이다.
그가 말하는 정확한 문장이란,
문법적으로 정확한 문장이 아니라
사태의 본질에 대해 정확한 인식에 도달함으로써
다른 그 어떤 문장으로도
대체할 수 없는 문장을 뜻한다.

신형철

행〉을 소개했다. 참고로 이 소설에는 '쿤'이라 불리는 가상의 물질이 등장하는데, 주인공은 이 쿤과 한 몸이 되어 쿤에 기생하다시피 하여 살아간다. "이 몸의 주도권을 잡고 있는 건 내가 아니라 쿤이었고, 나는 쿤의 등에 달라붙어 살고 있었던 것이다. 나는 팔로 쿤의 목을 감고, 두 다리를 쿤의 옆구리에 바싹 붙여 업힌 자세로 그녀와 한 몸이 되어 살아왔다."

소설은 주인공이 몸에서 쿤을 떼어내고 자신의 두 발로 서려는 시도를 그리고 있다. "1990년대 중반 학번들의 특수성에 대해 말하고 있는 이 소설에서, 작가는 이들이 진짜 어른이 되지 않으면 안 되는 상황을 경험하지 않은 세대라고 말합니다."

80년대 대학생들은 정치적 민주화를 달성하기 위해 독재정권과 싸우는 과정에서 어른이 됐다. 그리고 지금의 20대는 혹독한 취업 시장에서 살아남기 위해 타인은 물론 자기 자신과도 싸우면서 어른이 되어가고 있다. 신형철은 1990년대 중후반에 대학을 다닌 세대가 나름의 어려움은 있었겠지만, 이들 두 세대보다는 비교적 자유로웠던 세대, 즉 어른이 되기 위한 고통스러운 입사식을 꽤 오랫동안 유예 받을 수 있었던 세대라고 말한다. "작가는 1990년대가 늙은 아이들의 시대였다고 말하는데, 저도 그 말에 매우 공감합니다."

비평은 작품을 '까는' 것이 아니라 '낳는' 것

한때 문학과 문학비평은 지적·도덕적 교사 역할을 했다. 그 시절 비평가들은 사회적 이슈들에 대해 발언함으로써 공적 담론을 만드는 일에 앞장서며, '문학비평은 지식인의 공적 글쓰기'라는 강한 자의식을 갖고 있었다. 이러한 앞 세대 비평가들에 견주면 신형철의 생래적 지향점은 창작자의 그것에 가깝다.

앞서 그는 비평이 사회적 실천일 수 있다고 했지만, 비평을 통해 공적 영향력을 발휘하려는 마음은 없다. "제 글에 사람들이 얼마나 동의해주느냐는 그다지 중요하지 않아요. 제가 생각했을 때 제 글이 인식적 정확성과 미학적 탁월성의 기준에 도달했느냐 아니냐가 중요해요. 그것이 제 글쓰기의 고통이자 동력입니다."

그동안 신형철이 '비평이란 무엇인가'에 대해 여러 측면에서 고민해온 흔적은 그의 저서 여기저기에서도 엿보인다. "나에게 비평은 아름다운 것들에 대해 아름답게 말하는 일이다."(《몰락의 에티카》) "비평은 함부로 말하지 않는 연습이라고 생각합니다. 타인들에 대한 폭력적인 단언을 즐기는 사람들도 당사자의 면전에서는 잘 그러지 못합니다. 어쩌면 비평은 함부로 말하지 않기 위해 늘 작품을 앞에 세워두는 글쓰기인지도 모르겠습니다."(2013년 제59회 현대문학상 수상소감) "해석은 작품을 다시 쓰는 일이다. 작품을 '까는' 것이 아니라 '낳는' 일이다. 해석은 인식의 산파술이다."(《정확한 사랑의 실험》)

그는 비평을 통해 삶의 미세한 진실에 대한 인간의 인식 능력이 어디까지 섬세해질 수 있는지 보여줄 수 있다고 생각한다. 다만 시인이나 소설가와 달리 자신의 목소리로 말하는 것이 아니라, 시나 소설이 평론가에게 하는 말을 들어줌으로써 가능한 일이다. "비평가는 위대한 텍스트가 말하는 위대한 문제를 다루는 사람이지만, 지금 하고 있는 일 자체가 자신이 위대하다는 증거는 전혀 아니라는 사실을 늘 인식하는 사람이어야 합니다."

신형철은 조선대 문예창작학과 교수로 임용돼 2014년 3월 광주로 내려갔다. 그즈음 〈씨네21〉에 쓴 글들을 묶어 작업한 《정확한 사랑의 실험》이 9월에 출간됐다. 책 서문에서 그가 "그녀(아내)를 정확히 사랑하는 일로 내 남은 생이 살아질 것"이라며 곧 결혼한다는 사실을 공개적으로 밝힌 탓에, 책 출간을 알리는 인터넷 기사에서 한바탕 '난리'가 났다. 그의 글을 흠모해온 여성 독자들이 적잖이 실망하고 질투했다는 이야기도 여기저기서 들려왔다는 후문이다.

현재 그는 두 권의 책을 더 펴낼 계획을 세우고 있다. 한 권은 《느낌의 공동체》 후속편이라 할 수 있는 산문집이고, 다른 한 권은 《몰락의 에티카》에 이은 두 번째 평론집이다. 이미 써온 글을 잘 추리기만 하면 되는 산문집과 달리 평론집은 꽤 오랜 시간을 예상하고 있다. 신형철은 이 두 번째 평론집에서 30대 시절 10년 동안 공부하고 생각했던 것들을 모두 쏟아부어 어디 내놔도 부끄럽지 않을 책을 내는 데 몰두할 생각이다.

_ 정원식

문화학자 / 엄기호

울산에서 태어나고 자랐다. 초등학교 때 폭력적이고 부패한 교사를
만나 교육과 학교에 대한 문제의식에 눈을 떴다. 2000년부터
국제연대운동을 하면서 낯선 것을 만나 배우는 것과 사람을 평등하게
둘러앉게 하는 '모름'의 중요성을 배웠다. 저서로《닥쳐라, 세계화!》
《아무도 남을 돌보지 마라》《이것은 왜 청춘이 아니란 말인가》
《우리가 잘못 산 게 아니었어》《교사도 학교가 두렵다》《단속사회》
등이 있다.

당신은 누구의 '곁'에서
글을 쓰는가

처음 그를 봤을 때, 엄기호는 누군가와 대화를 나누는 중이었다. 인터뷰 시간이 가까워졌는데 나타나지 않아 그를 마중하기 위해 회사 현관으로 내려가던 참이었다. 편한 옷차림의 엄기호는 관광객으로 보이는 외국인들에게 손짓을 곁들여가며 무언가를 공들여 설명하고 있었다. 아마 그에겐 언론사와의 인터뷰보다 당장 도움이 필요한 누군가와의 대화가 더 중요했는지 모른다. 이렇게 엄기호는 이야기 들어주기를 좋아하는 사람이다.

한국 사회에서 이미 확고한 명성을 얻은 필자가 아니라, 앞으로 주목할 만한 필자를 찾아보자는 의도에서 선정한 '뉴 파워라이터'. 그중에서도 엄기호는 자기 전공 분야에 대한 전문성과 대중 독자와의 소통 가능성을 함께 고려했을 때 가장 많은 이들에게 추천을 받았다. 한마디로 대중성과 전문성을 모두 고려한 글쓰기가 기대되는 '파워라이터'라고 할 수 있다.

엄기호는 '곁'을 중시한다. 글을 쓸 때의 원칙도 '곁'과 관련 있다. 누구의 곁에서 쓰고 있는가, 누구의 곁에서 들려주는가. 위에서 내려다보며 이래라저래라 하지 않고, 아래서 올려다보며 굽실대지 않는다. 그의 글은 그렇게 독자의 공감을 산다.

엄기호가 저술가로서 이름을 알린 책은 《이것은 왜 청춘이 아니란 말인가》다. 엄기호는 이 책에서 자신이 출강한 대학에서 만난 학생들의 교육, 민주주의, 돈, 사랑 등에 대한 생각을 솔직하게 전했다. 마침 "아프니까 청춘"이라고 다독이거나, "88만원 세대여, 짱돌을 던져라"라고 권하는 책이 인기를 끌던 시기였다. 갖가지 이유로 힘들어하는 청년들을 위해 다양한 조언들이 쏟아지고 있었다.

엄기호는 위안을 주지도, 선동하지도 않았다. 그가 생각할 때 위안과 선동은 모두 '어른'의 목소리였다. 엄기호는 다르게 접근했다. 기성세대의 눈엔 찌질하고 무기력하고 탈정치적이고 이기적이고 싸가지 없는 오늘날 청춘의 육성을 그는 그저 담담히 전했다. 채근하거나 위로하지 않았다. 그런데 이상했다. 엄기호의 전언을 듣다 보면 어느새 젊은이들의 생각이 이해됐다. 젊은이들의 속내를 모른 체했던 나를 반성하게 된다. 우리를 둘러싼 세상을 돌아보게 된다.

외부의 시선으로 비난하는 이에게 내부 사정을 들려주며 공감 얻기. 이것이 엄기호가 가진 삶의 태도이자 서술의 방식이다. 그는 글쓰기의 유형을 두 가지로 분류한다. 대부분은 "너희가 모르는 걸 내가 알려주마"형이다. 이런 글들은 사태를 해석하고 분석하는 데 초점을 맞춘다. 엄기호의 글은 "나도 모르고 너도 모르는 걸 같이 알아보자" 형이다. 누군가에게 말을 걸고, 누군가는 답하기. 이것은 '인터뷰'와도 다르다. 인터뷰는 인터뷰이가 '안다'는 사실을 전제하지만, 말 걸기는 인터뷰이와 인터뷰어 모두 '모른다'는 사실에 기반을 둔다. 그렇게 말을 하다 보면 잊고 있거나 억압했던 것이 서서히 떠오른다. 그것이 엄기호의 글쓰기 방식이다. CBS 정혜윤 피디는 엄기호와 학생들의 문답에서 자크 랑시에르의 《무지한 스승》을 떠올렸다고 한다. "무지한 제자와 무지한 스승의 관계로 만난다. 가르치는 자와 배우는 자가 평등하게 만난다. 그의 책은 '요즘 20대는 어떻더라'라는 식으로 20대에 대해 이러쿵저러쿵 하는 책이 아니다."

독자의 반응도 마찬가지다. 엄기호의 독자들은 정작 책에 대해 말하지 않는다. 오히려 책을 읽으며 떠오른 자신의 경험을 반추한다. 인터넷 서점에서 좋은 반응을 얻은 독자 평만 봐도 그렇다. 어느 독자는 자신이 비명문대생임을 밝힌 뒤, 대학 간판이 삶의 선택지를 줄어들게 한다는 점을 지적한다. 또 다른 독자는 자신의 경험에 비추어볼 때, 엄기호가 전하는 젊은이들의 고충이 과장된 것 같다는 의견도 제시한다. 호평이든 악평이든, 엄기호가 원한 것이 바로 이런 반응이었다. "책을 통해서 책이 아니라 당신 자신을 돌아보라."

이것을 내재적 접근법이라고 불러도 좋겠다. 어떤 사람의 곁에서 보느냐에 따라 세상은 달라진다. 이를테면 통합진보당 이석기 의원이 내란을 목적으로 지하혁명조직(RO)을 만들었는지를 두고 치열한 법리 공방이 있었다. 어떤 사람들은 이를 두고 '내란 음모'가 일부 급진적 몽상가들의 머릿속에서만 가능한 것이라고 고개를 저을지 모르겠다. 그러나 송전탑 공사장 주변에 진을 치고 있는 밀양 할머니들 곁에서 세상을 보면 어떨까. 밀양 할머니들에게 한국 사회는 이미 내란 상태다. 엄기호는 "한국의 많은 진보, 좌파 지식인들이 판관의 글을 쓰고 있다"고 말했다. 물론 판관은 필요하다. 하지만 우리에겐 이미 너무 많은 판관이 있다.

아무리 좋은 개념도 자주 사용하면 힘이 떨어진다

다른 사람의 말을 듣고 옮기는 것은 쉬운 일이 아니다. 쉽기는커녕 엄청난 내공이 필요하다. 그런 면에서 엄기호는 남의 말을 듣는 데 능숙하다. "사실 현장의 이야기는 무한 반복에 가까워요. '타잔이 십 원짜리 팬티를 입고, 이십 원짜리 칼을 차고 노래를 한다'는 노래처럼. 하지만 저는 이 노래가 하나도 지루하지 않아요."

경청하기. 이것은 좋은 교사의 자질이기도 하다. 학생에게 무언가를 가르치려 하기 전에, 학생의 말을 잘 들을 수 있는 이가 좋은 교사다. 엄기호의 글은, 반복되는 말을 지겨워하지 않고 매번 신기하게 들어줄 수 있는 태도에서 나온다.

엄기호는 현장의 말을 '증언'이라고 표현한다. 학자들에게 이러한 증언은 미가공 자료(raw data)에 불과하지만, 엄기호에겐 자료 이상의 의미를 지닌다. 그가 하고 싶은 이야기가 이미 증언 안에 들어 있기 때문이다. 현장 사람들의 말조차 엄기호와의 만남에서 나온 것이니,

글을 쓸 때는 머릿속에 누군가 한 명을 앉혀놓는다.
청년에 대한 글을 쓸 때는 청년을,
교사에 대한 글을 쓸 때는 교사를 떠올리면서 쓴다.
글은 혼자 쓰더라도 거기 담긴 내용은
여럿이 공유할 수 있어야 하기 때문이다.
'안다는 착각'이야말로 가장 무서운 착각이다.

그들과 엄기호는 이미 책의 공저자나 다름없다.

엄기호는 문화학 박사다. 대학에서 강의도 하고 있다. 하지만 그의 글에서 '세계체제론', '신자유주의' 같은 단어를 찾아보기 어렵다. 그는 신자유주의에 대해 묻지 않고, 상대방도 그에 대해 답하지 않는다. 다만 그들이 무슨 말을 하든 거기엔 세계의 변화, 인간의 운명이 들어 있다. "이런 개념들은 세상을 읽는 좋은 도구지만, 너무 자주 사용하면 삶을 읽는 힘이 헐거워질 수 있어요."

엄기호가 생각하는 배움에는 두 가지가 있다. 발견과 확인이다. 발견이 모르는 걸 찾아내는 일이라면, 확인은 아는 것을 검증하는 일이다. 엄기호는 확인에는 관심이 없다. 심지어 확인을 배움이라고 할 수 있는지 의심한다. 엄기호의 말 걸기는 발견의 과정이다. '나도 너도 이걸 몰랐구나', '한국 사회의 청춘이 이렇게 살고 있었구나' 하는 발견.

폐허를 직시하는 용기

엄기호가 전하는 이야기를 듣다 보면 '이 세상에 희망이 있을까'라는 생각이 든다. 엄격한 위계질서에 놓인 대학 졸업장은 인간의 실제 됨됨이와 관계없이 그 사람의 삶을 좌우한다. 모든 시민이 모든 시민과 소통하지 못한다. 그러면서도 소통을 위한 노력을 하기보다는 가짜 치유의 공간에서 잠시 위안을 얻는다. 현실로 돌아오면 다시 불통의 악순환이 이어진다. 현장에서 나온 생생한 이야기라고는 하지만, 그걸 그저 암담하게 전하는 것이 옳은 태도일까.

엄기호는 우리에게 용기가 필요하다고 말한다. 구체적으로 말하면 '폐허를 직시할 용기'다. 눈앞에 폐허가 펼쳐져 있다는 것을 인정하고 나서야 그것을 극복할 수 있다. 폐허를 바라보지도 않고 말하는 희망은 거짓이다.

그래서 엄기호는 섣불리 대안을 이야기하지 않는다. 정책도 제안하지 않는다. 차라리 폐허에 대해서 끈질기게 말한다. 사람들이 잊고 있는 게 있다. 폐허 속에서도 삶은 지속되고, 재난 이후에도 사람들은 살아간다는 사실이다.

엄기호는 학창시절에 폭력적이고 부패한 교사를 만났다. 어린 나이에 학교교육의 부조리함과 마주했다. 이후 교육은 줄곧 그의 관심사였다. 그는 한국의 교육이 이미 '망했다'고 진단한다. 그러나 망한 학교 안에서도 교사와 학생은 살아간다. 엄기호는 '살아 있는 한' 무언가할 수 있다고 믿는다. "우리 모두 '망했다'는 것을 안다는 사실이 중요합니다. 나는 이미 망했어요. 그때 '당신도 망했다'는 사실을 확인하면 기쁘죠. 또 '걔도 곧 망한다'는 사실이 밝혀지면 금상첨화입니다. 그러나 여기서 멈추면 안 됩니다. 나, 너, 우리가 모두 망하면 그때부터 '공동의 운명'으로 엮일 수 있습니다. 이것을 발견하는 것이 중요해요. 이미 망한 걸 알았으니 흥분하기보다 담담해질 수 있죠."

문장보다 중요한 건 글의 분위기

엄기호도 한때는 '글을 잘 쓰고 싶다'고 생각했다. 그러나 지금은 그런 생각을 버렸다. 그는 자신만의 스타일을 만들어야겠다고 생각하지 않고, 그것이 있다고 해서 의미 있다고 생각하지도 않는다. 엄기호는 '당대'를 넘을 생각은 하지 않는다. 자신의 책이 당대를 넘어 전승될 책이라고 생각하지 않으며, 그런 책을 쓸 욕심도 없다.

물론 그도 글을 쓸 때면 나름대로 '작정'한다. 하지만 쓰다 보면 글은 언제나 그를 예상치 못한 곳으로 데려간다. 그런 과정을 반복하다 보니 아예 목적지를 정하지 않고 글을 쓰는 버릇이 들었다. 탐험가의 심정으로 일단 글을 쓴다. 신대륙에 도착한 탐험가처럼 글을 마무리하고 나면, 그제야 쓰고 싶었던 것을 발견한다.

그는 담담하게 쓰는 것이 가장 중요하다고 생각한다. '망했다'는 사실을 알리는 데 굳이 소리 높일 필요는 없기 때문이다. 따라서 단어, 문장, 문체보다는 글의 분위기를 중시한다.

엄기호는 사람 사는 이야기를 채집한다. 작심하고 자리를 마련하기보다는 일상 가운데서 비공식적으로 이런저런 이야기를 듣는다. 그래서 언제라도 메모할 수 있게 준비하고 있으며, 말이 길어지면 녹음을 하기도 한다. 그러나 그는 소설가가 아니다. 누군가로부터 들은 말을 일부러 스토리로 만들어내지 않는다. 그저 모은 메모들을 모두 축적한다. 여기에 참고도서를 찾아 이야기를 풀어내는 데 적합한 개념, 학자들을 색인처럼 기록해둔다.

엄기호는 사회과학과 진보의 목적이 "사회를 폭로하고 사람을 옹호하는 데 있다"고 했다. 하지만 그 스스로 말하기를, 사람에는 관심이 있지만 개인에는 놀라울 정도로 무관심하다. 어떤 이의 이야기를 들었을 때, 그것을 개인의 사연으로 받아들이기보다는 공통의 운명으로 여긴다는 뜻이다.

　엄격한 저널리즘의 입장에서 보면, 엄기호의 글은 '조작'에 가까울지도 모른다. 그는 사람들의 이야기를 윤색한다. 두 명의 이야기를 하나로 합치기도 하고, 한 명의 이야기를 여러 개로 쪼개기도 한다. 그에게는 이런 일이 불가피하다. 등장인물의 사생활을 보호하는 동시에, 개인의 체험을 개인을 넘어 이해하기 위해서다. 여기에는 원칙이 있다. 비슷한 경험을 겪은 사람이 적어도 세 명은 있어야 한다는 것이다. 한 명이 말하면 개인적인 일이고, 두 명이 말하면 의심해볼 만한 가치가 있는 일이다. 세 명이 이야기하면? 그것은 사회적 현상이다. 대화를 하면서 재미있는 이야기를 들으면 기억해두었다가, 비슷한 처지에 있는 다른 사람과 대화할 때 기억해둔 이야기를 꺼내 물어본다. 이는 구체적 사례로 보편적 이야기를 찾는 과정이다.

'감금' 상태에서 쓴 첫 책

엄기호는 책을 만드는 과정에서 편집자의 권한을 꽤 존중하는 편이다. 먼저 책 목차를 편집자와 논의해서 구성한 후, 첫 문장을 어떻게 쓸지 고민한다. 윤색도 편집자와 충분히 상의해서 시행한다. 어떤 독자에게 어떻게 다가가느냐 하는 것도 편집자에게 맡긴다. "글은 제가 쓰지만 책은 편집자가 만드는 거잖아요. 책은 편집자와 저자가 결혼해서 낳는 아이라고 할 수 있어요."

사실상 첫 책은《닥쳐라, 세계화!》다. 이 책을 쓸 때는 편집자의 집에 사실상 '감금'됐다. 편집자는 하루에 한 꼭지를 써야 문을 열어주었다. 책의 절반은 그렇게 편집자의 감시 속에서 썼다. 하지만 막상 글 쓰는 데는 많은 시간이 걸리지 않았다. 오히려 편집자와 책 내용을 토론하고 재구성하는 데 많은 시간을 들였다.

글을 쓸 때는 머릿속에 누군가 한 명을 앉혀놓는다. 청년에 대한 글을 쓸 때는 청년을, 교사에 대한 글을 쓸 때는 교사를 떠올리면서 쓴다. 머릿속으로는 그와 대화하고, 손으로는 써나간다. 다 쓴 글은 편집자를 제외하고 적어도 글과 관련 있는 두 사람에게 읽혀 미리 감수를 받는다. 글은 혼자 쓰더라도 거기 담긴 내용은 여럿이 공유할 수 있어야 하기 때문이다. '안다는 착각'이야말로 가장 무서운 착각이다.

언론에 보내는 칼럼도 마찬가지다. 마감에 앞서 미리 글을 써놓은 뒤 주변 사람에게 의견을 구하고 나서 기고한다. 쓰는 사람의 입장에서는 논리적이지만, 읽는 사람의 입장에서는 비논리적으로 비칠 수 있기 때문이다. 필요하면 어휘도 수정한다. 가능하면 많은 사람들이 쉽게 이해할 수 있게 하기 위해서다.

현재 그가 소장하고 있는 책은 4,000권 정도로, 대부분 헌책방에서 산 책들이다. 신간도 급하게 필요한 경우가 아니라면 헌책방에 나올 때까지 기다린다. 급하게 읽어야 할 책이 그리 많지 않기 때문이다. 시간이 날 때는 거의 날마다, 없을 때는 한 달에 한두 번이라도 헌책방에 들르려고 노력한다. 헌책방에서 책의 흐름을 보는 걸 즐기고, 이전에 읽은 사람의 흔적을 찾는 데도 재미를 느낀다. 다른 사람이 그어놓은 밑줄을 보면 마치 책 두 권을 읽는 효과를 얻는 것 같단다.

엄기호는 박사학위를 갖고 있지만 교수가 될 생각은 없다. 정확히 말하면 교수가 될 수 없을 거라고 잘라 말한다. 교수가 되려면 학회지에 논문을 써 업적을 쌓아야 하는데, 그는 논문을 쓰기는커녕 어떤 학회에도 가입한 적이 없다.

또 자기 스스로를 연구자보다는 교육자라고 여긴다. 어떻게 가르칠 것인가를 생각하다 보니 자연스레 배우는 사람들이 알아들을 수 있고 그들이 배울 수 있는 언어로 글을 써나가기 시작했다. 그러면서 미래의 저자들에게도 같은 조언을 한다. "책이란 내가 뭘 공부했는지 정리하고 자랑하는 것이 아닙니다. 들려줄 이야기가 무엇인지를 고민한 결과입니다."

_백승찬*

---

* 대학에서 철학, 대학원에서 영상이론을 전공했고, 2003년 〈경향신문〉에 입사해 문화부, 사회부에서 주로 근무했다. 문화부에서는 영화, 출판 등을 오래 담당했다.

입자물리학자 / 이강영

서울대 물리학과를 졸업하고, 카이스트에서 입자물리학 이론을
전공한 뒤 박사학위를 받았다. 건국대, 고려대, 카이스트 연구교수
및 고등과학원, 서울대 이론물리학연구센터, 연세대 연구원을
거치며 힉스 보존, LHC 실험에서의 현상론, 암흑물질, 게이지 이론
등에 관해 60여 편의 논문을 발표했다. 저서로《보이지 않는 세계》
《LHC 현대물리학의 최전선》등이 있으며, 《LHC 현대물리학의
최전선》으로 제52회 한국출판문화상 저술(교양) 부문을 수상했다.

누군가는 써야 하는 글에 도전하라

입자물리학자 이종필 박사가 이강영 경상대 물리교육과 교수를 두고, "오래전 프로야구 개막전 투수까지 기억할 정도로 기억력이 비상하다"고 말한 적이 있다. 이 박사의 평에 이강영은 "아마도 제가 좀……"이라며 웃으며 말했다. "예전에 술자리에서 사실 여부를 두고 논쟁이 생기면 제가 검증해주는 역할을 했어요. 요즘은 스마트폰 때문에 당해낼 수가 없습니다."

내친김에 물리학자에 대한 정형화된 이미지 질문을 여럿 던졌다. '야구 볼 때는 어떤가, 야구장에서도 타구 방향 같은 걸 계산하나, 길 거리 갈 때는 머릿속에 수식이 떠오르나' 같은 것이었다. "물리학자는 계산하는 게 가장 편해요"라며 그가 예를 들어 설명했다. "타율이나 타구 방향, 각도 같은 걸 계산하는 것은 자연스러운 일이죠. 사실 눈에 보이는 소재들을 정량적으로 해석하면 훨씬 재미있습니다. 예를 들면 모든 스포츠에서 오른손잡이와 왼손잡이는 원칙적으로 동등하죠. 단 야구에서는 왼손 타자가 확실히 유리합니다. 그 이유는 1루가 (타자석에서 볼 때) 오른쪽에 있기 때문이죠. 즉 축구장과 달리 야구의 그라운드는 오른쪽, 왼쪽의 대칭성이 깨져 있는 겁니다. 이렇게 근본 원리를 따져보는 일은 재미있어요."

　과학자라고 해서 일상생활에서 겪는 현상이 다른 건 아니지만, 같은 현상이라도 과학자의 관점에서 보게 되는 일이 많다고 했다. 이를테면 물이 끓거나 감기에 걸리는 것은 단순히 새로운 상태가 시작하는 것이 아니라 평형이 깨지는 상태라고 보는 식이다.

　이강영은 과학을 둘러싼 한국의 여러 문제에 비판적이면서도 과학을 공부한다는 것은 직업 선택과는 관계없이 굉장히 좋은 일이고, 필요한 일이며, 멋진 일이라고 말했다. "20세기 현대 과학은 근본적으로 완전히 새로운 관점과 새로운 지식을 가져다줬어요. 과학을 공부한다는 것은 우리 지성을 최고로 쓸 수 있게 해주는 일이고 현대 세계를 올바로 이해하는 데 필수적인 일입니다."

목표는 높게 잡되 빤한 걸 쓰지 마라

이강영은 지금까지 60여 편의 논문을 썼다. 논문의 목록을 살펴보니 '유카와 결합 상수에 내포된 플레이버(flavour) 대칭성의 의미', 'LHC에서 좌우동형 모델에 나오는 전기를 띤 힉스 입자의 생성', '페르미온 암흑 물질의 가장 간단한 모형' 같은 제목이 보인다. 이강영은 물질의 가장 기본적 구조가 무엇이며 그 구조를 이루는 것은 무엇인지, 또 그것들이 상호작용하는 원리는 어떤 것인지를 탐구하는 입자물리학이 이 세상에서 보이지 않는 것의 위대함을 알려주고, 세상을 바라보는 법을 가르쳐준다고 여기는 과학자다. 이 논문들에 그가 깊이 연구한 세상의 이치가 들어 있을 터다.

하지만 논문 목록을 들여다보면서, 이 세상은 더 이해하기 어려운 쪽으로 변하는 듯한 느낌을 받았다. 2011년 아시아태평양이론물리센터(APCTP)가 선정한 올해의 과학도서 10권에 선정되고, 같은 해 제52회 한국출판문화상 저술(교양) 부문을 수상한 첫 책인《LHC, 현대 물리학의 최전선》을 마주했을 때도 비슷한 느낌이었다. 과학, 수학에 젬병인지라 일종의 경외와 주눅이 드는 건 어쩔 수 없었다.

이강영의 '과학 글쓰기'의 진가를 확인한 건 그의 칼럼이었다. 그는 철학과 문학, 시사, 대중문화를 사례로 들면서 대중이 어려워하는 과학 개념과 원리를 쉽게 풀어내는 데 탁월한 능력이 있었다. 그가 APCTP의 과학 웹진 〈크로스로드〉에 연재한 칼럼은 책으로도 묶여 나올 예정이다.

일반인이 어렵게 여기는 과학을 쉽게 풀어내는 비결이 궁금했다. 이강영은 글을 쓸 때 염두에 두는 게 딱히 없다고 했다. "별 생각 없이 씁니다.(웃음) 굳이 신경을 쓰는 점이라면 과학자들은 일상적으로 사용·하는 개념이지만 전문가가 아닌 사람들은 생경하게 여길 만한 것들을 가능하면 일상에서 접할 수 있는 개념으로 풀어 쓰려고 노력하는 것 정도입니다."

과학을 쉽게 표현하는 것보다 더 중요한 게 있다. '읽을 수 있는 글'을 쓰는 것이다. 쉽고 어렵고보다 일단 '글'이 제대로 돼야 한다. '읽을 수 있는 글'이라는 건 우리말을 제대로 익혔을 때 비로소 나올 수

누군가는 씨야 하는 글에 도전하라

있다. 이강영은 과학에 대해서 우리말로 글을 쓰는 것이 만만치 않은 일이라고 했다. 자기 말로 과학을 해온 나라들과 달리 우리는 과학을 우리말로 표현해온 역사가 그리 오래되지 않아서다.

한편 목표를 너무 낮게 잡지 않되, 누구나 말할 수 있는 빤한 걸 쓰지 않아야 한다면서 이런 조언을 덧붙였다. "(지식인이라면) 자기 논리에 빠지지 않도록 조심하고 제3자의 눈으로 보는 기회를 만드는 게 중요합니다. 자기 스스로 그럴 수 있다면 가장 좋겠지만, 늘 가능한 것은 아니므로 신뢰할 만한 사람을 가까이에 두는 게 좋습니다. '이런 건 누구나 다 아는 걸 거야' 하는 생각과 '이런 건 아무도 모를 테니까' 하는 생각 둘 다 버려야 합니다."

전철에서 노트북 펴고 쓴 첫 책

이강영의 글쓰기 원칙은 첫 책《LHC, 현대 물리학의 최전선》에 고스란히 적용되어 있다. LHC(대형 강입자 충돌기, Large Hadron Collider)는 그의 연구 분야에서뿐 아니라 인류 문명에 있어서도 중대한 사건인데, 한국에선 이에 관한 책이 나오지 않았다. 이에 이강영은 일종의 사명감을 느꼈다. "한국에서 LHC 관련 책이 나오지 않는다는 건 말도 안 되는 일이고, 입자물리학자로서 부끄러운 일이라고 생각했어요. 아마도 누가 이런 책을 이미 내놓았던가, 곧 나올 것이라고 했으면 쓰지 않았을 것입니다."

처음으로 책을 써야겠다고 마음먹고 메모를 시작한 것은 2006년 가을부터다. 처음에는 자료를 조금씩 모으다가 2007년 하반기부터 집필에 들어갔다. 연구실에서 보내는 일과 시간에는 전혀 글을 쓰지 않고, 밤과 주말을 이용해 집에서만 썼다. 집이 있는 부천에서 안암동까지 다니면서 전철 안에서도 자리에 앉기만 하면 노트북을 폈다. 애초에 문고본 정도를 써볼까 한 게 원고량이 점점 늘어나서 결국 600페이지가 넘는 단행본이 되었다. 사진이나 각주까지 정리가 끝난 것은 2009년 1월이었다. 이 원고는 그해 한국간행물윤리위원회에서 주관하는 우수 저작물 지원사업에 선정됐다. 책이 출판되자 이번에는 〈한국일보〉가 주최하는 한국출판문화상 후보에 올랐고 저술상을 수상했다. 빠르게 인정받은 셈이다. "실제 책을 쓴 시간은 6개월에서 1년이 조금 안 될 겁니다. 다 쓰고 나니 쓰고 싶은 걸 써서 시원하다는 느낌과, 뭔지 모르게 미진한 부분이 뚜렷하게 대비됐어요. 그런데 미진한 부분을 어떻게 메워야 할지는 아직도 모르겠습니다."

모르는 분야는 개론서부터 읽는 독서광

이강영은 다독가다. 어렸을 때부터 분야를 딱히 정해놓지 않고 뭐든지 읽었다. 물리학으로 진로를 정한 것도 고등학교 때 일본의 이노키 마사후미라는 물리학자가 쓴 《현대물리학입문》을 읽으면서다. 문학과 과학뿐 아니라 SF에다 인문학, 예술까지 여러 분야를 두루 읽는다. 새로운 분야의 책은 낯선 논의를 모르는 맥락에서 풀어내기 때문에 어려울 수밖에 없다. 그러면 아예 개론서를 사서 공부한다. 그래서 책을 점점

과학을 쉽게 표현하는 것보다 더 중요한 게 있다.
읽을 수 있는 글을 쓰는 것이다.
쉽고 어렵고보다 일단 '글'이 제대로 돼야 한다.
읽을 수 있는 글이라는 건
우리말을 제대로 익혔을 때 비로소 나올 수 있다.

이강영

더 다양하게 많이 읽게 되는 모양이다.

　이렇게 독서를 많이 하면 자꾸 책을 통해 세상을 바라보게 되는 것 같다고 이강영은 말한다. 책은 세상을 이해하는 좋은 창이지만 거기에 인식이 갇힐 수도 있다. 무언가를 알고 싶으면 책부터 찾아보는 것은 소위 '먹물'들의 장점이자 단점이다.

　이강영이 가지고 있는 책은 2,000권 정도다. 장서라고 할 만한 수준은 아니라고 말한다. 전공에 관한 책이라고 할 물리학과 수학 책은 400~500권 정도에 그친다. 과학은 인문학과 달리 반드시 가지고 있어야 할 책도 많지 않고, 오래된 책은 가치가 떨어지는 경우가 많다. 그래도 자료가 되는 책이 국내에 출간되면 무조건 사려고 한다. 원서도 가능하다면 구입한다.

　글을 쓰기 시작하면서 과학책이 아니라 '과학에 관한' 책을 많이 갖게 됐다. 과학사, 과학철학, 과학자가 쓴 책, 과학자에 대한 책, 논픽션 등등. 다른 분야 책들도 글을 쓰면서 자연스레 늘어났다. 그러다 보니 책값과, 그보다 더 보관의 어려움으로 늘 골머리를 썩는다. 대학에 자리를 잡으면서 다행히 연구실에 책의 절반쯤을 가져다놓았는데, 남은 절반도 집에 계속 두기에는 버겁다. 예전에는 방 하나를 할애해서 어떻게든 보관을 해왔는데, 아이들이 커가면서 방을 하나씩 주고 나니 이젠 책을 두기가 쉽지 않다.

　사지 않을 책, 구할 수 없는 책, 전혀 모르는 분야의 책은 도서관을 이용한다. 하지만 도서관 책들이 그리 흡족한 수준이 아니라서 아쉽기만 하다. 특히 물리학과 수학 분야의 책은 찾기가 힘들다. 그런대로 아

　누군가는 써야 하는 글에 도전하라

쉬운 부분은 인터넷에서 채운다. 웹이 발명된 곳인 유럽입자물리학연구소(CERN)나 미국의 페르미연구소 같은 곳의 데이터베이스는 놀라울 정도란다. 문서와 사진 자료를 파일로 모으고 자주 볼 것 같은 내용들은 인쇄해서 정리해놓는다. 다만 자료 정리에 많은 시간을 들일 수 없기에 늘 정리 중인 게 문제라나?

주제는 모든 방향으로 열려 있다

이강영에게 호기심과 탐구욕, 과학에 대한 애정도 빼놓을 수 없다. 그는 새로운 것을 알아가는 걸 좋아하는 물리학자다. 그가 연구하는 주제는 모든 방향으로 열려 있지만, 결국에는 자연의 근본 법칙을 어떻게 이해할 것인지를 늘 생각한다. 가속기를 통해서 혹은 천체 물리학적인 데이터를 통해서 근본 법칙을 찾는 데 온 신경을 기울인다.

인터뷰 내내 확실하게 느낀 건 이강영의 과학 사랑이 남다르다는 점이었다. 그는 과학의 발전과 사회의 발전을 따로 보지 않는다. 이강영은 한국 사회가 과학을 기반으로 더 나은 세상으로 가기를 희망한다. 과학이 기반이 되지 않으면 더 나은 사회는 가능하지 않다고 본다. 한국의 과학 현실에 관해 비판적인 이유도 여기 있다.

기초과학 지원 문제는 한국 과학계의 쟁점 중 하나다. "다른 과학자들이 느끼는 것과 같아요. 개인 연구비가 축소되고 거대 과제가 소수에 집중되고 있습니다. 정부는 그렇지 않다고 하지만, 연구 현장에 있는 거의 모든 사람이 그렇게 느끼죠. 개인 연구비가 축소되면 개개인이

하는 풀뿌리 연구 기반이 흔들립니다. 지방은 더 심각해요. 자연과학 연구는 최소한 필요한 실험 장비나 기자재가 있는데, 지방 대학에서는 교수들이 연구비를 받기 힘들고, 지원자가 없어 대학원생을 받기도 힘들어요. 연구비도 없고 대학원생도 없으면 연구를 하는 게 거의 불가능하고, 연구를 못하면 다시 연구비를 받을 수 없어요. 악순환인 거죠."

새로운 것을 만들어내는 연구는 첨단적인 흐름과 상호작용해야 한다. 악순환 속에서 몇 년 쉬다가 다시 시작하기는 더 힘든 법이다.

'젊은이들이 꿈을 갖지 않는다'는 의미 없는 충고

이강영은 이공계 기피 현상을 '기댓값'이라는 개념으로 정의했다. 이공계 진로를 택했을 때 기댓값이 작아진다고 흔히들 생각하기 때문이다. 개개인은 사회제도에 대해 나름 최적화된 답을 구하기 마련인데, 이공계를 선택하면 잘될 확률이 높지 않고, 성공해도 얻을 수 있는 게 적다고 보는 것이다.

물론 이공계만의 일은 아니다. "'젊은이들이 꿈을 갖지 않는다'는 식으로 훈계하고 충고하는 건 의미가 없어요. 기댓값을 제도적으로 늘려줄 방법을 강구해야지, 개개인의 흥미나 사기를 북돋는 걸로 해결해선 안 됩니다. 사실 이공계만의 문제는 아닙니다. 중위권 대학 나온 학생들이 졸업해서 갈 만한 곳에 상위권 대학 학생들이 가 있다는 말을 많이 들어요. 일종의 인플레죠. 따라가면 결국 최상위권 학생들이 새롭게 능력을 발휘할 만한 일이 별로 많지 않다는 뜻입니다."

새로운 일은 모험적이기 쉬운데, 모험을 할 때 위험이 너무 크면 감히 할 수가 없게 된다. 이 말은 한국 사회의 약점을 꼬집는 것이기도 하다. "위험이 큰 것도 문제지만, 위험이 크면 얻는 것도 커야 하는데 한국 시장의 크기를 보면 그렇지도 못하는 실정이죠. 또 자칫하면 대기업이나 다른 사람들에게 빼앗길 수도 있고요. 제도적으로나 사회 분위기로나 개인의 능력을 존중해주지 않는 것이 만연돼 있어서, 결국 개인의 입장에서는 적당한 것만 하면서 보신에 치중하는 게 최적의 답이 되죠. 해결하기 쉽지 않은 문제입니다."

대중서와 교과서의 중간쯤에 있는 '읽을 만한' 책

한국에서 여전히 수준 있는 논픽션 도서가 부족한 까닭도 이 문제와 이어진다. "일단 책을 쓸 만한 역량 있는 사람이 부족해요. 그나마 역량 있는 사람도 책을 쓰게 만들 유인(誘因)이 부족합니다. 유인이라면 재정적인 측면도 있고 업적으로 인정받는 측면도 있죠."

한편 이것이 오히려 기회가 될 수도 있다고 말한다. "사회가 여력이 있다면 기초 학문에 투자하는 것이 결국은 가장 부가가치가 높은 일이 될 것입니다. 게다가 그렇게 하는 것에는 또 다른 큰 매력이 있어요. 다른 투자에 비해 정말로 돈이 적게 든다는 점이죠. 아, 기초 학문에 투자한다는 것은 연구소 건물을 짓는 것이 아닙니다. 학문을 하는 사람에게 투자한다는 말이죠."

앞으로 현대물리학의 중요한 개념과 의미를 진정으로 이해하는

데 도움이 되는 책을 쓰고 싶다는 이강영. 대중을 위한 읽을거리와 교과서의 중간 어디쯤에 있는 책이되, 읽고 나면 작은 주제나마 현대물리학을 진정으로 이해할 수 있는 책이었으면 한단다. 이를테면 칼텍의 물리학자 킵 S. 손이 쓴《블랙홀과 시간굴절》같은 책 말이다. 이강영은 이 책을 일컬어 정확한 과학적 설명과 풍부한 세부, 깊은 통찰을 갖춘 훌륭한 책이라고 평했다. "그런데 사실 깊은 통찰을 갖추려면 먼저 그럴 만한 물리학자가 돼야 하는데…….(웃음)"

이미 학계 안팎에서 두루 인정받는 학자에게서 스스로 통찰이 부족하다는 말을 듣는 건 의외였다. 이런 겸양과 성찰이 그를 더 분발하게 만드는 듯했다.

이강영은 겸손하면서도 친절하며 세심한 과학자였다. 〈경향신문〉 스튜디오에서 힉스 입자 이미지를 배경으로 사진을 찍을 때 바쁜 일정에도 전혀 내색하지 않고 사진 기자의 여러 포즈 요구에 기꺼이 응해주었다. 힉스 입자에 관한 짧은 강의도 들려줬다. 인터뷰 내용은 미리 보여주면 좋겠다고 기자에게 정중히 요청했는데, 원고의 기조나 맥락은 존중하면서 자신의 발언에서 단어 하나하나 토씨 하나하나 꼼꼼히 챙겨 피드백을 주었다. 이강영이 자신의 글쓰기에 얼마나 엄격한지를 확인한 작은 에피소드였다.

_김종목

누군가는 써야 하는 글에 도전하리

시인 ╱ 이병률

충북 제천에서 태어나 서울예대 문예창작과를 졸업했다. 1995년
〈한국일보〉신춘문예에 시〈좋은 사람들〉〈그날엔〉이 당선되어
작품 활동을 시작했다. 저서로는 시집《당신은 어딘가로 가려 한다》
《바람의 사생활》《찬란》과, 산문집《끌림》《바람이 분다 당신이
좋다》등이 있다. 제11회 현대시학 작품상을 수상했으며,
현재 '시힘' 동인으로 활동 중이다.

사람 마음을 훔치는 '끌림'이란

사람 마음을 훔쳐보는 재주를 갖고 싶었다던 열여덟 살 소년. 그 바람대로 됐는지는 알 수 없지만 한 가지는 확실해 보인다. 바로 사람의 마음을 훔치는 재주다. 시인 이병률은 60만 부가 넘게 팔린《끌림》, 35만 부를 넘긴《바람이 분다 당신이 좋다》와 같은 여행 산문집으로 폭넓은 독자층을 확보하고 있다.

대표작《끌림》은 10년 동안 50여 나라, 200여 도시를 여행하며 마주쳤던 사람과의 인연을 담았다. 2005년 처음 출간되었을 때 정보 전달 위주의 여행 책들이 갖지 못한 감성을 담아내 제목처럼 수많은 독자들의 호응을 얻었다. 목차도 쪽수도 없어 목적지 없이 여행하듯 책의 어느 곳이나 펼쳐볼 수 있다. 개정판이 나온 지금도 여행 에세이 분야의 베스트셀러로 꾸준히 자리를 지키고 있다.

그는 자신이 여행해온 낯선 곳으로 사람들을 데려가 그곳에서의 마주침과 단상들을 들려준다. 누구나 한 번쯤 겪었거나 겪고 싶을 이야기들이라 공감이 간다. 그가 직접 찍은 온기가 느껴지는 사진도 마음을 훔치는 도구다. 사진 솜씨는 전문 작가라 불러도 손색이 없을 정도다.

실제로 10여 년 전부터 자신의 여행 산문집은 물론 다른 이들의 책에 들어가는 사진까지 맡아서 작업하기도 했다.

"여행이란 '지금'이라는 애인을 두고 슬쩍 바람피우기"라고 한 그에게 여행은 일상이다. 고등학생 시절, 지방에 사는 친척의 결혼식에 부모님 대신 갔다가 결혼식은 가지 않고 그 축의금으로 일주일 동안 여행을 다녔다. 이후 지금껏 100개국이 넘는 곳을 여행했다. 최근 들어서는 새로운 곳을 찾기보다 편안한 곳, 익숙한 곳을 찾아 글을 쓰고 이런저런 메모들을 하고 있다. 그래도 남극처럼 쉽게 갈 수 없는 곳에는 한 번쯤 가고 싶단다.

이병률은 온도가 있는 것들에 마음을 쉬이 빼앗긴다. 내성적이면서도 사람을 좋아하고 새로운 관계를 맺는 일에 부지런한 이유다. 그는 사람이야말로 그 어떤 책보다도 입체적이면서 '실물'의 책이라고 생각한다.

여행과 글쓰기, 책 만들기는 한 몸

이병률 시인은 라디오 작가로 18년을 일했다. 초기부터 주로 심야 프로그램을 맡았다. 라디오 작가는 청취자의 마음속에 들어가 글을 쓰는 게 필요하다. 그들의 이야기를 빌려 자신의 입으로 청취자들의 마음을 움직여야 하는 직업이다. 팔리는 책이 될 줄 몰랐다던 그의 글을 독자들이 좋아하는 이유도 라디오 작가로 쌓아온 이런 내공 때문이 아닐까.

라디오 작가는 그가 중학생이 되면서부터 꿈꿔온 일이다. 재미도

이병률

있었다. "이 일이 아니면 무슨 일을 할까 떠오르지 않았어요. 물론 매일 프로그램을 만들면서 숨고 싶은 순간도 있었죠. 하지만 내 생각이 방송으로 구현되는 게 뿌듯하더라고요."방송용 글은 짧은 글을 좋아하는 그의 습성과도 잘 맞아떨어졌다.

2006년부터 방송작가를 그만두고 출판 쪽으로 옮긴 이병률은 현재 출판그룹 문학동네 계열사인 '달' 대표로 있다. 처음에는 문학동네의 기획실장으로 들어가 여러 계열사들에서 나오는 책들을 기획하거나 홍보하는 일을 맡았다. 그렇게 조금씩 배워나가다가 언제부턴가 책임감 있게 자기 이름을 걸고 하는 게 좋겠다 싶어 계열 브랜드인 달을 만들었다. 달은 가수 이소라가 지어준 이름으로, 다산과 풍요의 의미가 담겨 있다고 한다.

방송작가도 그렇지만 출판사 일도 만만치 않을 텐데 어떻게 일과 여행, 글쓰기를 병행할 수 있었을까. 답은 여행하면서 일하기다. 출판사 편집 업무를 책임져야 하니 여행을 다니면서도 원고 다듬는 일을 몇 시간씩은 틈틈이 한다. 방송작가일 때도 여행을 다니면서 원고를 써 팩스나 인터넷으로 보냈다. "일과 여행은 호흡이 같아요. 여행지에서는 하루 서너 시간씩 일을 하는데, 내가 좋아서 하는 일이니 일한다는 느낌은 전혀 없어요."

교정까지 일일이 손을 댔던 몇 해 전과 달리 지금은 조금 거리를 두고 전체 업무를 두루 보고 있다. 그렇지만 시 쓰는 시간이나 시를 생각하는 시간이 부족한 것은 사실이다. 예전에는 밤 12시 전후에 쓰기 시작해서 새벽 3~4시 정도에 마쳤다면, 지금은 시간 날 때마다 쓰거나

사람 마음을 훔치는 '끌림'이란

때론 시간을 만들어서 써야 한다. 글 쓰는 시간이 절대적으로 부족해지면서 집중력을 높이는 게 관건이라고 했다.

글의 재료는 메모와 사진

이병률은 이따금 시인이나 산문가가 아닌 '메모하는 사람'이라는 말을 듣는다. 메모는 그의 주된 글쓰기 재료다. 여행을 하다 보니 끈기 있게 긴 작업을 할 수 없고, 그래서 메모를 많이 하게 되었다. 짧은 순간 보고 느낀 것들을 메모해놓으면 그 몇 줄이 이스트처럼 부풀어서 시나 산문이 된다.

수첩이나 휴대전화에 주로 메모하는 그는 버스나 비행기를 타고 긴 시간을 이동할 때 이런 메모들을 글로 옮긴다. 메모해놓은 한 줄 혹은 몇 줄이 확산돼가는 과정에서 느끼는 쾌감은 작가가 아니라면 실제로 이해하기 어려운 것이다. "수첩을 잃어버린 작가들은 며칠 동안 자책을 하면서 죽었다가 살아나기를 반복합니다. 심한 말로 노트를 잃어버리지 않은 작가는 진정한 작가라고 할 수 없어요. 작가의 자격을 갖추려면 노트를 한 번쯤 잃어버리는 사건을 겪어야 하죠.(웃음)"

순간의 느낌을 잡아내는 데 재능이 있는 그에게 사진은 또 다른 무기다. 사진은 기능적인 측면에선 메모의 기능을 한다. 다시 찾아오고 싶은 식당이나 다시 묵고 싶은 어딘가에 대한 기록이다. 미적인 측면에선 온도가 있고 그 온도를 담아내서 보여주고 싶은 것들이다. 전시를 하진 않지만 좋아하는 친구들에게 슬며시 보여줄 수 있는 것들이다.

이병률

사진 찍는 일은 대학시절부터 해왔다. 시를 쓰는 사람이라 이미지를 좋아한 것이 자연스레 사진 작업으로 이어졌다. "제 시와 산문은 이미지가 골조를 이룹니다. 감성과 감각을 훈련하는 데 그만한 작업이 없어요." 글과 사진이 함께하면 둘 모두를 돋보이게 한다. 글과 사진으로 책을 만드는 작업이 재밌는 걸 보면 확실히 편집자라는 직업과 인연이 있는 것 같단다.

여행과 술이 영감의 원천

이병률은 글을 쓸 때 시동을 오래 거는 편이다. 차근차근 품었다가 한꺼번에 풀어놓는 스타일이랄까. "글이 막히는 순간은 그야말로 공포가 따로 없어요. 그 공포를 피하기 위해 미리 준비해놓는 편입니다. 타고난 재능이 없다 보니 글 쓰는 자세에 있어서는 조금 성실한 편이긴 합니다."

글감은 여행지에서 혼자 있는 시간에 무언가에 몰입해 있을 때나, 술을 마시고 혼자 돌아오는 길에 많이 떠오른다고 한다. 대체로 이 두 가지 경로에서 뭔가가 화학적으로 확 달라붙는 느낌이 든단다. 글은 치밀하게 구상을 먼저 한다기보다 이렇게 떠오르는 덩어리가 있으면 일단 쓰고 본다. 몇 줄 쓰다가 아니다 싶어서 덮어둔 파일을 시간이 지나고 나면 나중에 완성하게 되는 경우도 있다.

덮어두었던 파일을 노트북에 저장만 해놓는 건 아니다. 따로 출력을 해서 벽에 붙여놓는 것도 중요한 글쓰기 과정의 일부다. 한 번씩 무

이병률은 이따금 시인이나 산문가가 아닌
'메모하는 사람'이라는 말을 듣는다.
메모는 그의 주된 글쓰기 재료다.
여행을 다니다 보니 끈기 있게 긴 작업을 할 수 없고,
그래서 메모를 많이 하게 되었다.
짧은 순간 보고 느낀 것들을 메모해놓으면
그 몇 줄이 이스트처럼 부풀어서 시나 산문이 된다.

이병률

심히 보고 지나가다 새로운 생각거리를 떠올릴 수 있기 때문이다. 그는 또 쓰고 싶은 뭔가가 생기면 그 내용을 가까운 친구에게 툭 털어놓고 이야기한다. 친구들과 이야기를 나누는 동안 '이 글을 쓸 수 있겠구나, 쓸 수 없겠구나, 쓰지 않아도 되겠구나' 등등이 가려지기도 한다.

이병률은 1년에 40권 정도를 정독해서 책을 읽는다. 장편보다는 짧은 산문이나 시집을 읽다 보니 다독하는 편은 아니다. 그렇지만 정확히 몇 권을 읽는지는 헤아리기 힘든데, 끊어서 읽는 독서 습관이 몸에 배어서 잡았다가 놓는 책들이 많기 때문이다. 출판 일을 하면서 직업적으로 봐야 할 책도 많다. 한 달에 한 번씩은 정기적으로 침대 머리맡에 쌓여 있는 책을 치워야 할 정도다.

그는 책이 집에 많은 것을 참지 못하는 성격이다. 그래서 주변에 사는 후배의 지하 창고를 일부 빌려서 쌓아두고 있다. 앞으로 읽게 될 책들을 조금씩 사 모으는 편인데 정작 읽지도 못하고 사라지는 경우가 많단다. 여행을 갈 때면 친구들에게 집을 쓰라고 이따금 빌려주는데, 아마도 그들에 의해 사라진 것 같다며 웃었다.

파리에서 '거지 꼴'로 2년을 살면서 얻은 용기

이병률은 어렸을 때부터 '글 쓰는 사람이 되면 어떨까' 하고 막연히 생각하곤 했다. 중학교 때 선생님들과의 연연을 통해 그 가능성을 발견했다. 중학교 2학년 때 담임선생님은 그가 글 쓰는 사람이 될 것이라고 예언했다. 그 자신도 간절히 하고 싶은 걸 하는 사람이 될 것이라는 어떤 예감들을 밑천 삼아 꾸준히 발전시켰다. 고등학교에 와서도 글 쓰고 책 읽는 시간이 많았다.

하지만 막상 글 쓰는 길에 들어서자 잡히는 것은 없고 쉽지 않은 길이라는 생각에 적잖은 충격을 받았다. 결국 방송작가로 만 5년을 채우고 스물일곱 살 무렵 파리로 떠났다. 예술가를 꿈꾸면서 시를 쓰고 싶다는 마음 한편으로 등단을 해야 한다는 현실적인 압박을 느끼고 있었지만, 방송일은 그것과는 멀기만 했다.

그는 자신을 물러설 수 없는 어떤 상황 속에 들여놓고 싶었다. 그래서 시험관으로 택한 곳이 파리였다. 그곳에서 2년 동안 '거지 꼴'로 살았지만 이곳저곳 돌아다니고 공부하면서 다시금 용기를 낼 수 있었다. 중간중간 고비가 있었지만 한 번도 글 쓰는 일을 그만두겠다는 생각을 한 적은 없었다고 하니, 이것이 인연이 아니면 무엇인가.

이병률은 종이에 그림을 그려나간 것과 같은 과거의 글쓰기와 달리, 최근의 글쓰기에서는 아주 작은 집을 짓고 있다는 느낌을 받는다고 했다. 또 과거에는 어떤 힘에 의해 딸려간다는 느낌을 받았다면, 지금은 글 쓰는 일을 즐기고 있다는 게 확연하게 달라진 점이란다. 특이하게도 그는 자신의 산문집이나 시집을 다시 들여다보지 않는다. 그 이유가, 그걸 펴서 볼 때마다 자신이 비관적인 사람이 아님에도 비관적인 사람으로 뒤바뀌곤 하기 때문이란다. 자신이 쓴 글을 부정하는 강도가 클수록 그 글에 대한 애정이 강한 '역설'이 있다고 했다.

이병률은 사람들과 나눌 수 있다는 점에서 책 쓰는 일에 보람을 느낀다. 책을 쓰는 것은 혼자 하는 작업이지만 그것으로 이야기를 나눌

이병률

수 있다는 점, 고개를 주억거릴 경험을 함께 나눌 수 있다는 점에서 포만감을 느끼는 것이다. 또 원하기만 하면 책을 쓴다는 핑계로 낯선 사람들을 만날 수 있다는 점도 굉장한 매력이라고 했다. "낯간지러운 이야기지만, 제 책이 매개가 되어 연애를 시작하거나 결혼을 한 커플들이 꽤 많다고 하더라고요. 그런 소식을 들을 때면 제가 하는 일에도 의미가 있다고 여겨집니다. 저의 쓸모에 대해 다시 생각하게 하는 부분이죠.(웃음)"

사람들이 책을 집었을 때 원하는 건 온기이고, 그 안에 있는 긍정이다. 마음을 움직이는 자극도 독자들이 원하는 것이다. 이병률은 책 제목을 정할 때도 이 세 가지를 중요하게 고려한다. "특히 책을 처음 쓰는 사람이라면 자신의 글에 온기를 담는 게 중요해요. 그런 글이 사람들의 심장을 움직이죠."

세상에 없는 문장을 꿈꾸다

산문집으로 이름을 알렸지만 그의 정체성은 아무래도 시에 있다. 그에게 시작(詩作)은 '공기 같은 일'이다. 시를 쓰는 일은 사람, 곧 휴머니티를 찾아가는 과정이다. 그래서 그의 시는 이야기로 풀리는 경향이 있고, 사람 이야기를 쓴 그의 산문 역시 시를 닮았다.

그는 시인을 고고학자에 비유하곤 한다. 회칠해진 벽화를 솔로 털어 닦아내면 그 밑에서 그림을 발견할 수 있듯이, 사람 내면의 다층들을 발굴해나가는 기분으로 시를 쓴다. 그의 시 〈별의 각질〉은 시가 갖고 있는 이런 발굴의 이미지를 써놓았다.

시인이 시보다 산문으로 더 알려지는 것이 과연 달가운 일일까. 그에게 시를 쓴다는 것은, 독자들을 위한 것이라기보다 내 안에 있는 것들을 끌어내는 것, 나와 마주앉아 이야기하는 것이다. "시는 저에게 굉장히 소중합니다. 하지만 많은 분들이 이해를 못한다면 산문으로라도 제 목소리를 이해시킬 수 있는 창구를 만들어야 한다고 생각해요." 시를 쓰는 데 천 장의 벽돌을 써야 한다면 그 벽돌 한 장 한 장이 위태롭고 목숨처럼 느껴지는 그런 흥분 상태를 이병률은 시를 쓸 때 경험한다고 한다.

시 쓰는 일은 마라톤과도 같다. 누구의 평가도 시에선 중요하지 않다. 그래서 자신이 시인으로서 존재감이 크지 않은 것은 아무런 문제가 아니지만, 세상이 시를 필요로 하지 않는다는 것에는 두려움을 느끼고 있다. "17년 동안 시를 써왔는데, 만약 누군가 갑자기 '그간 쓴 시가 당신이 쓴 시의 전부요? 그만 쓰시오'라고 명령한다면 어떻게 살까라는 갑갑함을 지금도 문득문득 느끼곤 해요."

시가 갖는 문법의 허용치는 높다. 반면 산문에는 이런저런 제약이 많이 따른다. 그래서 시인이 사용하는 문장은 그것이 비문이라 할지라도 시적 허용이 가능하다. 이병률 또한 그런 작업에 젖어 있다 보니 산문에선 정확한 문장을 써야 한다는 세상의 규범에 거부감이 있다. 독특한 문장을 가지고 있는 사람에게는 비문과 오문의 경계를 교묘히 넘나드는 재주가 있는데, 그 역시 문장으로 자유롭고 다양한 시도를 하고 있다. "세상에 없는 문장에 대한 욕심, 세상 그 누구도 쓰지 않은 문장

　　　　　　　　　　　　　　　　　　　　이병률

에 대한 동경이 저한테도 있어요."

글을 쓸 때가 가장 나답다고 말하는 이병률. 그는 마음을 끄는 모티프가 있고 그것이 글로 발전될 때 작가로서 행복함을 느낀다. 지금 이병률의 마음을 끄는 것은 무엇일까? 현재 그는 막연하게나마 음식 또는 요리에 관한 책을 써보고 싶은 계획을 가지고 있다. 그라면 분명 음식을 가지고 온기 가득한 글을 만들어낼 것이다.

　이병률의 산문은 시 같다. 바람처럼 떠도는 여행자의 가벼운 발걸음이 느껴진다. 그러나 그가 행선지마다 길어 올린 감정의 깊이는 남다르다. 스치듯 만나는 사람마저도 온몸으로 파악하려는 안간힘이 전해진다. 한편에선 온기만큼의 슬픔도 묻어난다. 만남과 헤어짐을 반복하는 여행자가 숙명처럼 마주해야 하는 감정일 것이다. 사람들이 그의 글을 좋아하는 이유는 이런 온갖 감정을 버무려 다양한 빛으로 세상을 보여주는 감각적인 글쓰기 때문인지도 모르겠다. _주영재

경제평론가 / 이원재

삼성경제연구소 수석연구원과 한겨레경제연구소 소장을 거쳐,
현재 사회적 경제 전반에 관해 활발한 연구 성과를 내고 있는 시민
참여 민간연구소인 희망제작소 소장으로 재직 중이다.
저서로는《MIT MBA 강의노트》《이상한 나라의 경제학》
《이상한 나라의 정치학》등이 있다.

사회적 경제의 시작,
소셜픽션

이원재 희망제작소 소장은 독특한 이력을 지닌 경제평론가다. 1997년 〈한겨레〉 수습기자로 첫 직장생활을 시작한 그는 2003년 미국으로 건너가 MIT에서 경영학 석사(MBA)를 밟았다. 그 뒤 한국으로 돌아와서 삼성경제연구소 수석연구원을 지내고, 2007년 한겨레경제연구소를 설립해 소장을 지냈다. 2012년 대선 과정에서는 안철수 캠프 정책기획실장으로 일했다. 그 뒤 다시 시민단체로 자리를 옮겨 2014년까지 한국 사회의 새로운 사회경제적 변화를 모색하는 연구소인 소셜픽션랩 소장으로 일하다가, 2015년 1월 시민단체 희망제작소로 자리를 옮겼다.

진보신문, 재벌 경제연구소, 시민단체를 오가는 동선은 외적인 궤적만 보면 극과 극이지만, 그 아래에는 '삶을 바꿀 수 있는 새로운 경제 문법을 어떻게 제도화할 것인가'라는 일관된 문제의식이 자리 잡고 있다. 그 스스로 내린 물음의 최종적인 답은 '사회적 경제'다. 그가 정의하는 사회적 경제란 "국가도 시장도 아닌 영역, 즉 시민의 자발적 참여로 이루어지는 경제"이자 "탐욕 대신 이타심, 상호성, 협동, 사회적 목적, 명예와 헌신 같은 동기가 지배하는 경제"를 뜻한다. 그가 펴낸 경제서들도 이런 맥락 위에 놓여 있다.

이원재는 지금까지 단독 저서 7권을 냈다. 그의 글은 명료하고 친절하다. 그가 기자 출신이라는 점과 떼놓고 생각하기 어렵다. 일반 독자를 대상으로 쓰는 기사에서는 전문가들을 독자로 하는 학술 논문처럼 어렵고 까다로운 문장이나 몇몇 소수만 이해하는 전문용어를 함부로 사용하지 않는다. 그의 글이 친절하다면, 그것은 그가 〈한겨레〉에서 6년간 기자로 일하면서 복잡한 사안을 한눈에 들어오게 깎아내고 압축하는 노동을 날마다 해온 것과 무관하지 않을 것이다. 참고로 부동산과 세금 문제를 중심으로 한국 경제의 문제점을 쉬운 언어로 분석해온 선대인 선대인경제연구소 소장도 기자 출신이다.

첫 책을 쓴 계기는 칼럼

첫 책을 쓰게 된 계기는 2004년 미국 MIT에서 경영학 석사과정을 밟고 있던 무렵 찾아왔다. 여름방학 때 월스트리트에서 인턴 생활을 하던 이원재는 놀라운 광경을 목격했다. 당시 월가는 아시아의 숨은 진주라며 한국 경제 전망을 긍정적으로 평가했다. 하지만 한국 언론은 이와 달리 한국 경제가 노무현 정부의 좌파적인 경제정책 때문에 위기 상황에 있다는 기사를 쏟아내고 있었다. 정치적 이유에서였다. 문제는 한국에 대한 내밀한 정보가 부족한 월가 애널리스트들이 한국 언론의 기사를 그대로 믿어버린 점이었다. 애널리스트들이 한국 언론을 참고해서 쓴

보고서는 미국 언론에 인용되고, 그 보도가 다시 한국 언론에 더 크게 보도되면서 경제비관론이 커지는 악순환이 벌어졌다.

그때 이원재는 한국의 한 경제주간지에 '우울증 걸린 올림픽 꿈나무'라는 제목의 칼럼을 썼다. 월가는 한국 경제를 긍정적으로 보는데, 오히려 한국 언론이 나서서 비관론의 악순환 구조를 만들고 증폭시키고 있다는 내용이었다. 글이 게재되자마자 반응이 뜨거웠다. 한 출판사에서 칼럼의 내용을 확장해 책으로 펴내자는 제안을 이메일로 보내왔다. 그 제안을 받아들여 6개월 동안 쓴 것이 바로 첫 책《주식회사 대한민국 희망보고서》다.

이 책은 특히 정치권에서 크게 주목을 받았다. 당시 청와대 정책위원장을 지내던 이정우 교수가 이 책을 주변 사람들에게 추천한 일이 계기가 되면서 대통령 보고서에 책 내용이 반영됐기 때문이다.

정운영의 '깊이'와 글래드웰의 '전달력'을 갖춘 글

그의 공식 직함은 희망제작소 '소장'이지만 이원재는 '경제평론가'로 불리기를 원한다. 여기에는 진보적인 경제학자이자 1980년대 최고의 경제평론가였던 고 정운영 교수의 영향이 크다. 정운영은 1972년〈한국일보〉기자로 시작해 벨기에 유학 후 한신대 경상학부 교수로 재직하며 김수행, 이영훈, 윤소영, 강남훈 등과 함께 한국의 대표적인 마르크스주의 경제학자로 불렸다. 또〈한겨레〉경제 칼럼인 '전망대'로 명성을 얻으며, '경제평론가'라는 직함을 처음으로 사용한 사람이다. 이원재는 대학 시절 정운영의 강의를 듣기 위해 다른 대학까지 찾아간 적이 있을 정도로 그의 팬이다. "정운영 선생은 별다른 소속이 없던 시절부터 경제평론가라는 이름을 썼어요. 직함이나 소속이 아니라 그 사람과 그가 하는 일을 먼저 떠올리고 평가해주는 사회가 되면 좋겠습니다."

"문학 텍스트에 맞먹는 미적 광채를 신문 칼럼에 부여한 드문 저널리스트"(고종석)라는 평가를 받을 정도로 정운영은 딱딱한 경제 문제를 문학적으로 표현하는 데 탁월하다. "경제에 인간적 온기를 입혔다고 할까요? 대신 친절하진 않습니다.(웃음)"

한편《블링크》와《아웃라이어》의 저자 말콤 글래드웰은 '친절함'이라는 측면에서 이원재가 정운영 교수와 함께 롤모델로 삼는 경영사상가다. 글래드웰은 깊이에서는 정운영 교수에 뒤지지만 대중에게 친절하게 다가가는 능력이 뛰어나다. "딱딱한 내용을 부드럽게 전달하는 능력은 세계 최고죠." 경제평론가로서 이원재의 목표는 정운영의 '깊이'에 글래드웰의 '전달력'을 갖춘 글을 쓰는 것이다.

새로운 내용을 학구적으로 파고들어서 이론 지형을 바꾸는 것은 경제학자의 몫이지만, 대중을 위한 친절한 경제 교사 노릇을 하는 건 오롯이 경제평론가의 몫이다. "사회 이슈나 정치 이슈는 사람들이 이해도 빠르고 반응도 좋아요. 반면 경제 이슈는 매우 중요한데도 어렵다는 이유로 기피 대상이 되곤 합니다. 그 때문에 소수 전문가와 관료들이 경제 이슈를 독점하죠. 하지만 경제 이슈를 제대로만 설명하면 정치 이슈처럼 대중들의 강한 관심을 이끌어낼 수 있어요. 그러면 사회를 좀

이원재

새로운 내용을 학구적으로 파고들어서
이론 지형을 바꾸는 것은 경제학자의 몫이지만,
대중을 위한 친절한 경제 교사 노릇을 하는 건
오롯이 경제평론가의 몫이다.

더 민주적으로 만들 수 있죠."

딱딱한 경제, 삶의 이야기로 풀어 이야기하다

어떻게 해야 어려운 경제 이슈를 쉬운 언어로 전달할 수 있을까. 단순히 문장을 쉽게 쓰는 것만으로는 안 된다. 이원재는 경제를 숫자나 공식의 집합이 아닌 삶 속의 이야기로 풀어 말해야 한다고 생각한다. 그 스스로 이런 글쓰기 전략이 가장 성공적으로 적용됐다고 평가하는 책은 《이상한 나라의 경제학》이다.

이 책에서 그는 한국 사회를 루이스 캐럴의 동화에 등장하는 '이상한 나라'에 비유한다. "이상한 나라 안에 있을 때는 그 나라가 얼마나 이상한지 깨닫지 못해요. 숲 속에 들어가면 숲 전체를 알지 못하는 것과 같은 이치예요. 이 책은 숲 밖으로 잠깐 나와서, 우리가 살고 있는 이상한 나라의 모습을 객관적으로 내려다보는 것으로 이야기를 시작합니다."

앞으로 나올 내용이 딱딱한 분석이 아니라 이야기가 될 것임을 암시해주고 있다. 이어지는 장들에서 그는 일상에서 누구나 접할 수 있는 구체적인 사례들을 이야기처럼 풀어간다. 예컨대 기업은 성장해도 개인은 가난해지는 이유를 설명하기 위해 그는 순창고추장 이야기를 풀어놓는다. 1989년 순창식품이 가정의 고추장을 상품화한 순창고추장은 공장을 지은 지 20년 만에 매출 3,000억 원을 기록하는 기업으로 성장했다. 직원 375명이 1인당 8억 원가량의 매출을 올릴 정도로 생산성도 높다. 그러나 오히려 순창 주민은 4만 9,000명에서 3만 명으로 줄었다. 기업은 성장한 반면 그 지역 사회는 위축된 것이다.

탐욕이 자본주의를 위기로 몰아넣고 있는 현실을 분석하고 그 대안으로 사회적 경제의 필요성을 설득하기 위해 야심 차게 쓴 이 책은 독자들한테도 좋은 반응을 얻었다. 그의 전략이 성공했다는 방증이다.

토론 문화가 꽃피어야 논픽션이 살아난다

이원재는 '일필휘지'(一筆揮之)를 믿지 않는다. 먼저 구성하고 나서 글을 쓰는 쪽이다. 글이란 '구성과 퇴고의 연속'이라고 믿는다. 구성을 마치고 나면 오랫동안 관련 자료를 모으면서 조각글을 쓴다. 책은 그 모든 자료와 조각글이 모인 구성물이다.

이때 집필에 필요한 자료를 어떻게 보관하느냐가 중요한데, 그는 종이 문서로 보관해두기보다는 온라인상에 축적해놓는 편이다. 인터넷 자료는 주제별 즐겨찾기로 분류하고, 논문 역시 PDF 파일 형태로 저장해둔다. 특별히 중요하다고 생각되는 문구는 문서 작성 프로그램에 따로 기록해둔다. 종이로 된 자료는 거의 보관하지 않고, 때에 따라 도서관을 이용하거나 새로 구입하곤 한다.

이원재는 책을 쓰려는 사람들에게 "일단 쓰는 것이 중요하다"고 조언한다. "끊임없이 기획하고 많이 써보고 주변 사람들에게 자주 보여주면서 피드백을 받아야 해요. 진솔한 피드백에 대응하고 방어하다 보면, 자연스레 자기만의 스타일이 만들어져요."

그는 한국 출판시장에서 논픽션의 잠재력을 크게 내다보고 있다. 그러나 그 잠재력을 꽃피우려면 무엇보다 건강한 토론 문화가 튼튼하게 뿌리내려야 한다고 생각한다. 앞서 이원재는 2012년 안철수 캠프에서 일하면서 건강한 토론 문화가 결핍된 한국 정치의 과열된 전투성을 절감했다. 그리고 대선이 끝나고 난 뒤에는 깊은 좌절을 경험해야 했다. 그가 볼 때 한국 사회에서 정치는 곧 전쟁이었다. 옳고 그름을 따지는 게 아니라 죽느냐 사느냐의 문제였다. "우리 사회에는 사실과 논리를 근거로 삼아 사회 이슈에 대해 말하는 문화가 아직 자리 잡지 못했어요. 사회 이슈에 대한 감정적 대화가 지배적이죠. 여기에는 합리적 토론을 가로막는 정치적 양극화가 한몫하고 있다고 봅니다."

상상이 멈추면 변화도 없다

한국 사회는 상상할 수 없는 땀과 눈물 그리고 피를 흘리며 산업화와 민주화의 과제를 달성했다. 이제는 다음 단계로 나아가야 한다. 정치를 바꾸는 것만으로는 안 된다. 대통령 선거에서 후보들이 개발 공약을 남발하는 데는 정치인들의 역량 부족 탓도 있지만, 그보다 먹고사는 문제가 다른 모든 가치를 압도하는 '먹고사니즘'이 한몫하고 있다.

정치를 바꾸려면 우리 삶부터 바꿔야 한다. 그렇다면 어떻게 삶을 혁신할 것인가. "산업화와 민주화를 뛰어넘어, 산업화와 민주화가 수행하지 못한 문제를 해결할 수 있는 근본적인 상상을 해야 합니다."이원재가 소셜픽션랩(함께 모여 상상하면 즐거운 마음으로 사회를 변화시킬 수 있다는 믿음을 가지고 만든 연구소다)에서 희망제작소로 행보를 이어간 이유도 정확히 이 맥락에 닿아 있다.

소셜픽션(Social Fiction)은 2013년 4월 그라민 은행 창립자이자 노벨평화상 수상자인 무함마드 유누스가 주창한 개념으로, 19세기 과학소설(SF)에 등장한 아이디어들이 모두 현실이 된 것처럼 사회도 우리가 상상한 대로 만들어나갈 수 있다는 것이다. 예컨대 오늘날 복지국가의 모범으로 잘 알려진 스웨덴을 떠올려보자. 스웨덴은 20세기 초반까지만 해도 가난한 농업 국가로, 당시 공업화와 파업, 대량해고 등 갖가지 사회문제들이 빈번하게 일어났다. 이에 훗날 스웨덴 재무장관이 되는 사민당의 에른스트 비그포르스는 1919년에 출산 수당, 평등한 교육, 누진적 상속세와 소득세 등을 핵심으로 하는 '예테보리 강령'을 작성한다. 당시 스웨덴에서 이 강령이 현실화될 것이라고 믿은 이들은 거의 없었지만, 비그포르스의 이 강령을 통해 상상했던 사회의 모습을 수십 년 뒤 스웨덴은 결국 만들어냈다. '현실'을 핑계 대지 않고 '더 나은 사회에 대한 상상'을 실행해 옮긴 사회야말로 미래를 향해 전진할 수 있다는 점을 여실히 보여주는 사례다.

이에 대한 고민의 결과물이 바로 《소셜픽션 지금 세계는 무엇을 상상하고 있는가》란 책으로 묶여 나왔다. 이 책의 대표 집필자로 참여한 이원재는 거대 담론들이 실패로 귀착되는 이유가 사람들의 참여를 이끌어내는 데 실패했기 때문이라고 내다보았다. "사회 변화는 미래와 과거가 밀고 당기는 가운데 일어나기 마련이에요. 이상적인 미래의 이미지가 앞에서 끌어당기고, 현실화된 과거가 뒤에서 밀어주어야 사회는 앞으로 나아갈 수 있습니다. 사회적 상상이 사라지면 인류 진보의 시계는 멈추게 됩니다. 거대한 벽 앞에서 좌절해 쓰러졌을 때 다시 일어서는 가장 좋은 방법은 벽 너머의 세계를 상상하는 거예요."

소셜픽션랩에서 시작한 '소셜픽션' 작업은, 지금 이원재가 몸담고 있는 희망제작소에서도 이어지고 있다. 그는 희망제작소에서 '새로운 세대의 제안'을 키워드로, 시민들이 살고 싶은 사회를 만들기 위한 혁신적 대안을 만들어나가고 있다.

앞으로 이원재가 꿈꾸는 나라는 어떤 곳일까. "저는 서울 동작구 대방동에서 태어났어요. 몇 년 전부터 다시 그 동네에 돌아가서 살고 있습니다. 모든 것이 재개발로 사라졌지만 20여 년 전 동네 서점만은 그대로 남아 있어 신기했어요. 그런데 곰곰이 생각해보니 그런 서점의 존재를 신기해하는 것 자체가 사실은 이상한 일이었어요. 이 서점 주인처럼 자기가 좋아하는 일을 하면서 큰돈은 아니더라도 적절한 수입을 올리며 소박하게 살아가는 사람들이 신기한 존재가 되고, 자산을 엄청나게 불리고 키우려는 사람들이 정상인 사회가 됐습니다."

저마다 적절한 욕구로 가치 있는 삶을 살아가려는 사람들이 표준이자 다수가 되는 사회. 이러한 유연한 사회야말로 이원재가 가치를 두고 추구하는 길이 아닐는지.

_정원식

　　　　　　　　　　　　　　　　　　　　　이원재

미술사학자 〈 이주은

서울대 언어학과를 졸업하고, 미국 덴버대학교에서 서양미술사
석사학위를, 이화여대 대학원에서 〈빅토리안 회화의 인물상을 통해
본 근대 영국사회의 특성〉으로 현대미술사 박사학위를 받았다.
현재 건국대 문화콘텐츠학과 교수로 재직 중이다. 저서로《지금 이
순간을 기억해》《그림에, 마음을 놓다》《당신도, 그림처럼》등이
있다.

우연한 만남에서 글감을 떠올리는 그림 에세이스트

이주은 건국대 문화콘텐츠학과 교수는 1995년 서양미술사를 배우러 미국 덴버대학으로 유학을 떠났다. 유학을 결심할 무렵 3년차 직장인이었다. 고액 연봉과 후생복지로 요즘에도 취업 준비생들이 선망하는 한국증권거래소에 다니고 있었다. 지식이 부족하다고 느낀 이주은은 애초 휴직을 하고 MBA 과정을 밟으려 했다. 미국의 이 대학 저 대학 유학 자료를 살펴보던 중 미술사 프로그램이 눈에 띄었다. 평소에도 이미지, 그중에서도 서양 회화에 관심이 많았다. 그 순간 자신이 몰입할 수 있는 일이라고 판단했다. 안 그래도 영어를 잘한다는 이유로 회사에서도 국제 업무를 맡고 있었다. 외국에서 손님이 오면 박물관이나 미술관, 화랑으로 안내하는 일도 그중 하나였다. "인사동 같은 데 갈 때면 신이 나서 손님을 모시고 다녔어요. 아무래도 미술과는 운명처럼 이어져 있었던 것 같아요."

한국에 돌아온 이주은은 이화여대 박물관에서 학예연구원으로 일하면서 여러 권의 책도 냈다. 대표작 가운데 하나가 '치유'를 열쇳말로 내세운《그림에, 마음을 놓다》이다. 그 또한 삶이 막막할 때 그림을 가

만히 들여다보며 치유의 길을 묻곤 했다. '백 마디 말보다 그림 하나의 위로'라는 주제, 이미지와 소통하는 글쓰기 방식으로 사람들에게 큰 호응을 얻었다. 영등포역에서 출발하는 눈꽃열차를 타러 갔다가 목격한 어느 노숙인의 모습에서 마네의 그림 속에 등장한 넝마주이를 떠올리고, 나아가 베냐민이 말한 부랑아 개념까지 옆 사람에게 이야기하듯 풀어내는 스토리텔링 방식도 대중의 마음을 사로잡았다. 10만여 권이 팔린 이 책은 이주은을 미술계의 파워라이터로, '그림 에세이스트'로 굳건히 자리매김하게 만들었다.

일상의 우연한 만남에서 영감을 떠올리다

이주은의 연구실은 호수가 내다보이는 인문관에 있다. 연구실 양쪽 벽면은 책으로 가득 채워져 있으며, 손때 묻고 색 바랜 도록 수백 권이 꽂혀 있다. 형형색색의 포스트잇도 책갈피처럼 꽂혀 있다. 오랜 시간 도록을 부여잡고 보고 또 보며 사유했을 이주은의 시간들이 어렴풋 잡히는 듯하다.

어릴 적부터 책 읽기를 좋아한 이주은은 연구실과 집 서재를 합쳐서 1만 권 정도 책을 보유하고 있다. 책은 한 권씩 살 때도 있고 왕창 구입할 때도 있다. 한 권씩 살 때는 주제별로 꽂아두는 편인데, 대량 구매할 때는 그냥 내키는 대로 꽂아둔다. 그러다 보니 가지고 있기는 해도 다시 보려고 할 때 잘 찾지 못하는 책이 많다고 한다. 책으로 연구실이 꽉 차는 것도 원치 않고, 도서 관리도 썩 잘하는 편이 못 돼서 요즘은 도서관을 자주 이용한다.

도서관에서 이주은은 우연한 만남을 즐긴다. 서가를 거닐다 보면 뜻하지 않게 자신을 향해 손짓하는 책들과 마주하기도 한다. "의도한 게 아니라 우연히 만난 책들은 내가 가진 책과는 또 다른 방식으로 영감을 줘요. 글에 영감을 주는 것은 사물(또는 문장)과의 만남이라고 생각합니다. 그것도 뜻하지 않은 만남(encounter) 말이에요."

이주은 글의 근간을 이루는 건 이미지다. 이미지는 이주은의 삶 자체다. 이미지를 보고 또 보고, 그 이미지를 두고 생각을 거듭한다. 그는 계량화하기 힘들 정도로 많은 이미지를 봐왔다. 국내외 미술관을 찾을 때마다 발바닥이 부르틀 정도로 샅샅이 보고 다닌다.

미술에 감동받은 건 대학 때다. 다른 학생들은 으레 졸거나 지루해하는 '미술의 이해' 같은 교양수업 때, 슬라이드를 보면서 들은 교수님 설명이 너무 재미있었다고 기억한다. 여행을 가면 그 지역 미술관을 섭렵하고, 도록도 꼬박꼬박 챙긴다.

그는 미술관이나 도록에서 한순간 정지된 그림 장면을 보면서, 그 전에 어떤 일이 벌어졌을까를 생각한다. 추리소설을 좋아하는 그답게 사건을 해결하듯 그림의 디테일에서 단서 하나하나를 찾아낸다. '저 신발이 왜 저기 떨어져 있을까'를 생각하며 단서를 읽어낸다. 세심하게 보면서 연상 작업을 하는 것이다. 학생들에게도 그림의 전체부터 보지 말고 구체적인 것부터 떠올리라고 말한다. 발상에서 연상을 강조한다. 이런 연상의 방식이야말로 스토리텔링의 기본이라는 것이다.

이주은은 일상에서 '스토리텔링'을 시작할 때가 많다. 한 예로

《지금 이 순간을 기억해》에서는 자신의 쇼핑 경험과 헨리 통크스의 그림 〈모자 가게〉, 에밀 졸라의 소설《여인들의 행복 백화점》을 연결해서 행복과 소비 문제를 함께 짚는다. 영화도 곧잘 소재로 쓴다. 영화 영상이 머릿속에 이미지를 저장하는 데 좋은 영감을 주기 때문이다. "엄청난 경험을 한 사람이 아니라 그런지 (영상은) 여러 상상을 부추겨요. 영화는 내러티브와 이미지가 함께하니까 쉽게 다가갈 수 있죠." 다만 예술작품은 정지된 이미지 같아서 조금 어렵다고 한다. 내러티브가 감춰져 있어서 찾아내야 하기 때문이다.

책을 쓰는 과정도 내러티브를 만들려는 노력의 소산이다. 내러티브를 만들다 보면 하나의 스토리가 생기는데, 이주은은 그러한 노력이 바로 책 쓰는 과정이라고 한다. 널리 알려진 영화나 고전 장면을 상기시켜주면 독자들이 알아서 공감의 끈을 가지게 된다는 것이다.

한편 영화나 문학작품도 일상과 중첩, 교차하며 회화 이미지로 떠오르기도 한다. 1883년 모네가 노르망디 풍경을 그리기 시작했는데, 그해 모파상이 노르망디 지방을 배경으로《여자의 일생》을 썼다. 이주은은 이런 중첩에서 관련성을 찾고, 모티프를 잡아 글과 이미지를 엮어나간다. 이런 중첩은 우연히 만나기도, 일부러 찾기도 한다.

물론 원고를 쓸 때 일상과 이미지를 연결하는 작업이 척척 이루어지는 건 아니다. 이럴 때도 '우연한 만남'이 돌파구를 낸다. 예를 들어 북카페에서 커피를 마시다 우연히 눈에 들어온 책에서 글의 단서를 발견하는 식이다. "그 책이 나를 불렀구나 생각해요. 너무 미신적인가요? 집 서재에 커다란 테이블이 있는데, 책이나 도록을 쭉 늘어놓고 서로서

그다지 체계적으로 보이지 않는 다이어리 메모,
즉 데페이즈망은 글감의 원천이다.
마구 뒤섞인 메모 내용들이 나중에
안 어울리는 듯 어울리는 화학작용을 불러일으킨다.
"내 글에서 일상적인 글감들이 미술이나 문학
그리고 영화로 자유롭게 영역을 넘나드는 이유는
아마도 다이어리의 산만함 덕분이 아닐까 생각해요."

이주은

로 간섭하게 만들어요. 그러면 불현듯 아이디어가 샘솟죠. 요리도 마찬가지입니다. 가끔 레시피와 상관없이 여러 재료를 테이블에 나열해놓고 맛이 뒤섞이는 것을 상상하며 요리를 하죠. 그림이나 광고, 사진, 영화 이미지, 동영상들이 다 스토리텔링을 위한 식재료인 셈이에요."

마구 뒤섞인 메모들의 놀라운 화학작용

그렇게 보자면 이주은의 다이어리는 식재료를 담는 주요 식기구에 비유할 수 있다. 그는 항상 다이어리를 들고 다닌다. 온갖 잡다한 것들이 다 들어 있다. 일정에다 쇼핑 리스트, 오늘의 결심, 입고 나갈 옷, 읽고 싶은 책, 아침 신문에서 본 기사, 맛집 전화번호까지 기록한다. 미술평론가답게 자신의 다이어리를 일종의 데페이즈망(Depaysement, 논리적이지 않은 사물이나 언어의 배치)이라고 일컫는다.

그다지 체계적으로 보이지 않는 다이어리 메모, 즉 데페이즈망은 글감의 원천이다. 마구 뒤섞인 메모 내용들이 나중에 안 어울리는 듯 어울리는 화학작용을 불러일으킨다. 말하자면 다이어리가 집 서재나 요리 테이블 같은 역할을 하는 것이다. 낯선 것끼리 만나 전혀 다른 새로운 의미를 만들어내는 재미를 다이어리에서 느낀다. "내 글에서 일상적인 글감들이 미술이나 문학 그리고 영화로 자유롭게 영역을 넘나드는 이유는 아마도 다이어리의 산만함 덕분이 아닐까 생각해요."

어린 시절부터 접한 문학, 미술, 영화의 이미지는 이주은만의 문체를 만들어냈다. 대중서를 내기 앞서 번역부터 시작한 그는, 아주 건조한 외국 저자 책을 원문에 맞게 충실히 작업하면서 조금은 감성 어린 문체로 바꾼 적이 있다. 이게 출판사 편집자 눈에 띄었다. "제 문체의 촉촉함을 발견한 것 같아요. 옮긴이의 글도 좋았대요. 그 전까지는 제 문체가 어떤지 잘 모르고 있었어요. 대학원 시절 학술용 글을 발표할 때, 학과 친구들과 후배들이 이런 얘기를 해준 기억이 나요. 분명 학술용 글인데, 왠지 모르게 마음 찡한 구석이 있다고. 틀림없이 내 문체가 풍기는 마술 때문일 거라고들 했어요."

이주은이 처음으로 신문에 30회가량 연재한 대중칼럼은 '마음의 감기를 치유하는 명화'였다. 칼럼 반응이 아주 좋았다고 한다. 이 연재 글을 다듬어서 《그림에, 마음을 놓다》를 펴냈다. 촉촉한 문체와 감성 덕분인지 이메일로 온갖 사적인 얘기들을 털어놓는 이들도 많았다.

번역서 이후 낸 첫 책은 그만의 문체를 본격 시도한 《빅토리아의 비밀》이다. 이주은 글의 모체가 되는 '미술관', '도서관' 같은 공간과 '새벽'이란 시간이 빚어낸 작품이다. 영국 현지에서 생생한 감각으로 쓴 점도 빼놓을 수 없다.

이주은은 2004년 겨울 영국 런던의 별 두 개짜리 호텔에 장기 투숙하면서 낮에는 도서관이나 미술관에 자료를 찾으러 돌아다니고, 밤과 새벽에는 노트북을 끼고 살았다. "호텔은 따스했고, 아침에 식당에서 주는 빵과 커피가 아주 맛있었어요. 유일하게 다른 투숙객들을 만날 수 있는 시간이 아침식사 시간이었는데, 흥미로운 건 그 호텔에 저 말고 어떤 독일계로 보이는 남자가 늘 노트북을 들고 다니며 자판을 두드리고 있었다는 점이에요. 제가 짐을 싸서 파리로 떠날 때에도 그 남자는 그곳에 남아 있었어요. 가끔 궁금해요. 그 사람은 어떤 책을 썼을지. 바로 앞에 하이드파크가 있어서 글 쓰다가 종종 바람을 쐬러 산책을 나갔어요. 서울에 있을 때처럼 만나야 할 사람이 많은 것이 아니고, 오직 글만 쓰니 글 쓰는 속도가 엄청 빨랐어요."

누구나 피로가 쌓이면 글이 막히게 마련이다. 이주은은 새벽에는 커피의 힘으로 뇌를 일깨운다. "낮에는 가벼운 산책, 저녁이면 반신욕을 하고 차를 마십니다."《당신도, 그림처럼》에서 이주은은 일중독자 발자크의 글쓰기 방식을 소개했다.

발자크는 늘 새벽 1시에 일어나 블랙커피를 마시며 글을 쓰기 시작한다. 갈까마귀 깃털로 만든 펜대로 사각사각 쉬지 않고 내리 글을 쓰다가 오전 7시가 되면 더운 물로 목욕을 한 후 삶은 달걀과 커피로 요기를 하고 또다시 책상에 앉는다. 점심도 커피를 곁들여 책상에서 가볍게 해결하고는 글쓰기에 열중한다. 그가 책상에서 일어나는 시간은 정확히 저녁 6시다. 이 시간에는 커피 대신 잠을 청하기 위해 와인을 한 잔 마시면서 제대로 된 저녁식사를 즐긴다. 저녁에 아는 사람들이 찾아와도 그는 오래도록 이야기를 나누는 법이 없다. 내일 새벽 일정을 위해서 평소대로 일찍 잠자리에 들어야 하기 때문이다.

이주은은 논문과 대중적 글쓰기 방법을 달리한다. 논문을 쓸 때는 배운 대로 목차 구성부터 차근차근 해나간다. 책 쓰기는 좀 다르다. 그는 이를 조각보 만들기에 비유한다.

에세이는 글을 틈틈이 모아두었다가 전체적으로 큰 틀에 맞추어 재배열하는 방식이다. 처음부터 늘 염두에 두고 있는 굵직한 핵심어만 남겨두고 책 쓰는 중간중간 세부 구성을 조금씩 바꿔나간다. 심각하게 바꿀 때도 있다. 틀이 있고 글을 쓰는 게 아니라, 글에 맞게 틀을 짜나가는 식이다. 주제에 접근하는 방식에 대해서는 이렇게 말한다. "구체적인 작은 것들을 모아서 커다란 주제에 접근하는 편이에요. 일상생활에서도 우선순위를 매겨 계획을 짜는 일을 그리 잘하지 못해요. 노트 필기도 나열식이죠. 주된 것과 부차적인 것을 엄밀하게 구분하지는 않아요. 생각도 그렇게 하고, 글도 그렇게 씁니다."

자기만의 글쓰기 방식을 만들어가기 위해서는 꾸준히 많이 읽고 써야 한다고 조언한다. "많이 읽고, 그것들이 내 안에서 넘쳐흐를 만큼 가득할 때 비로소 글이 술술 써지는 것 같아요. 무엇보다 많은 지식을 전달하려는 욕심을, 조금이라도 잘 전달하겠다는 욕심으로 전환시켜야 해요."

이주은이 좋아하는 작가는 홍은택 씨다. 심오한 지식과 소소한 정보를 잘 결합시키는 점, 생각의 과정이 그대로 드러나는 점, 저널리스트가 쓴 문장처럼 명쾌한 점, 자기만의 생생한 현장 체험을 바탕으로 하는 점 때문이다. 그의 책을 읽으면 홍은택이 마치 모험을 하는 것 같

은 즐거움을 누리는 것 같단다. 비슷한 이유로 알랭 드 보통도 좋아한
다. 또 섬세하고 잔잔하게 주변 사람들을 바라보는 마스다 미리의 시각
도 편안해서 좋아한다. 마스다 미리의 시선으로 일상을 살아보고 싶은
충동도 간혹 느낀다고 한다.

　이주은의 또 다른 글쓰기 조언은 문장을 짧고 명료하게 쓰라는 것
이다. 제자들에게도 글이 잘 안 써지면, 헤밍웨이가 돼보라고 말한다.
"문장이 긴데도 매력적인 글을 쓴다면 복 받은 사람이죠. 대부분은 길
어지면 난해해지기 마련입니다." 단문이 전달력도 좋고 강한 여운을
남긴다고 생각하는 이주은은 윤문과 퇴고에 정성을 쏟아붓는다. "글은
다듬을수록 글맛이 살죠. 화장은 자꾸 고치면 떡이 지지만요.(웃음)"

짧고 명료한 글을 쓰기 위해 이주은은 사전을 자주 들여다본다. 쉬운
글을 쓰려면 단어를 사전에 맞게 풀어쓰려는 노력이 필수다. 그는 사전
에서 어원이나 동의어를 늘 확인한다. '헤밍웨이가 되라'는 말은 또한
'짧지만 진솔하게 쓰라'는 말과 다르지 않다.

　그가 새벽에 글을 쓰는 이유도 여기 있다. 오후나 저녁에는 사람을
많이 만나다 보니 솔직한 자기다움이 많이 사라진다고. 이주은이 '헤
밍웨이가 되라'는 뜻을 부연하는 메시지를 보낸 시간도 새벽 5시 30분
이었다.
　　　　　　　　　　　　　　　　　　　　　　　　　　_김종목

서평가 \ 이현우

서울대 노어노문학과를 졸업하고 동 대학원에서
〈푸슈킨과 레르몬토프의 비교시학〉으로 박사학위를 받았다.
현재 대학 안팎에서 다양한 분야의 강의를 하고 있으며, '로쟈'라는
필명으로 '로쟈의 저공비행'이라는 블로그를 꾸리면서 서평가로도
활동하고 있다. 저서로《로쟈의 인문학 서재》《책을 읽을 자유》
《그래도 책읽기는 계속된다》《아주 사적인 독서》《로쟈의 러시아
문학 강의》 등이 있다.

표류하는 책의 바다에서 나침반이 되다

이현우는 본명보다 '로쟈'라는 필명이 먼저 알려진 사람이다. 2009년 그의 첫 책《로쟈의 인문학 서재》가 출간됐을 때 책동네에서 '로쟈'를 모르는 사람은 드물었다. 러시아 유학을 하고 돌아와 인터넷을 글쓰기의 근거지로 삼은 그는, 2000년대 초반부터 신간의 바다를 표류하는 이들에게 읽어야 하는 책들의 좌표를 알려주는 나침반 구실을 해왔다. 책동네에서 '로쟈'는 서평가의 대명사로 불린다.

이현우는 '직업윤리'에 성실한 서평가다. 그는 "마감이 끝난 후 원고를 써서 편집자들을 자주 괴롭혔다"고 했지만, 2년 가까이 그의 원고를 받는 동안 마감을 어긴 적은 거의 없었다.

실제로 그를 본 건 딱 두 번이다. 한 번은 2012년 6월 슬라보예 지젝이 한국을 찾았을 때 건국대학교에서였다. 그는 제자로 보이는 학생들과 이야기를 나누고 있었는데, 사진으로만 봤을 때 막연히 생각했던 것보다 키가 커서 좀 놀랐던 기억이 난다. 다른 한 번은 2년 뒤 신문 인터뷰를 할 때였다. 그 사이에는 2년의 시차가 있었지만 처음 보았을 때 받은 단정하고 과묵해 보이는 느낌은 여전했다. 의도적으로 친밀감을 드러내거나 지적인 권위를 드러내는 법 없이 다소 무덤덤한 톤으로, 필요한 말만 하는 그의 화법은 감정의 습기를 걷어낸 채 책의 핵심을 전달하는 그의 서평과도 닮았다.

이현우의 글쓰기는 온라인에서 시작해 오프라인으로 나아갔다. 2000년대 초반 인터넷 서점 알라딘과 인터넷 카페 '비평고원'을 근거지로 삼아 인문학 신간들을 골라주는 길라잡이 구실을 했는데, 그의 글은 순발력이 좋으면서도 내용이 충실했다. 그는 무수히 쏟아져 나오는 인문학 책들에 관해 핵심 내용과 배경을 일목요연하게 정리하는 데서 그치지 않고 책들 사이의 연관 관계와 관련 서적들의 목록까지 친절하게 알려줬다. 예컨대 미국의 부조리한 선거제도에 관한 책인 경우, 해당 책뿐 아니라 미국 선거제도에 관한 다른 책들과 함께 한국 선거 문화를 되돌아보는 데 도움이 되는 책들까지 함께 소개하는 식이었다.

2007년 온라인에서 활약하던 일군의 서평가들이 출판계의 새로운 흐름으로 등장했을 때 로쟈는 그 대열의 선두에 서 있었다.

러시아 문학에 바탕을 둔 서평가

이현우의 학문적 기반은 러시아 문학이다. 그는 대학과 대학원에서 러시아 문학을 전공하고, 2004년 러시아 시인 푸시킨과 레르몬토프에 대한 연구로 박사학위를 받았다. '로쟈'라는 필명도 《죄와 벌》의 주인공 로지온 라스콜리니코프에서 따온 것이다. 그러나 잘 알려져 있듯 그의 지적 관심은 문학을 넘어선다. 칸트, 마르크스, 레닌, 니체, 레비나스,

베냐민, 데리다, 라캉, 지젝 등 서구 지성사를 이끄는 수많은 사상가들과 이론가들이 그의 독서 목록에 들어 있다. 특히 지젝은 몇 권의 책을 냈을 만큼 애호하는 철학자다.

이현우는 스스로를 '문학 극대주의자'라고 말한다. 역사, 철학, 문학 모두가 큰 의미에서는 '문학'이라고 볼 수 있다는 것이다. "작가라면 전체에 대한 통찰이 필요하고 사회에 대한 책임감도 있어야 한다고 생각해요. 문학이 삶에 대한 총체적 인식이라면, 플롯이나 수사 같은 문학적 장치들을 다루는 정도에 그쳐선 안 돼요. 내 경우엔 현상학, 해석학, 정신분석학, 수용이론 등 문학이론을 공부하면서 관심사가 자연스레 철학으로 확장된 사례죠."

비평과 구분되는 서평만의 독자적 영역은 무엇일까. 비평은 독자들이 같은 책을 다시 읽도록 하는 것이다. 한편 서평은 책을 읽을지 말지 판단할 수 있는 자료를 제공하는 것이다. 비평이 어떤 책을 이미 읽은 독자들을 대상으로 한다면, 서평은 아직 읽지 않은 독자를 대상으로 삼는다. 그에 따르면 한 세대 전과 달리 지금은 비평보다 서평의 역할이 커졌다는데, 책을 읽는 독자들이 줄어들고 있기 때문이다.

원고 매수에 따라 달라지는 글 스타일

이현우의 서평은 단정하다. 달리 말하면 건조하다고도 할 수 있다. 주관적인 진술이 적기 때문이다. 이런 글쓰기 스타일은 지면 사정과도 관련이 깊다. 언론에서 청탁하는 서평 분량은 원고지 9~10장에 이른다.

책 내용을 정리하고 나면 주관적인 판단을 집어넣을 공간이 부족하다. 많아야 한두 문장 정도? 다른 필자들은 주관적 느낌을 내용보다 더 많이 다루기도 하는데, 이현우는 독자들이 책 내용을 맛보게 하는 데 중심을 둔다. 좋고 싫음이 분명하지 않고 개성이 없다는 인상을 줄 수도 있지만, 그는 서평의 역할과 한계를 분명히 인식하고 있다.

비평은 때로 예술이 될 수도 있지만, 그의 서평은 예술을 지향하지 않는다. 서평은 두고두고 읽을 글이 아니라 필요에 의해 읽는 글이라는 생각에서다. 그가 어떤 책을 골랐느냐 하는 것도 독자에게는 유익한 정보가 될 수 있다. 애초 그는 스스로 함량 미달이라고 판단한 책들에 대해서는 서평을 쓰지 않는 것을 원칙으로 삼는다.

그는 비평의 적정 분량이 원고지 30장 정도라면, 서평은 원고지 20장이면 충분하다고 본다. 아울러 서평이 오로지 기능에만 집중한다면 100자 평도 독자들에게 얼마든지 유익할 수 있다고 본다.

서평가로서 독보적인 입지를 굳힌 이현우의 독자들에 대한 영향력은 어느 정도나 될까. "글쎄요. 10부쯤 될까요?" 지면에 실리는 서평이나 책 광고의 영향력이 10여 년 전보다 크게 줄었다는 것은 출판계의 정설이다. 그럼에도 지면 서평의 역할은 여전히 남아 있다. "책을 고를 때 서평을 참고하는 독자들의 성향은 크게 바뀌지 않았어요. 다만 독자들이 정보를 얻는 출처가 분산됐을 뿐이죠." 온라인의 경우만 봐도, 그의 블로그 '로쟈의 저공비행' 방문자는 하루 1,700여 명을 웃돈다.

독자들이 같은 책을 다시 읽도록하는 것이
비평이라면, 서평은 책을 읽을지 말지
판단할 수 있는 자료를 제공하는 것이다.
비평이 어떤 책을 이미 읽은 독자들을
대상으로 한다면,
서평은 아직 읽지 않은 독자를
대상으로 삼는다.

표류하는 책의 바다에서 나침반이 되다

로쟈가 책 읽는 기계?

문학평론가 신형철은 이현우의 왕성한 독서량을 두고 "저이(로쟈)는 사람이 아니라 (독서) 기계가 아닌가"라고 말한 적이 있다. 과연 이현우의 독서량은 얼마나 될까. 그는 대학이나 도서관, 문화센터 같은 곳에서 강의도 하고 서평도 해야 하기 때문에 사실 책 읽을 시간이 많지 않다. 그렇기에 강의하고 서평 쓰고 잠자는 시간을 빼면 책 검색, 책 읽기, 서평 쓸 책을 고르는 게 주된 일상이다.

그는 구체적인 독서량을 밝히는 대신 자신의 수중에 들어오는 책이 몇 권인지에 대해 말했다. "출판사에서 보내오는 책이 일주일에 20~30권, 내가 직접 사는 책이 또 그만큼이에요. 내가 구입한 책과 증정 받은 책을 합하면 연간 2,000권쯤 됩니다." 그가 그 많은 책들을 어떤 방식으로 소화해 독자들에게 유용한 정보를 내놓는지는 '영업 비밀'에 해당할 테다.

책은 몇 권이나 소장하고 있을까. 현재 그가 소장하고 있는 책은 2만 권이 조금 못 된다는데, 해마다 2,000여 권씩 늘어나고 있으니 2만 권을 넘어서는 것은 시간문제가 아닐까 싶다. 그는 이사가 불가능할 정도로 책이 불어나서 어쩔 수 없이 대출을 받아 집을 샀다고 했다.

서평가에서 비평가로

서평가를 평생 직업으로 삼을 수 있을까. 이에 이현우는 "60대 서평가라는 표현은 왠지 이상하다"고 말했다. 그 정도로 오래 하고 싶은 일은 아니라는 얘기다. 애초 그의 목표는 '3년만 쓰겠다'는 것이었다. 그러나 지면에 서평을 기고한 시점을 기준으로 보더라도 3년을 훌쩍 넘겼다. "은퇴할 시점이 멀지 않았어요. 지금까지 서평을 모은 책을 두 권 냈는데, 네 권 정도 내면 더는 못 낼 것 같아요. 서평집을 한 권 낼 때마다 그 이전에 견줘 서평집 독자가 절반씩 줄어들고 있어요. 자연스레 은퇴하게 되지 않을까요?"

'은퇴' 이후에 그가 하려는 일은 비평이다. '비평'이란 말에서 복잡한 이론과 까다로운 문장으로 무장된 고난이도의 글을 떠올릴 필요는 없다. 그에게 비평이란 책을 자세히 읽고 음미하며 읽는다는 것, 달리 말해 책에 좀 더 밀착하는 일이다. '유통기한'이 짧고 용도가 제한돼 있는 서평으로는 할 수 없는 일이다. 그는 비평을 통해 한 공동체가 지닌 독서 문화의 깊이를 만들어보려고 한다. "서평 독자들을 어느 정도 규모로 만든 뒤 이 독자들과 함께 더 깊이 읽는 독서 문화를 만들어보고 싶어요. 그런 독자들이 5천~1만 명 정도만 유지되면 좋겠어요. 읽을 만한 책이 나왔을 때 적어도 1만 권은 팔리는 사회를 보고 싶다는 뜻입니다."

이현우의 첫 책은 2009년 5월에 출간한 《로쟈의 인문학 서재》다. 첫 책을 냈다는 기쁨을 오래 만끽하진 못했다. 책이 나온 게 월요일이었는데, 그 주 토요일에 노무현 전 대통령이 서거했기 때문이다. 그러나 이 책은 그해 말 어느 TV 프로그램에서 '올해의 책'에 선정됐고, 〈한국일보〉가 주관하는 한국출판문화상 교양저술상을 받기도 했다. 베스트셀러는 아니었지만 애초 기대보다는 반응이 좋았다.

《로쟈의 인문학 서재》는 처음부터 대중을 염두에 두고 쓴 책은 아니다. 이 책은 그가 인문학에 상당한 관심이 있는 독자들을 대상으로 쓴 블로그 글들을 묶은 것이어서, 일반 독자들에게는 난해하다는 불평이 나오기도 했다. 사실 언론 지면에 쓴 서평에서는 의도적으로 난이도를 낮게 잡은 측면이 있다. "일간지나 주간지에 실린 기사들이 중3 수준의 독자도 읽을 수 있어야 한다는 말을 들은 뒤로는 대략 그 정도에 맞추려고 합니다. 전공자만 읽을 수 있는 책은 앞으로도 안 쓸 것 같아요. 학위논문을 단행본으로 펴낸 책이 유일한 예외였습니다."

대중의 눈높이에 적응하라

대중서를 쓸 때는 대중의 눈높이에 맞춰야 한다. 상식적인 이야기지만 실천하기는 쉽지 않다. 글쓰기 스타일은 제2의 천성과도 같아서 쉽사리 바뀌지 않는다. 특히 논문형 글쓰기에 익숙한 이들이 그렇다. "대개 대학원 공부까지 한 식자층이나 예비 저자들의 글쓰기는 논문형 글쓰기에 맞춰져 있어요. 아무래도 글쓰기의 목표와 방식이 교양서나 대중서와 다르다 보니 '적응'하는 문제가 생기게 마련이죠. 일단 전공자 그룹이 아닌 일반 독자나 청중을 상대로 강연을 해보라고 권하고 싶어요. 글이 아닌 말의 수준에서 눈높이를 어떻게 맞춰야 하는지 알게 되면, 글의 수준도 가늠할 수 있을 거라고 생각해요. 모델이 될 만한 책이나 베스트셀러 몇 권을 숙독해보는 것도 도움이 되고요."

대부분의 사람들은 글쓰기보다 말하기를 좀 더 편하게 여긴다. 이

이현우

런 측면에서 볼 때 강연은 같은 내용을 간명한 언어로 전달하는 훈련이 된다. 또 글쓰기와 달리 강연에서는 청중의 반응을 현장에서 확인할 수 있어 대중의 눈높이에 맞는 언어의 난이도가 어느 정도 수준인지 곧바로 가늠할 수 있다. 따라서 논문형 글쓰기의 특징인 복문과 병렬문의 의존도를 줄이는 연습을 하는 데 도움이 된다.

한국에는 드라마가 너무 많다

문필가로서 그의 영웅은 사르트르, 데리다, 지젝 같은 철학자들이다. 그들의 스타일보다는 정신, 태도, 열정에서 배울 점이 있단다. 같은 맥락에서 1970~1980년대 한국 문학비평계의 두 거목인 고 김현 교수와 김윤식 교수도 그가 존경하는 이들이다. 삶에 대한 성찰은 책을 통해서만 가능하다고 믿는 그가, 한국 문학비평사에서 가장 많이 읽고 가장 많이 쓴 것으로 알려진 두 선배에게 끌리지 않았다면 그게 더 이상한 일일 것이다.

한편 이현우는 독서와 글쓰기에 대한 열정은 강한 데 반해 영상매체에 대한 평가는 인색한 편이다. 그는 활자로 된 독서가 독자에게 능동적인 태도를 요구하는 것과 달리, 시각에 직접적으로 호소하는 영상매체는 상상력의 여지를 좁힌다고 생각한다. 한국 출판시장에 수준 높은 논픽션이 드문 이유 가운데 하나로 "드라마가 너무 많다"는 의견을 내놓기도 했다. "우리가 가용할 수 있는 자원과 시간은 제한돼 있잖아요? 드라마를 보는 대신 책을 읽는다면 더불어 수준 높은 논픽션이 많이 나오리라 생각해요.”

이현우의 일상은 읽고 쓰는 일의 반복이다. 어찌 보면 책 속에 구속된 삶이라고 볼 수도 있다. 그러나 그에게 독서는 '자유'의 다른 말이자, 인간이 확보해야 할 최소한의 '권리'다.

　“'책이 인생의 전부가 아니야'라는 깨달음을 얻기 위해서라도 우리는 책을 읽어야 한다는 게 나의 믿음이다. 우리가 너나없이 자유로운 인간이고 싶어 한다면, '책을 읽을 자유'는 자유의 최소한이다. '최소한의 도덕'(아도르노)이란 표현을 빌려 '최소한의 자유'라고 말해도 좋겠다. '닫힌 사고'와 '빈곤한 생각'만큼 우리를 옥죄는 감옥도 없을 테니까. 정치서클에 가담한 혐의로 시베리아에서 유형 생활을 한 도스토예프스키에게도 비록 복음서라는 단 한 권의 책이긴 하지만 책 읽을 권리는 보장되었다. '책을 읽을 권리'가 보편화된 것은 역사적으로 보자면 극히 최근의 일이지만 그것은 이제 인간으로서 '최소한의 권리'에 속한다.”《책을 읽을 자유》중에서)

_정원식

저
술
가

임
승
수

서울대 전기공학부를 졸업하고, 동 대학원에서 반도체소자 연구로
석사학위를 받았다. 하지만 졸업 후 벤처기업을 5년 가까이 다니다가
인문사회 분야 저자로 삶의 진로를 바꿨다. 2006년 이후 인문, 사회,
예술, 실용, 자기계발 등 다양한 분야에서 단독 및 공저로 15권이
넘는 책을 출간했다. 저서로《원숭이도 이해하는 자본론》《글쓰기
클리닉》《청춘에게 딴짓을 권한다》 등이 있다.

저술로 세상과 '맞짱뜨는' 글치 공학도

임승수는 '저술가'다. 이 수식어는 조금 허전하다. 그는 2006년 이후 8년 동안 공저를 포함해 15권의 책을 내놓았다. 인문, 사회, 예술, 실용, 자기계발 등 다양한 분야에 걸쳐 있다. 스스로 고백하기를 A4 용지 한 장 채우기도 힘들어하던 글치 공학도 임승수는 어떻게 대중적 글쓰기에 능숙하다는 평판을 얻으며 저술로 밥벌이까지 하기에 이르렀을까.

임승수를 처음 본 건 2013년 6월 건국대에서 열린 '티셔츠 밖으로 나온 체 게바라' 북토크쇼에서였다. 한형식 당인리대안정책발전소 부소장의 《공부하는 혁명가》 출간을 기념하는 이 행사에서, 그는 《차베스, 미국과 맞짱뜨다》의 저자로 초청받아 나왔다. 게바라에서 차베스로 이어지는 남미의 정치 변혁사를 주로 설명하면서, 이따금 저술가로 살아가는 자기 이야기도 양념처럼 들려줬다. "강연료와 원고료, 인세 등등으로 월수입 300만 원을 돌파했다"는 게 그중 하나다. 그는 서울 토박이인데도 충청도 억양이 배어 있었다. 충청도 출신 친구와 워낙 친하게 지내다 말투까지 닮아졌다는 말도 농담으로 곁들였다. 참고로 그

는 2006년 이후 2014년까지 1,000여 회의 크고 작은 대중 강연을 진행
했다.

임승수는 저술가로서 여러 방면에서 독특한 이력을 가지고 있다.
학부에선 전기공학, 대학원에선 반도체소자를 전공하고, 벤처 회사를
5년 동안 다녔다. 회사에 다닐 때 '양심적 직장인'이 되겠다며 민주노
동당에 입당했다. 2006년엔 진보 정치 활동에 전념하려고 회사를 관두
고, 첫 책《차베스, 미국과 맞짱뜨다》를 냈다. 이 책을 두고 "출판사 편
집자가 거의 모든 문장의 맞춤법과 띄어쓰기를 빨간펜으로 바로잡아
보내왔는데, 마치 북한의 혁명가극 〈피바다〉 같았어요."라고 말하며 웃
었다. 청산유수에 농담도 잘하는 저술가다. "어딘가에 처음으로 내 글
이 실리는 순간 따위는 내 인생에서 그다지 인상적인 장면이 아니에요.
하지만 첫 인세가 들어온 순간은 또렷이 기억납니다. 하하."

인생을 바꾼 책, 마르크스의 《자본》

글쓰기의 기원은 대학 때로 거슬러 올라간다. 당시 그는 NL(민족해방)
이 뭔지, PD(민중민주)가 무슨 말인지도 모르는 대학생이었다. 운동권
과 거리가 멀었지만 대학에 들어왔으니 사회과학 책 한두 권은 읽어야
겠다며 집어든 게 마르크스의 《자본》이었다. 이 책은 전업 작가를 예비
하는 책이 됐다. 잘 이해되지 않는 부분은 수십 번을 읽었다. 강독 스터
디도 조직하고 강의도 했다. 《자본》의 전체 얼개를 이해하면서 강의 노
트를 만들어나갔다.

그렇게 지식을 축적해 펴낸 책이 《원숭이도 이해하는 자본론》이다. 임승수는 경희대 후마니타스칼리지에서 마르크스 경제학을 강의하다 정당 경력과 《자본》 관련 출판 때문에 국가정보원에 신고를 당하기도 했다. 한마디로 《자본》은 그의 인생을 바꾼 책이었다.

"반도체 전공도 그렇고 벤처 직장생활이나 진보 정당 활동 등 이들끼리는 교집합이 없어요. 많이 읽고, 많이 쓰고, 많이 강의하다 보니 어느 순간 저술가에 강연자가 된 거 같아요. 양적 축적이 질적 전환을 이뤄 글을 쓰게 된 거죠."

《자본》이 계기였다. 공대생이 혼자 읽다가 제대로 물들었다. 영화 〈매트릭스〉에서 네오가 빨간약을 먹고 세상의 본질을 본 것 같은 느낌이었다. 생각 없이 살아선 안 되겠다고 스스로 다짐했다.

일본 저자 나카타니 아키히로가 쓴 《면접의 달인》도 임승수에게 큰 영향을 끼쳤다. 이 책을 읽기 전까지 그는 자기계발서와 실용서에 대해 상대적으로 격이 떨어지는 책이라는 편견을 가지고 있었다. 하지만 일본 취업준비생의 바이블로 통하는 《면접의 달인》을 읽고 간결하면서도 인간에 대한 통찰을 담은 저자의 일갈에 매료되었다. 덕분에 임승수 자신도 소위 '진보적 자기계발서'를 쓰는 데 도전하는 계기가 되었다.

거침없이 두려움 없이 써라

책 제목에서 드러나듯이 임승수는 '대중적 글쓰기'에 능숙한 필자다.

임승수

출간 책 목록을 보면, 한 사람이 썼다고 믿기 어려울 정도로 관심사가 다양하다. 《청춘에게 딴짓을 권한다》라는 자기계발서는 '왜 우익적인 자기계발서만 나올까'를 고민하다 나온 책이다. 청년 학생들에게 획일화된 삶만 추구하지 말고, 과감하게 딴짓을 할 수 있는 용기가 필요하다는 메시지를 담은 '진보적 자기계발서'다. 자신의 고민과 이야기, 그리고 남들과 다르게 사는 이들을 인터뷰해 책으로 엮었다.

아내 이유리 씨와 함께 《세상을 바꾼 예술 작품들》을 출간하기도 했다. 예고를 가려다 비싼 레슨비 때문에 진로를 바꿔야 했던 그는 바흐의 파르티타 1번 연주 동영상을 지인들에게 보낼 정도로 수준급의 피아노 실력을 갖고 있다. 《글쓰기 클리닉》이라는 실용서에는 업무 관련 글쓰기를 비롯해 이메일, 연애편지 쓰는 법까지 소개하고 있다. 가장 최근에 나온 《삶은 어떻게 책이 되는가》는 작정하고 쓴 책 쓰기에 관한 책이다. 그는 책 쓰기라는 상상을 현실로 이뤄내는 여러 조언을 담았다. 자기만의 콘텐츠, 남들과는 다른 자신만의 개성과 관점을 강조하면서 출판기획서와 목차, 계약서 작성 같은 실용 팁을 두루 담았다.

'글치 공학도'가 어느 날 인문사회서를 비롯해 실용서와 글쓰기 책까지 아우르는 '글쓰기 도사'가 된 원동력은 무엇일까. 그는 "먹고 살려고 쓴 것"이라며 농반부터 던졌다. 그리곤 거침 없이 두려움 없이 쓰는 용기를 예로 들었다.

밥벌이 때문에 글을 쓰면서도 용기를 잃지 않는 건 분명 쉽지 않은 일이다. 용기 있는 글쓰기는 목적의식이 분명하기에 가능한 일이다. 그는 '좋은 글'이란 쓰는 목적을 달성하는 글이라고 생각한다. 예컨대

저술로 세상과 '맞짱뜨는' 글치 공학도

"반도체 전공도 그렇고 벤처 직장생활이나
진보 정당 활동도 이들끼리는 교집합이 없어요.
많이 읽고, 많이 쓰고, 많이 강의하다 보니
어느 순간 저술가에 강연자가 된 거 같아요.
양적 축적이 질적 전환을 이뤄 글을 쓰게 된 거죠."

임승수

자기소개서의 목적은 감동을 주는 게 아니라 취직하는 게 목적이다.

"《원숭이도 이해하는 자본론》은《자본》좀 안다고 폼 잡으려고 낸 게 아닙니다.《자본》을 이해하는 게 중요하다고 생각했어요. 목적 달성만 하면 된다는 생각에 문장이나 문체도 고민하지 않았죠. 제가 목적의식적으로 살아서 그런지도 모르겠어요. 내 글엔 욕심이 없어요. 문장력이 달리고 글이 후줄근해도《자본》만 이해시키면 되지 않나요. 거침없이 두려움 없이 막 써요. 문학적 가치 같은 데는 심혈을 하나도 안 기울입니다.(웃음)"

비판을 의식하면 글이 산으로 간다

글 쓰는 태도, 지식을 대하는 태도에도 거침이 없다. 임승수는 지식을 하나의 '사치재'로 생각하는 지식인들이 영 못마땅하다. 그는 이런 지식인들이 누구나 그것을 소유하지 못할 때 가치가 높아지는 '사치재'를 소유함으로써 스스로 '격'이 올라간다고 착각하는 경향이 있다고 거침없이 말한다. "학계에서는 대중서를 쓰는 것에 대해 전혀 '실적'으로 인정하지 않는 분위기죠. 지식을 배타적으로 소유해 기득권을 유지하던 시대는 역사의 뒤안길로 사라지고 있습니다. 지식을 사치재로 여기고 그 사치재로 격이 높아진다고 믿는 건, 신과 배타적으로 접선할 수 있고 자신만이 전승지식을 가졌다고 자부한 '샤먼'의 현대 버전일 뿐입니다."

임승수는 그저 자기가 하고 싶은 얘기를 쓸 뿐이라고 말한다. 그는

서울로 세상과 '맞짱뜨는' 글치 공학도

지식이 많고 똑똑한 사람일수록 다른 지식인의 비판에 예민하게 반응하는 경우를 많이 보았다. 그렇게 되면 정작 하고 싶은 얘기를 시원하게 쓰지 못하고 자꾸 에둘러 가거나 안전판을 만들어놓으려는 경향이 강해질 수밖에 없다. "대중서는 논문이 아닙니다. 비판을 피하기 위해 논리적으로 완벽한 글을 쓰려고만 하면 안 돼요. 그럴수록 글이 산으로 가게 되죠."

글은 '남'이 보라고 쓰는 것

글감은 길을 가다가도 집에 있다가도 문득문득 떠오른다. 글감이 떠오르는 시기와 장소는 종잡을 수 없지만 한 가지 공통점은 있다. 아무것도 하지 않을 때다. 그냥 누워 있다든지 정처 없이 걷고 있거나 '멍' 때리고 있을 때 불현듯 떠오르는 경우가 많다. 그럴 때 곧바로 스마트폰을 꺼내 메모를 남겨야 한다. 이렇게 따로 모아놓은 아이디어 목록은 다 기억할 수 없을 정도다. 한 번씩 목록을 들여다보면서 글감을 고르기도 한다. 목록 중에서 시의성이 있다 싶은 거리가 있으면 바로 쓴다. 그의 표현대로라면 "유전자가 댕기는 순간"이다.

임승수는 글쓰기를 집짓기에 비유한다. 짧은 글을 쓸 때는 글부터 먼저 써 내려가지만, 어느 정도 분량이 있는 글이나 책 원고는 구성을 먼저 한다. 글도 집과 마찬가지로 설계도부터 만들고 나서 시공에 들어가는 것과 같은 이치다. 단행본 한 권 분량의 원고라면 집 짓는 것에 비견할 만한데, 그 정도의 작업을 설계도(구성) 없이 들어간다면 십중팔구 중간에 무너진다는 것이다.

그는 몇 가지 글쓰기 소신도 갖고 있다. 글은 무조건 '남'이 보라고 쓰는 것이다. 그는 자신이 이해하는 것을 그저 써 내려가기만 해서는 '남'이 이해할 수 없다고 말한다. "소통이란 것이 그리 쉬웠다면 세상이 이 모양 이 꼴이 되지는 않았을 겁니다. 하나의 문장을 쓰더라도 철저하게 독자 중심으로 써야 해요. 그리고 용감하게 써야 합니다."

임승수는 하루 글쓰기 분량을 정해놓는다. 책 한 권을 기획하면 하루에 원고 30장 정도만 쓴다. 더 쓸 수 있어도 쓰지 않았다. 자신이 소진되는 걸 막기 위해서다. 반대로 글 쓰다 막히면 안 쓴다. 억지로 쓰려고 머리를 쥐어짜지 않는다는 말이다. "안 나오는데 어떻게 쓰겠어요?" 이때는 자판에서 손을 떼고 딴짓을 하면서 시간을 보낸다. "참 희한한 것이, 그렇게 글에서 멀어지면 도리어 글이 보이는 경우가 많아요. 자판과 컴퓨터라는 좁은 공간에 격리되어 있다 보니 시야가 좁아졌다는 것을 깨닫게 되는 거죠."

그래도 글이 안 써지면 책을 읽는다. 다른 사람의 글은 좋은 자극이 되기 때문이다. 임승수는 애서가이자 애장가다. 많은 책을 사서 봤다. 책 구매가 생계에 위협을 줄 만큼 1년에 수백 권의 책을 아내와 함께 구매했다. 한때는 책장 10개 분량의 책을 보유하기도 했다. 2014년 연말 이사를 하면서 큰맘 먹고 절반 정도를 중고 서점에 처분했다. 이 돈은 이사에 보탰다. "나이를 먹을수록 사람이 담백해진다더니, 소유욕도 점점 줄어들어요. 지금은 대학교 도서관이나 동네 도서관을 내 서가라고 생각하며 살죠."

시술로 세상과 '맞짱뜨는' 글치 공학도

요즘 그는 졸업생 회원제도를 운영 중인 서울대 중앙도서관을 자주 이용하고 있다. 1년에 10만 원의 기부금을 내면 한 번에 10권을 최장 한 달 반까지 대출 가능하단다. "나는 맘씨가 좋아서 내 서고(서울대 중앙도서관)를 다른 사람들에게도 개방하고 있는 거라고 '정신승리'(논쟁에 패하고도 머릿속으로 자신이 승리했다고 만족해 하는 자기 위안적 행태) 중입니다. 하하하."

글도 영화도 사고와 사상을 풀어내는 도구일 뿐이다

임승수는 원래 글쓰기를 좋아하는 사람은 아니었다. 대학에 다닐 때는 글쓰기를 증오하기도 했다. 대중서를 쓰기 시작한 것은 혼자만 소유하는 지식일수록 빛을 잃는다고 생각했기 때문이다. 한마디로 나눌수록 빛을 발하고 가치를 인정받게 되는 게 바로 지식이라는 것이다. 자기가 가진 지식을 좀 더 많은 사람들과 나누고 싶다는 일념 하나로 대중서를 썼다. "세상을 바꾸는 힘은 대중 속에서 나오지 않던가요? 그렇다면 세상이 조금 더 나은 방향으로 진보하기 위해 다수 대중이 의식적으로 더 깨어나야 합니다."

임승수는 '문장론'이나 '글쓰기 방법론'으로 글에 접근하지 않는다. 글은 도구일 뿐이다. 사고와 사상을 풀어내는 도구 말이다. 세상을 진보시키고, 노동자와 민중이 주인 되는 세상으로 만드는 과정에서 글은 꼭 필요한 도구다. 하지만 도구의 사용법보다도 '사고와 사상' 그 자체가 더욱더 중요하고 앞으로도 그럴 것이라고 확신한다. 그래서 그

임승수

는 작가, 지식인이라는 정체성도 딱히 없다. "영화가 더 좋은 도구라고 생각했다면 영화감독이 됐을 거예요. 그런 의미에서 난 작가라기보다 활동가에 가깝죠."

임승수의 글쓰기는 삶의 철학과 방식이 맞닿아 있다. 벤처 회사에 다닐 때는 진보 정치 활동이 더 중요하다고 생각해서 회사를 관뒀다. 그리고 진보 정당에 가입했다. 당시 통장 잔액이 600만 원이었는데, 그 군자금으로 뭔들 못하겠냐고 호기롭게 생각했다.

마지막으로 글을 잘 쓰려면 독자의 반응을 중요하게 고려해야 한다. 읽는 사람의 정서나 받아들이는 방식을 민감하게 살필 줄 알아야 한다는 것이다. 무엇보다 상대방을 이해하려고 노력해야 한다. 글로 눈물을 흘리게 하려면, 사람이 언제 눈물을 흘리는지 알아야 한다. 마찬가지로 글로 분노하게 하려면, 사람들이 어떤 메커니즘으로 분노하는지 알아야 한다.

한때 그는 《자본》을 논리적으로 설명하면 사람들이 다 설득되고 진보적으로 변화할 것이라고 믿었다. 하지만 다양한 활동을 경험하면서 그 믿음이 처절하게 깨졌다. "나이 서른만 돼도 대략 26만 시간을 산 겁니다. 한두 시간 세 치 혀를 놀려 수십만 시간을 살아온 사람을 바꿀 수 있다고 생각한 게 오만이었어요. 이젠 제 강의를 듣거나 책을 읽는 사람과 한 시간만이라도 제대로 함께하고, 감동을 드리려고 해요. 인생을 마감하기 전에 '감동이란 무엇인가'를 쓰고 싶어요."

임승수와의 인터뷰는 시간 가는 줄 몰랐다. 영민하면서도 재치가 넘치

저술로 세상과 '맞짱뜨는' 글치 공학도

는 그는 끊임없이 농담을 이어갔다. 그의 유머에는 자학 코드도 들어 있다. 그는 사진 촬영 때 사진기자를 향해 "제 외모 때문에 찍기 힘드시겠다"며 너털웃음을 터뜨렸다. 아내 이유리 씨를 소개할 때는 "원래 신문사에서 사회부를 거쳐 문화부 기자를 하다가 나를 취재하는 바람에 잘못 엮여 결혼까지 하는 심대한 피해(?)를 입었다"고 말했다. 참고로 그는 아내 강연까지 쫓아다니는 팔불출이기도 하다.

솔직담백함, 겸양의 유머, 삶의 충실함 그리고 사랑은 저자 임승수를 더 강하게 만드는 요소다. 그는 현재 자신의 삶을 최고품으로 여긴다. 그러면서 로또 1등에 당첨돼 주변 물건들은 죄다 최고급품으로 바꿔도 책 쓰고 강의하는 삶은 바꾸지 않을 것이라 확언한다. 그렇다면 로또 1등에 당첨된들, 이른바 명품을 사고 고상한 호사를 누린다 한들 무슨 의미가 있을까. 돈에 시간을 팔지 않으면서부터 행복해졌다는 임승수. 그에게 행복한 삶은 바로 '책 쓰기'다.

_김종목

임승수

과학철학자 ╱ 장대익

카이스트 기계공학과에서 학사학위를 받은 후 서울대 과학사 및
과학철학 협동과정에서 석사와 박사학위를 받았다. 현재 서울대
자유전공학부 부교수로 재직 중이다. 저서로는 《다윈의 식탁》
《다윈의 서재》《인간에 대하여 과학이 말해준 것들》
《과학에는 뭔가 특별한 것이 있다》 등이 있다. 제11회
대한민국과학문화상을 수상하였으며, 현재 최신 진화론 논쟁,
문화진화론, 신경인문학 등에 관심을 두고 연구 중이다.

두 가지 렌즈로 세상을 보는
통섭 1세대

장대익 서울대 자유전공학부 교수에게 전화했을 때, 그는 미국에 있었다. 리처드 도킨스의 베스트셀러《만들어진 신》에 대한 견해를 듣기 위해서였다.

이슬람국가(IS)의 발흥은 2015년 세계에서 가장 뜨거운 이슈로 떠올랐다. 극단적인 이슬람 신앙으로 무장한 이들은 군인은 물론 민간인까지 참수라는 극악한 방법으로 처형해 그 모습을 인터넷을 통해 전 세계에 공개했다. 이웃 국가들은 즉각 복수에 나섰다. 그러자 IS를 따르는 중동 출신 이민자들까지 서유럽 국가 곳곳에서 테러를 저지르는 행태를 보였다. 이는 표현의 자유, 다문화 정책 등 서유럽 민주주의 국가의 전통적인 정책을 시험하는 사건이다.

이러니 도킨스가《만들어진 신 2》를 쓰겠다고 해도 말릴 수 없는 상황이다. 9·11 테러 이후 출간한《만들어진 신》에서 도킨스는 종교를 인류에 패악을 끼치는 망상으로 분류했다. 아퀴나스, 파스칼 등 신의 존재를 증명하려 한 사상가들을 논박하고, 십자군, 마녀사냥 등 종교의 역사적 해악을 열거하는가 하면, 종교로 인한 현대의 혼란상을 설명했다.

장대익에 따르면 도킨스 이전에도 많은 무신론자들이 있었다고
한다. 다만 종교는 개인의 선택 문제라고 여겨 굳이 공격하지 않았다는
것이다. 그러다가 9·11 이후 무신론자들은 종교 문제를 심각하게 바
라보기 시작했고,《만들어진 신》을 필두로 관련 서적이 잇달아 나왔다.
태평양 건너편에서 그는 꽤 오랫동안《만들어진 신》의 의의와 한계, 자
신의 지적 성장 과정까지 상세히 들려주었다.

그날 통화로 그가 전화비 폭탄을 맞았다는 사실은 한참 뒤에야 알
았다. 그러나 장대익은 자신이 알고 또 믿는 사실을 대중에게 널리 알리
기 위해서라면 '사소한 희생'쯤은 대수롭지 않게 여기는 사람이다.

문제 해결보다 문제 제기가 중요하다

요즘 학계에선 융합, 통섭이 대세다. 장대익은 시대의 흐름을 내다보
기라도 한 듯, 일찌감치 융합형 이력을 쌓아왔다. 학부에선 기계공학
을, 대학원에선 철학과 생물학을 전공했다. '단순 무식 과격 공돌이'가
철학과 대학원 수업을 듣는 일이 쉬울 리 없었다. 직관적으로 뜻을 알
수 있는 단어 하나를 두고 두세 시간씩 토론하는 걸 보고 있노라면 '딴
나라 이야기' 같다는 생각이 들었다. 그러나 한두 학기를 거치니 인문
학만의 언어가 있다는 사실을 깨달았다. 인문학 문화에 깊숙이 들어가
그들만의 문화를 체험했다.

어쩌면 전공을 바꾸는 것은 어려운 일이 아니다. 어디를 가도 배움

의 즐거움이 있기 때문이다. 문제는 한국 학계의 오랜 전통인 '담쌓기' 다. 생물철학을 전공한 장대익은 철학과에 가서 발표하면 "그건 생물학이다"라는 소리를, 생물학과에 가서 발표하면 "그건 철학이다"라는 소리를 들었다. '다리를 놓는 사람'은 괴롭다. '경계인'은 외롭다. 장대익은 '통섭 1세대'로서의 고통을 오롯이 감내해야 했다.

요즘은 많이 달라졌다. 이제 "어느 과를 졸업했냐", "전공이 뭐냐"라는 질문이 오히려 촌스럽게 들리는 시대가 됐다. 몇 년 사이 일어난 급격한 변화다. 융합을 위해선 학자 스스로 융합할 줄 알아야 한다. 과거에도 여러 분야의 최고 전문가를 모아놓고 융합 프로젝트를 진행하곤 했다. 하지만 그런 프로젝트는 대부분 실패로 끝났다. 타 분야에 관심이 없으면 아무리 융합을 위해 한자리에 모여 있다 한들 그 어떤 화학작용도 기대하기 힘들다.

장대익이 몸담고 있는 서울대 자유전공학부도 대학 내 통섭적 흐름의 한 결과다. 학생들은 전공과 상관없이 학교에 들어와 여러 학문을 접한 뒤 원하는 전공을 택할 수 있다. 원하는 전공이 없다면 스스로 만들어도 된다. 경제학과 심리학, 철학과 물리학을 섞은 전공을 할 수 있다. 이른바 학생설계전공이다. 예를 들어 '사랑'이라는 주제를 가운데 두고 진화심리학, 역사학, 문학에서 바라보는 관점을 함께 이야기할 수 있다. 장대익이 꿈꾸던 학부 교육을 이제야 그의 학생들이 받고 있는 것이다.

장대익은 요즘 학생들이 "세련됐지만 엉뚱한 면이 없다"고 평했다. 주어진 문제는 잘 풀지만, 문제를 낼 수 있는 학생은 없다는 것이다. 예전엔 별다른 지식이 없어도 말도 안 되는 질문을 던지곤 했는데, 요즘은 성실하지만 창의적이지 않은 학생이 다수다. 장대익은 이 학생들의 창의성을 깨우는 것이 대학의 화두라고 생각한다.

한국 출판계에 수준 있는 논픽션 도서가 적은 것도 이러한 교육 현실과 관련 있다. "단순해요. 수준 있는 저자가 없거든요. 한국의 현 교육 체제에서 연구와 소통을 모두 잘하는 저자가 나오기는 매우 어렵습니다." 중·고등학교에 독서, 작문, 탐구 수업이 사실상 존재하지 않는 우리의 교육 시스템이 창의적이고 융합적인 저자, 지식인을 배출해내기 힘들다는 것이다.

독실한 크리스천이 무신론자로 전향한 까닭

지금의 장대익을 보면 상상할 수 없는 일이지만, 대학 때까지만 해도 그는 독실한 크리스천이었다. 그러다가 철학과 과학을 깊게 공부하면서 무신론자로 전향했다.

리처드 도킨스의 입장을 전적으로 지지하는 것은 아니지만, 장대익이 한국 사회에서 하는 역할은 도킨스가 서구 사회에서 하는 역할과 비슷한 측면이 있다. 그는 종교와의 다툼을 두려워하지 않는다. 한때 그는 포털 사이트에 창조과학을 비판하는 글을 쓴 적이 있다. 교과서에서 진화론의 일부 내용을 삭제하려는 종교인들의 움직임에 일침을 가하는 내용이었다. 장대익은 창조과학의 억지를 조목조목 지적하고, 칼 포퍼, 토머스 쿤 등을 인용해 과학의 정의에 대해 설명했다. 복잡한 내용이었지만 이해하기 쉬운 글이었다. 누리꾼들은 댓글로 '전쟁'을 벌였다.

한국의 과학자들은 대체로 종교를 건드리지 않는다. 건드려봐야 시끄럽고, 어떻게 해도 결판나지 않을 싸움이 이어지기 때문이다. 창조과학에 대해서도 마찬가지다. 아예 상대를 하지 않는다. 그러나 장대익은 달랐다. 상대가 링 위에 올라왔기 때문에 이제는 펀치를 날려야 할 때라는 판단에서였다. "피곤하죠. 하지만 저만이 할 수 있는 싸움이기도 합니다. 지식인으로 살아가면서 작게나마 기여할 수 있는 부분이라고 할까요."

그 일로 협박에 가까운 메일을 받은 적도 있고, 강의 시간에 학생들이 불쾌감을 드러내는 경우도 있었다. 그럴수록 장대익은 섬세하게 접근했다. 그들의 종교적 신념을 무시하거나 논박하기 위한 강의가 아니라는 점을 분명히 알리고, 종교에 대한 여러 입장들을 소개한 뒤 자신의 입장을 전달했다. 장대익이 종교의 역할을 완전히 무시하는 것은 아니다. 이 점에서 그는 도킨스와 다르다. "종교는 '사실'에 대해 이야기할 때 대부분 틀립니다. 하지만 사회의 공동체성이나 도덕성을 함양하는 데는 도움이 됩니다."

도킨스는 종교를 박멸하자고 하지만, 장대익은 잘 길들이자고 주장한다. 마치 바이러스를 길들여 백신을 만들고, 야생 소를 길들여 젖소를 만들 듯이. "종교가 그 자신의 증식을 위해 인간의 심신을 갈취하는 일이 없도록 우리는 종교를 잘 순화시켜야 합니다."

현대 사회에서 과학은
인간과 우주를 이해하는 중요한 도구다.
특히 지난 200년 동안 이루어진
눈부신 과학적 성과를 모르고서는
세상에 대해 절반밖에 모르는 것과 같다.

애플의 창업자 스티브 잡스가 인문학을 강조했다는 사실은 널리 알려져 있다. 그 때문인지 한국 기업에서 때 아닌 인문학 바람이 불기도 했다. 하지만 잡스가 말한 '인문학'이란 '리버럴 아트'(liberal arts)다. 전통적인 문사철이라기보다는 과학, 인문학, 사회과학, 예술을 포함한 교양에 가깝다. 장대익 역시 인문학을 강조하는 사회 분위기에 비판적인 시선을 보낸다. 우리 시대의 핵심 교양은 과학이라고 여기기 때문이다.

그러나 한국에서 과학이 우대받은 적은 없다. 출판계에서도 마찬가지다. 아무리 잘 쓰인 과학책도 좀처럼 팔리지 않는다. 중·고등학교에서도 입시를 위해 과학을 억지로 배우다 보니 입시가 끝나면 과학과도 멀어진다. 대학에 와서도 마찬가지다. 인문학을 배우는 학생들이 의무적으로 수강해야 하는 과학 강의의 수 역시 너무 적다.

과학 일반에 대한 인식도 문제다. 인문사회학은 생활과 밀접하게 연관돼 있는 것으로 여기면서, 과학은 일부 뛰어난 사람만 하면 되는 것으로 생각한다. 하지만 현대 사회에서 과학은 인간과 우주를 이해하는 중요한 도구다. 특히 지난 200년 동안 이루어진 눈부신 과학적 성과를 모르고서는 세상에 대해 절반밖에 모르는 것과 같다.

소설가 김영하는 〈뉴욕타임스〉에 한국 기업의 몇몇 최고경영자들이 무속인에 의지해 의사 결정을 한다는 칼럼을 쓴 적이 있다. 장대익 역시 우려를 표명했다. "훌륭한 교육을 받은 사람들이 엉뚱한 기준에 따라 판단합니다. 운 좋게 맞을 때도 있겠죠. 그러나 굉장히 위험한 일입니다. 이건 한국에서 과학이 문화, 인식, 사상으로 간주된 적이 없기 때문에 벌어지는 현상입니다."

혹시 과학의 밝은 빛이 우리 삶의 신비로운 영역을 모조리 파헤치는 건 아닐까. 과학환원주의를 우려할 필요는 없을까. 장대익은 뉴턴이 열어젖힌 물리학 세계에 대해 시인들도 비슷한 걱정을 했다고 말한다. 뉴턴의 이론이 빛에 대한 낭만을 파괴할 것이라는 우려는 과학이 안내한 자연에 대한 경이감, 과학 법칙 자체의 우아함으로 인해 무색해졌다. 과학은 인문학의 영역을 갉아먹는 것이 아니라, 인문학이 알지 못한 영역을 밝혀주는 학문이다. 세상을 이해하는 데는 '두 가지 렌즈'가 필요하다.

과학 대중화를 위한 글쓰기

장대익은 글을 위한 글은 쓰지 않는다. 그의 글은 온전히 과학 대중화라는 목적에 복무한다. 과학은 어렵다. 지금껏 제대로 배우지 못했기에 더욱 그렇다. 장대익은 그 어려운 걸 쉽게 전달하기 위해 최대한 노력할 뿐이다. 그 결과로 대중이 과학 현상을 좀 더 쉽게 이해할 수 있었다면 그만큼 기쁜 일이 없단다.

그렇다고 무작정 쉬운 글을 쓸 생각은 없다. 그는 연구 논문과 다르면서도 굉장히 깊이 있는 글을 쓰고 싶어 한다. 대중이 접근하기 쉬우면서도 전문가로부터도 칭찬받을 수 있는 글. 장대익은 그런 글을 쓰는 것이 지식인의 의무라고 했다. "세금 받아서 연구하고 공부하는데 당연히 많은 사람과 나눠야죠."

40권으로 완간된 '지식인 마을 시리즈'는 그러한 기획의 일환이었다. 동서양의 위대한 사상가들이 한 마을에 모여 살아간다는 상상에서 출발해 세이건과 호킹, 쿤과 포퍼, 케인즈와 하이에크, 프로이트와 라캉을 함께 다룬다. 장대익은 10년간 이어진 이 시리즈의 기획을 주도적으로 이끌었다. "좋은 기획을 하면서도 화가 났어요. '좋은 학자들이 이렇게 많은데 왜 지금까지 대중과 소통하지 않았을까', '왜 외국책만 들여왔을까' 하고 말이죠."

장대익은 지금까지 다수의 단독 저서와 공저를 내놨다. 대표작으로는 《다윈의 식탁》을 꼽는다. 2002년 5월 20일 영국 옥스퍼드대학 뉴칼리지 예배당에 도킨스, 스티븐 제이 굴드, 에드워드 윌슨, 스티븐 핑커, 대니얼 대닛, 노엄 촘스키가 모여 진화에 대해 토론하고, 이를 BBC가 중계한다는 설정을 내걸었다. 한국 과학계 최대의 스캔들이라 할 만한 황우석 사건, 광우병 쇠고기, 한반도 대운하 논쟁 등 한국의 상황까지 다룬다. 과학적 진리가 '정답'을 향하려는 승자독식형 구조가 아니라, 그 답에 이르기 위한 다양한 접근법을 다루면서 진화해간다는 점도 보여준다. 이 책이 화제를 끌자 "BBC 사이트를 아무리 뒤져도 해당 토론을 찾을 수가 없다"며 장대익에게 문의한 이도 있었다고 한다.

신학자, 종교학자와 함께 편지를 주고받는 형식으로 쓴 《종교전쟁》은 장대익이 여느 단독 저작 이상으로 자부심을 느끼는 책이다. 한국 사회에서 과학과 종교 사이에 이처럼 진지한 대화를 통해 간극을 좁히려고 시도한 사례는 보기 드물 것이다.

세상의 많은 학문적 업적은 번득이는 영감보다는 치밀한 계획, 꾸준한 노력의 결과다. 장대익의 글도 그렇다. 그는 논문을 쓸 때 세부 목차까지 모두 정한 뒤에 글을 시작한다. 단행본의 경우에도 목차를 완벽하게 잡아놓고 시작한다. 그렇다고 글을 써나가면서 마주하는 변화를 두려워하는 것도 아니다. 글을 쓰다가 막히면 그저 뚫릴 때까지 몰입하고, 마감이 임박할 때까지 스스로를 벼랑 끝으로 내몬다. 그렇지만 지금까지 장대익이 글을 포기한 적은 한 번도 없다.

써야 할 주제가 결정되면, 관련된 최신 연구를 검색한 후 해당 연구가 적용될 만한 실제 사례들을 찾아본다. 가령 '공감'이란 주제로 글을 쓰고자 하면 공감에 대한 가장 최신의 과학적 연구와 사례를 찾는 식이다. 최근 한국 군대에서 일어난 가혹 행위들이 대표적이다.

장대익의 꼼꼼함은 책장에서도 엿볼 수 있다. 책장은 분야별로 정리하고, 신간과 읽어야 할 책은 가까이 보이는 책장에 둔다. 매 학기 수업을 위한 책장은 따로 만든다. 대부분이 외국 서적이며, 빌리기보다는 구입하는 쪽이다. 제본은 하지 않는다. 그건 "불법으로 지식을 카피하는 일"이라고 생각하기 때문이다. 그렇게 소장한 장서는 수천 권에 이른다.

장대익은 지도교수였던 대니얼 데닛을 자신의 지적 우상으로 꼽는다. "데닛 교수는 베스트셀러 저자이자 최고의 인지철학자이며 용감한 지식인 운동가로, 과학과 철학, 문학, 예술 등 모든 지식을 동원해 화두를 풀고 소통하는 분입니다."

그러나 모두가 데닛처럼 쓸 수는 없다. 장대익도 마찬가지다. 그는 머릿속에 있는 지식과 활자화된 글에 엄청난 간극이 존재한다는 사실을 겸허히 받아들인다. 그리고 자신의 무지함에 대해 겸손해 할 줄 안다.

이 글을 쓰던 차에 우연히 텔레비전을 봤다. 토요일 황금시간대 공영방송에서 장대익의 모습이 나왔다. 그는 과학이라는 렌즈로 본 세상 이야기를 자연스럽게 풀어내고 있었다. 마우스가 기계와 인간이 소통하는 증거라고 말하고, 셀카봉이 '사회적 도구'라는 사실을 입증했다. 함께 나온 개그맨, 배우 등 방송에 잔뼈 굵은 사람들에 뒤지지 않는 말솜씨였다. 이렇게 친절한 과학자는 지금까지 만나본 적이 없는 듯하다.

_백승찬

진화심리학자 / 전중환

서울대 생물학과를 졸업하고 동 대학원에서〈한국산 침개미의 사회
구조 연구〉로 행동생태학 석사학위를 받았다. 이후 미국으로 건너가
텍사스대학교에서 진화심리학 박사학위를 받았다.
현재 경희대 후마니타스 칼리지 교수로 재직하면서 진화적 관점에서
들여다본 인간 본성을 강의하고 있다. 저서로《오래된 연장통》《뇌로
통하다》(공저) 등이 있고, 옮긴 책으로《욕망의 진화》
《적응과 자연선택》등이 있다.

드라마, 예능을 소재로
진화를 이야기하다

전중환 경희대 후마니타스 칼리지 교수가 건넨 명함에는 2009년 찰스 다윈 탄생 200주년 때 나온 네이처의 특집 기사 '인간과 진화'에 쓰인 그래픽이 그려져 있었다. 제임스 왓슨과 프랜시스 크릭의 이중나선 모형도에 비행기, 십자가, 교회, 우유 같은 상징과 제도, 사물을 합성한 것이다. "(명함의 그림은) 유전적 진화가 종교, 예술, 기술 같은 문화적 진화의 토대가 된다는 점에서 의미가 큽니다. 아는 디자이너한테 부탁해 만들었어요. 학교에서 만들어주는 명함은 다 궁서체로 천편일률이라……."

명함은 전중환이 느끼는 학문의 기쁨과 고통, 의지를 나타내는 표상 같아 보였다. 한국인으로 처음 진화심리학 박사학위를 받은 전중환은 이 분야 개척자로서 남다른 자부심과 사명감을 갖고 있다. 하지만 진화심리학은 종종 '우생학', '생물학 결정론'으로 비판받곤 한다. 전중환의 표현대로라면 '오해를 많이 받는 학문'이다.

'한국인 최초 진화심리학 박사'라는 타이틀을 어떻게 생각하냐고 묻자 전중환은 "그런 말 넣지 마십시오. 제발 부탁이에요(웃음). 한국 사람 중 처음 공부한 것뿐입니다. 월드컵 최초 4강 진출도 아니고……"라며 말을 줄였다. 그는 자신을 수식하는 '최초' 타이틀에 부담과 민망함을 느끼는 듯했다.

"출판사에서 책을 낼 때 그 말을 넣었는데, 별 의미 없어요.(웃음)"

과학 전공하지 않은 처제나 장모님께 설명하듯

그 책은 전중환의 첫 책이자 대표작인 《오래된 연장통》이다. 2010년에 나온 이 책은 '왜 사람들은 카페에 가면 창밖이 내다보이는 구석 자리에 앉으려고 할까' 같은 일상 사례로 인간의 마음과 본능, 욕망의 진화심리학을 쉽게 풀어내 호응을 얻었다. 최근까지 2만 부가량 팔렸다. 과학 출판이 시장 규모가 작은 걸 고려하면 꽤 성공적이다.

《오래된 연장통》은 아시아태평양이론물리센터(APCTP)의 과학 웹진 〈크로스로드〉에 매달 연재한 칼럼을 모은 것이다. 연재 기간은 2년 남짓. 나중에 연재 글들을 다듬고 인용과 문헌을 정리하고 머리글을 포함해 몇 꼭지를 새로 쓰는 데 시간이 조금 더 걸렸다.

이 책을 쓴 계기는 진화적 관점이 도덕, 문학, 요리, 마케팅, 예술, 종교, 유머 등 인간 조건의 다양한 측면을 밝히는 토대라는 점을 보여주려는 목적에서였다. 그래서 정작 진화심리학자들이 주로 다루는 일반적인 심리학 주제들, 즉 가족관계, 짝짓기, 협력, 인지, 성격, 이상심리 등은 거의 소개되지 못했다. 한마디로 《오래된 연장통》은 '응용 진화심리학'에 대한 책이라고도 할 수 있다.

드라마, 예능을 소재보 신화를 이야기하나

전중환은 학술 논문을 쓸 때 빼고는 전문용어나 학술용어를 거의 쓰지 않으면서 진화심리학을 설명한다. 대중에게 익숙한 소재를 끌어들여 말하는 데 능하다. 영화 〈킬빌〉로 자연선택과 복수심, 국가의 처벌을 연결해 이야기하고, 탤런트 김태희가 왜 예쁜지를 두고 좌우 대칭의 얼굴을 지닌 이성을 선택한 옛 조상들이 번식에 유리했기 때문이라고 설명한다.

배우나 영화, 텔레비전 프로그램으로 글을 시작할 때도 많다. 아내한테서 "장동건, 김태희 이야기 좀 그만 집어넣어라"라는 구박을 듣기도 한단다. "공부는 안 하고 집에서 드라마나 예능 프로그램만 보는 거 티 난다고요.(웃음) 텔레비전은 잘 안 봐요. 친숙한 예를 들어 사람들한테 설명하려고 애쓸 뿐이죠. 과학과 거리가 먼 음악을 전공한 제 처제나 장모님한테 설명하듯 쓰려고 해요. 일반인 수준에서 쉽게 풀려고 합니다."

대중의 눈높이에 맞게 글을 잘 쓰는 비결이 무엇이냐고 질문하자, 전중환은 리처드 도킨스, 스티븐 핑커, 에드워드 윌슨 같은 대중적 글쓰기에 능숙한 과학자들의 책을 자주 읽으면서 이들의 글쓰기를 따라 해야겠다고 노력했단다. 그러면서 대학 지도교수인 데이비드 버스(텍사스대학 심리학과)에게 들은 조언을 지금도 잊지 않고 있다. 바로 'Vigorous writing is concise'(힘 있는 글쓰기는 간결하다)라는 말이다. 참고로 이 말은 스티븐 킹이 글쓰기의 모범으로 추천한 윌리엄 스트렁크 2세의《영어 글쓰기의 기본》(The Elements of style)이란 책에도 나오는 한 구절이다.

전중환

글쓰기 사전 과정도 중요하게 생각한다. 그는 메모를 통해 구성을 비교적 구체적으로 잡고 나서 글을 쓰기 시작한다. 그냥 펜 가는 대로 써야지 하면서 글부터 쓴 적은 없다. 스마트폰의 메모 어플리케이션을 활용해 아이디어를 기록한다. 예전에는 자료를 찾을 때 도서관을 많이 이용했지만, 요즘은 주로 온라인 검색으로 필요한 책을 구한다. 글을 쓰다 막히면 그냥 글쓰기를 접고 거리를 산책하거나 버스나 지하철을 타고 창밖 경치를 쳐다본다. 그러면 종종 재미있는 쓸거리들이 떠오른다고 했다.

전중환 글의 힘은 다양한 책 읽기에서도 나온다. 집과 연구실 서재에는 주로 전공과 관련된 책들이 꽂혀 있지만, 인류학이나 게임이론, 수리생물학, 행동생태학, 영장류학, 뇌인지과학, 진화심리학, 행동경제학, 생물철학, 사회심리학, 통계학에 관한 책들도 두루 채워져 있다. 융합적 성격이 강한 전공이다 보니 장서 분야도 다양하다.

전중환이 쉽고 간결하며 또 구체적으로 글을 쓰려는 이유는 또 있다. "책 한 권 써본 입장에서 딱히 조언을 해줄 처지는 아닌 것 같습니다만, 과학책의 경우 학자들이 생각하는 것보다 훨씬 더 대중들이 책을 어려워하거나 잘못 이해하는 경우가 많습니다. 예상한 것보다 훨씬 더 과학에 대한 대중들의 이해가 낮을 수도 있다는 것을 염두에 둬야 합니다. 예를 들어 '이기적 유전자'에 대한 대중들의 이해는, 여전히 도킨스라는 싸가지 없는 학자가 '인간은 이기적 유전자의 명령에 따르는 생존기계이니 인간은 이기적일 수밖에 없다'라고 오해하는 정도에 머

전중환은 학술 논문을 쓸 때 빼고는
전문용어나 학술용어를 거의 쓰지 않으면서
진화심리학을 설명한다.
"친숙한 예를 들어 설명하려고 애쓸 뿐이죠.
과학과 거리가 먼 음악을 전공한 제 처제나
장모님한테 설명하듯 쓰려고 해요."

전중환

물러 있습니다. 사실 이러한 오해는 도킨스의 원래 의도와 거리가 멀거든요."

인간의 마음을 잘 이해하기 위해

진화심리학은 종종 '우생학', '생물학 결정론'으로 비판받곤 한다. 창조론을 믿는 보수적 기독교인들은 진화론 때문에 거부감을 갖고 있다. 기존 심리학자들도 유전자를 강조한다는 이유로 싫어한다. "(진화심리학이) 사회과학을 생물화하고 자연과학으로 인문학과 사회학을 정복하려는 시도라고 말하는 사회과학자들도 있어요. 오해를 많이 받는 학문이죠. 데이비드 버스 교수도 다른 심리학 교수들한테 미움을 받아 마음고생을 많이 했어요. 그가 농담 비슷하게 진화심리학을 싫어하는 이들의 목록을 만들어 대처해야 한다고 말한 적도 있어요.(웃음)"

전중환은 여러 오해와 비판을 '생물학 공포증' 때문이라고 여긴다. 예를 들어 살인하는 심리를 진화의 산물이라고 설명하면, "유전자가 시키는 대로 살인했을 뿐이니 죄가 없다는 거냐"라며 반문을 해오는데, 이를 두고 전중환은 진화적 관점이라고 해서 환경을 무시하는 건 아니라고 했다. 오히려 유전자와 환경의 상호작용을 더 강조한다. "사람은 똥을 보고 혐오감을 느끼는데, 논리적으로는 똥을 보고 행복해 할 수도, 무서워할 수도 있죠. 수많은 반응 가운데 혐오라는 반응을 보이는 이유는, 똥에는 전염성 병균이 많아 접촉을 통해 자기 몸에 병원균이 감염되는 것을 피하려 하기 때문이에요. 혐오 반응은 유전자만으로

드라마, 예능을 소재로 진화를 이야기하다

는 발현이 안 됩니다. 특정한 행동을 일으키게 하는 환경적 유발 요인이 있어야 합니다. 즉 똥이라는 존재가 있어야 유발되는 거죠."

또 임신한 여성이 그렇지 않은 여성보다 외국인 노동자에 대한 차별 정도가 높다고 이야기를 이어갔다. 즉 임신하면 면역 능력이 떨어지기 때문에 애초에 전염병을 옮길 수 있는 여러 환경을 피하려는 것이다. 자칫 인종이나 외국인에 대한 편견과 차별로 들릴 수 있는 말이다. 전중환은 스페인이 신대륙을 침범했을 때도 총칼보다 군인들이 몰고 온 천연두로 훨씬 더 많은 원주민 사망자가 발생했다는 사실을 거론했다. "'정치적 올바름'을 추구하는 분들은 오해하기 쉽죠. 하지만 설명이 곧 정당화는 아닙니다. 인과적 설명을 한다고 해서 정당화되고 합리화되는 건 아닌데 그런 오해를 많이들 합니다."

한국 대중에게 진화심리학은 많이 생소하다. 그의 설명에 따르면, 진화심리학은 쉽게 말해 '인간의 마음이 곧 진화의 산물'이다. 인간의 마음은 단순히 쾌락을 추구하고 불쾌를 피하게끔 진화한 것도, 헤겔이 말한 절대이성을 역사 속에서 실현하려고 디자인된 것도 아니다. 인간의 마음은 본디 수렵·채집 환경에서 부패했거나 독이 있는 음식을 어떻게 피할 것인지, 잠자리를 어떻게 구할 것인지 같은 현실적 문제를 해결하게끔 만들어졌을 뿐이다. 복잡하고 정교한 마음이 어떠한 목적을 수행하게끔 자연선택이 다듬었는지를 이해하면 사회현상이나 제도를 이해하는 데 도움이 된다. 예컨대 남자들은 여자들보다 폭력적인데, 기존의 과학은 흔히 남성호르몬인 테스토스테론이 분비되어서 그렇다는, '어떻게'를 설명하는 데 초점을 맞춘다. 반면에 진화심리학은 왜

하필 남성에게 테스토스테론이 더 많이 분비되어 여성보다 더 폭력적인지, 왜 여성에게 테스토스테론이 더 많이 분비되는 현실은 우리에게 주어지지 않았는지 하면서 '왜'를 설명한다. 서로 설명의 수준이 다를 뿐이며, 둘 다 현상을 온전하게 이해하는 데 필요하다.

한편 진화심리학의 효용적인 측면도 있다. 전중환은 범죄와 마초 문화의 상관관계를 예로 들어 설명했다. 각 나라 통계를 보면, 젊은 남성 비율이 높을수록 강력 범죄가 많이 일어났다. 또 부가 편중된 사회에서 남성들은 배우자를 얻으려는 경쟁에 더 뛰어들어야 한다. 이는 사회문화적으로 위험한 요인이 된다. 그 밖에 소득 불평등을 개선만 해도 살인 같은 범죄가 줄어든다는 사실을 입증한 연구 결과도 있다. "진화심리학을 공공정책에도 응용할 수 있어요. 제가 당부하고 싶은 말은 진화심리학을 '사회악을 정당화하는 못된 이데올로기'로, 또 학자들을 '히틀러 같은 위험한 사람들'이라고 마음을 닫지 않았으면 좋겠습니다. 우리도 좋은 사회를 만들려고 노력하는 과학자입니다. 인간의 마음을 잘 이해하기 위해 진화라는 설명 틀을 쓰는 것일 뿐이고요."

한국 사회의 주요 사건을 진화 역사에 비춰 성찰하다

전중환이 훌륭한 진화심리학자인 건 연구 대상을 한국 사회로 확장시켜 글을 쓰고 있다는 점에서도 확인할 수 있다. 한 예로 그가 2015년 1월부터 〈경향신문〉에 연재한 '진화의 창' 칼럼은 조현아 전 대한항공 부사장의 갑질과 김군의 '이슬람국가(IS)' 가입 등을 다루었다.

드라마, 예능을 소재로 진화를 이야기하다

조현아 전 부사장에 관한 칼럼 '갑질의 심리학'은 "대한항공 조현아 전 부사장이 승무원들에게 고성을 지르며 파일을 집어 던진다. 부천의 한 백화점에서 모녀가 주차장 아르바이트생들을 무릎 꿇린다. 고릴라나 침팬지 무리에서 으뜸 수컷이 서열이 낮은 수컷을 때리고 을러대는 장면이 저절로 떠오른다"로 시작한다. 고릴라나 침팬지 사회처럼 인간 사회도 강자가 약자를 무자비하게 억압하고 착취하는 성향이 예외 없이 진화했을까. 전중환은 수백만 년 전 침팬지의 조상과 갈라져 수렵·채집 생활에 들어간 인류를 예로 들며 인간의 마음은 진화 역사에서 99퍼센트 이상의 시기를 '평등한' 사회에 맞춰 진화했다고 설명한다. 1만 년 전 농업 사회에 들어가며 갑질이 생겨났다. 전중환의 결론은 모든 아랫사람은 지나친 갑질에 분노해 행동에 나서게끔 진화된 마음을 지니고 있다는 것이다.

　　한국 사회의 주요 사건을 진화 역사에 비춰 성찰하는 것이야말로 전중환 글의 힘이자 미덕이다. 전중환은 농담처럼 연예인 이야기를 글에 많이 집어넣어 아내에게 타박 아닌 타박도 받았지만, 정작 그가 집중해 들여다보려는 건 한국 사회다. 정치와 거리를 두기 마련인 여느 과학자나 심리학자와 달리, 그는 현재 권력을 진화심리학 연구 대상에 올리기를 마다하지 않는다. 예컨대 2013년 5월 당시 윤창중 청와대 대변인의 성추행 의혹 파문이 커졌을 때 이남기 홍보수석은 긴급 브리핑을 갖고 "국민 여러분과 대통령께 진심으로 사과드린다"고 했다. 이에 전중환은 〈한겨레〉 칼럼에 이런 말을 했다. "성추행이나 성폭행이 발생했을 때 피해자를 먼저 배려하고 피해자의 관점에서 해결책을 찾아야 한다는 원칙은, 남성과 여성의 마음은 다르다는 진화적 인식에 의해서도 뒷받침된다. 왜 청와대 홍보수석이 피해자는 제쳐두고 대통령에게 먼저 사과했는지는 진화의 미스터리다."

직설의 언어가 넘쳐나는 요즘, 이처럼 차분하면서도 정곡을 찌르는 일침을 제대로 구사할 줄 안다는 점도 전중환 글의 또 다른 매력이다.

사명감은 더 좋은 책을 쓰겠다는 채찍질

진화심리학을 정통으로 공부한 전중환은 한국 사회에 진화심리학을 제대로 알리는 데 기여해야 한다는 사명감을 갖고 있다. 대중서를 쓸 때도, 신문에 칼럼을 쓸 때도, 강연을 할 때도 사명감으로 임한다. 그렇다고 대중을 상대로 글을 쓰고 강연만 하려는 마음은 없다. 앞으로 학자로서 꾸준히 좋은 논문을 쓰고 싶단다. 최근엔 도덕과 혐오 감정에 관한 논문을 썼다. 가족 간에 나타나는 이타성이나 갈등 문제에도 관심을 갖고 있다.

그저 당의를 입힌 책은 아니지만, 전중환은《오래된 연장통》이 여러 주제를 '수박 겉핥기'식으로 쓴 데 다소 아쉬움이 남아 있다. 그래서 두 번째 책은 '사회성의 진화'에 관해 더 깊은 이야기를 쓰려고 구상 중이다. "'사회성의 진화'에 관한 책도 재미있게 풀려고 하는데, 단순히 쉽게 풀려는 건 아니에요. 깊은 이야기도 넣으려고 합니다. 윌슨이나 해밀턴 같은 학자들 간의 갈등도 다루고요. 집단 선택에 얽힌 논쟁도 짚고 싶고요."

전중환은《우리 본성의 선한 천사》를 쓴 진화심리학자 스티븐 핑거를 닮고 싶어 한다. 핑커의 책을 읽다 보면 사회과학과 인문학 등 여러 분야의 지식을 깨치게 해줄뿐더러 크리스털처럼 투명하고 명확한 글쓰기도 배울 수 있어 좋단다. 종종 기가 막힌 유머를 글에 집어넣는 것도 빼놓을 수 없는 부분이다.

문득 전중환이 쓴 어느 '진중한' 글에서, "왜 사람들은 자신과 아무런 상관도 없는 탤런트 이서진이 대만 여행에서 소녀시대 써니와 드디어 만났다는 '쓸데없는' 소식에 덩달아 기뻐하는가?"라는 구절을 읽으며 웃음 지었던 기억이 떠올랐다.

_김종목

전중환

문학평론가 / 정여울

서울대 독어독문학과를 졸업하고 동 대학원 국어국문과에서
박사학위를 받았다. 인간의 마음과 세상에 대한 끊이지 않는 호기심,
삶을 향한 아름다운 사색과 인간애의 진중한 관심으로 문학과 삶,
인생과 자아, 여행과 감성, 사회와 성찰에 관한 글을 써왔다.
저서로《내가 사랑한 유럽 TOP10》《그때 알았으면 좋았을 것들》
《잘 있지 말아요》《마음의 서재》《정여울의 문학 멘토링》《소통》
등이 있다.

삶의 모든
문학적인 순간을 포착하라

무언가를 말하기 위해 타인의 작품에 기대야 하는 것은 평론하는 자의 숙명이다. 엄격하고 정치한 작품 분석은 학술적 성취를 위해서는 필수적인 일이지만, 책 읽기와 글쓰기에서 마음의 무늬를 드러내고 싶어 하는 이에게는 질곡이다.

문학평론가 정여울은 자신만의 이야기를 하고 싶다는 욕망과 학문으로서의 문학이 요구하는 기율 사이에서 오랫동안 갈등해왔다. 2004년 〈문학동네〉로 등단한 이후 계간지에 발표한 글들이 정통 문학 평론이었다면, 2006년 이후 지금까지 출간한 13권의 저서들은 책이라는 프리즘을 통해 자신에 대해 말하고자 하는 욕망의 산물들이다.

정여울의 책들은 '텍스트(문학·영화·드라마)에 대한 글'이라는 점에서는 넓은 의미의 평론에 속하지만, 궁극적으로 텍스트가 마음에 던진 섬세한 파문을 포착하려 한다는 점에서는 에세이를 지향한다. 그의 글이 지닌 이런 특징은 대중을 상대로 한 글쓰기에서 강한 장점으로 작용한다. 텍스트를 벗어나 여행을 소재로 쓴《내가 사랑한 유럽》시리즈가 서점가에서 큰 반향을 얻은 것은 이 때문일 것이다.

학술 논문과 대중적 글쓰기 사이의 갈등

정여울의 대중적 글쓰기는 대학원에서 시작됐다. 2000년 국문학과 석사과정 재학 당시 〈베스트셀러〉라는 잡지에 1년 가까이 서평을 쓰면서부터다. 하고 싶은 말을 A4 한 장 분량에 넣었다. 글이 빡빡해졌다. 읽기 힘들다는 얘기도 들었다. 정여울은 어떻게 하면 사람들이 재미있게 읽을 수 있을까를 고민했다. 도입부에 영화나 드라마 이야기를 넣어 풀어나갔다. 그랬더니 여러 매체에서 영화나 드라마 관련 글을 써달라고 연락이 왔다.

논문 쓰기와 대중적 글쓰기 사이에는 넓고 깊은 계곡이 존재한다. 논문은 1인칭 주어를 허용하지 않는 글쓰기 형식이다. '나, 내 감정, 주관적 판단'을 모조리 버려야만 논문의 요건을 갖출 수 있다. "문제는 그걸 빼면 뭐가 남느냐였죠. 이게 억압으로 느껴져서 서평은 좀 더 자유롭게 쓰려고 했어요." 대중문화 관련 글을 청탁한 매체의 편집자들은 "더 쉽게 써달라"고 요구했고, 대학원 동료들은 "글이 감성적이다. 더 엄격하게 써야 한다"고 지적했다.

정여울의 글은 잘 숙성된 감성으로 빚어낸 섬세한 미문(美文)이다. 그러나 그는 아름다운 문장을 쓰기 위해 일부러 노력하진 않는다. 문체만 놓고 보면 《마음의 서재》가 글쓰기의 전환점이 되었다. 책에 실린 글들은 애초에 신문에 3년 넘게 연재한 글들이다. 신문 연재를 하면서 글을 깎아내는 훈련을 했다. 당시 분량 제한 때문에 글을 줄이고 또 줄여야 했고, 그러다 보니 한 문단 분량의 글이 한 문장으로 줄어들기도 했다. 처음에는 압축된 문장이 본래 뜻을 왜곡하지 않을까 걱정했으나 나중에는 압축된 문장의 힘을 발견했다. 그 결과 이 책은 정여울이 펴낸 책들 중 독자들이 문장을 가장 많이 인용하는 책이 되었다.

정보는 글이 아니다

글은 정보를 실어나르는 수단이지만 정보를 나열하는 것만으로 글이 되지는 않는다. 발터 베냐민의 말을 인용하자면 "정보와 지식의 가장 큰 차이는 이야기로 만들 수 있느냐 없느냐"다. 예컨대 화재 사건이 일어났을 때 신문을 보면 모든 기사가 다 똑같다. 이야기는 없고 정보만 있기 때문이다. 지식이 되는 글은 자신만의 이야기를 하는 글이다. 정여울은 같은 사건이라도 다른 시각으로 보는 글, 문체에서 영혼이 느껴지는 글을 사랑한다.

또 모든 글이 자기 자신에게, 그리고 독자들에게 보내는 편지라고 생각하고 쓴다. "글을 잘 쓰고 싶은데 방법을 모르겠다면 수신자를 정해놓고 편지를 쓴다고 생각해보는 게 도움이 돼요." 즉 말하고 싶은 대상이 있다면 글쓰기의 절반은 완성된 셈이다. 할 말을 담아낼 방법만 찾으면 된다. 그렇다면 말하고 싶은 대상은 어디에서 찾아야 할까. 그는 "책을 읽고 수다를 떨고 싶은 욕망을 느끼는 데서 글쓰기가 시작된다"고 말한다.

정여울은 주로 논픽션에 해당하는 글을 써왔지만 그가 쓰는 글들은 모두 문학으로 수렴한다. 문학은 문학 텍스트에 있는 것이 아니라 '문학적인 순간'에 있다는 것이 그의 지론이다. 삶의 모든 순간에서,

문학적인 것을 포착해내는 것이 정여울이 추구하는 글쓰기다. 그에게 는 TV 광고나 우연히 만나는 사람들의 수다조차 문학이 된다.

정여울은 평론으로 시작했지만 평론을 뛰어넘는 글을 늘 꿈꿔왔 다. 이제는 평론가보다 '작가'라는 말을 더 많이 듣고 있는데, 그것이 바로 그가 꿈꿔온 삶이다. "꼭 소설가나 시인이 아니더라도 '작가'로 살 수 있다는 것을 저도 모르게 조금씩 증명하고 싶었던 것 같아요."

일상 속에서 절실하게

정여울은 집필의 아이디어를 조금 더 일상적인 것, 삶 자체의 크고 작 은 계기들에서 찾으려고 노력한다. 책이나 인터넷을 통해 수집하는 정 보는 '기본'이고, 좀 더 사람들과 소통할 수 있고 스스로 즐거운 글쓰 기를 하려면 더욱 구체적인 일상으로 깊숙이 파고 들어가야 한다고 생 각한다. 지하철이나 버스를 탈 때 목격하는 장면, 강연이나 여행 때 접 하는 에피소드, 사람들을 만나 이야기할 때 나오는 이런저런 세상 사는 이야기들 속에서 글쓰기의 모티프를 찾는다.

책은 고전과 신간을 가리지 않고 늘 휴대하면서 읽고, 인터넷은 주 로 논문을 찾는 데 활용한다. 심리학이나 역사, 예술과 관련된 다양한 논문은 비록 당장은 도움이 안 되더라도 나중을 위해 꾸준히 읽으며 따 로 정리를 해둔다.

무엇보다 정여울은 글 자체가 목적이 되면 안 된다고 생각한다. "'나는 작가가 되고 싶은데, 왜 이렇게 힘든 것일까'라고 생각하는 것

삶의 모든 문학적인 순간을 포착하라

보다는 '내가 정말로 쓰고 싶은 내용이 있는가'라고 물어보는 것이 훨씬 중요해요." '글을 쓴다'는 것은 어떤 행위의 도구일 뿐 '글을 쓴다'는 것 자체가 지고지순한 목적은 아니다. '글을 쓰면서 어떤 삶을 살고 싶은가'라는 질문을 게을리하면, 그 순간 글쓰기는 그 자체로 맹목적인 행위가 되어버릴 위험이 크다. 글이 막히는 이유는 쓸 내용이 없는 상태에서 글을 쓰기 때문이다.

한편 원고 청탁을 받을 때도 청탁 내용을 듣는 순간 아무런 아이디어도 떠오르지 않으면 거절한다. 무리하게 욕심을 부리다가 그 화가 자신에게 미치는 경험을 자주 했기 때문이다.

물론 당시에는 분명히 아이디어가 있었는데, 글 쓰는 과정에서 막힐 때도 있다. 그럴 때는 글을 오래오래 포기하지 않고 쓰기 위해 스스로를 즐겁게 해주는 노력이 필요하다. "예전에는 '이 글만 다 쓰면 영화 보러 가야지' 하는 식으로 글을 다 쓰고 나면 스스로에게 상을 줬는데, 지금은 포상 먼저 주고 글은 나중에 쓰는 무리수를 두고 있어요. 그러면 신기하게도 막혔던 글쓰기가 풀려요." 이처럼 글쓰기와 전혀 상관없어 보이는 다른 일에 몰두하고 나면, 막혔던 생각의 물꼬가 터진다. 마찬가지로 조금 거리가 있는 분야의 논문을 읽거나, 엉뚱한 분야의 책을 읽으면 아이디어가 떠오른다고 한다.

월요일에는 니체, 화요일에는 카잔차키스……

정여울은 수전 손택, 루쉰, 칼 융을 닮고 싶은 필자로 꼽았다. 자기만

'글을 쓴다'는 것은 어떤 행위의 도구일 뿐
'글을 쓴다'는 것 자체가 지고지순한 목적은 아니다.
'글을 쓰면서 어떤 삶을 살고 싶은가'라는 질문을
게을리하면, 그 순간 글쓰기는 그 자체로
맹목적인 행위가 되어버릴 위험이 크다.
글이 막히는 이유는 쓸 내용이 없는 상태에서
글을 쓰기 때문이다.

의 전문 분야가 있음에도 그 영역을 벗어나는 글쓰기와 삶을 실천했다는 점에서 그에게 항상 영감을 주는 이들이다. '작가' 정여울이 아니라 '독자' 정여울의 입장에서 보면 아직도 제대로 알지 못하는, 더 많이 공부하고 느끼고 감동을 받고 싶은 작가들이 많다. 월요일에는 니체가 좋고, 화요일에는 카잔차키스가 좋고, 수요일에는 연암 박지원이 좋고, 목요일에는 마르크스가 좋고, 금요일에는 이상(李箱)이 좋다. 정여울은 '늘 중구난방'이라고 말하지만, 더 정확히 말하면 그가 좋아하는 저자는 '항상 지금 읽고 있는 책의 저자'다. 그는 지금 읽고 있는 책에 완전히 몰입해 홀딱 반해버리는 스타일의 독자다. "타고난 잡식성인 탓에 그만큼 변덕도 심한 독자지만, 그 어쩔 수 없는 변덕과 요동치는 감수성이 나를 나답게 만드는 것 같아요."

정여울은 책을 주제별로 분류해 정리하는 스타일은 아니다. 심지어 자신에게는 '정리'라는 개념 자체가 없다고 말한다. 그래서 늘 책들의 미로 속을 어지러이 헤맨다. 자신이 쓴 책도 찾지 못하는가 하면, 이미 구입한 책을 다시 사는 경우도 허다하다. 그러나 그는 그러한 불규칙성 자체를 즐긴다. "책의 미로와 난장판 속에서 뜻밖의 아이디어를 얻곤 해요."

장서에 대한 욕심은 많지 않다. 책을 몇 권이나 가지고 있는지 한 번도 헤아려본 적이 없다. 책을 쟁여놓는 것보다는 후배나 지인들에게 나눠주거나 단체에 기부할 때 더 보람을 느낀다.

정여울은 결과물을 생각하지 않고 그때그때 떠오르는 생각들을 병적일 정도로 메모를 해둔다. 중요한 것은 "찰나의 생각들을 하찮게

여기지 않고 잘 붙잡아두는 일"이다. 그렇게 메모한 착상들이 글의 씨
앗이 되고 열매를 맺는다.

자기 목소리에 집중하라

정여울은 현재 한국에는 논픽션 작가의 모델이 다양하지 못해 논픽션
이 픽션보다 활성화되지 못하고 있지만, 훌륭한 논픽션을 쓸 수 있는
예비 저자들은 충분히 있다고 생각한다. 문제는 가능성 있는 예비 저
자들을 어떻게 발굴하느냐다. 그래서 중요한 것이 편집자의 역할이다.
"짧은 칼럼이나 논문 같은 것들을 보고 '씨앗'을 알아보는 감수성이지
요. 편집자들의 창조적 마인드와 적극성이 잠재력이 큰 필자를 발굴하
는 데 매우 중요한 요소가 아닐까 해요."

　마찬가지로 저자들도 노력이 필요하다. 그저 막연한 기획만 가지
고 편집자를 만나서는 안 된다. 말하자면 저자 역시 편집자가 책의 미
래상을 구체적으로 그려볼 수 있도록 최소한 중간 결과물을 갖고 편집
자와 만나야 한다.

　정여울은 스스로 대중서를 쓴다고 생각해본 적이 없다. 다만 자신
이 쓰고 싶은 책을 쓰기 위해 독자들을 설득해가는 노력을 했을 뿐이
다. 자신에게 정직할 것, 독자들의 삶에 조금이나마 도움이 될 것, 글의
중심에 타인의 삶에 대한 관심과 공감이 뿌리내리고 있을 것 등은 첫
책을 낸 후 지난 10년 동안 그가 변함없이 지켜나가는 가치들이다.

　이런 글을 쓰기 위해 출판사와 협의하는 과정이 쉽지만은 않았다.

그는 자신의 의사를 무리하게 관철시키기보다는 편집자들에게 설득당하는 쪽에 가깝다. 지금은 조금씩 편집자를 설득하는 방향으로 변화를 시도하고 있다.

정여울은 오히려 '대중성이라는 환상'과 싸우는 것이 중요하다고 지적한다. 그의 경험에 따르면 대중적인 글을 쓰기 위해 노력하는 순간 글은 오히려 실패한다. "첫 책을 낼 무렵에는 주변 사람들의 온갖 반응에 일희일비하던 때였어요. 그런데 그건 정말 글쓰기에 도움이 안 되더라고요. 지금은 좀 더 제 마음 깊은 곳의 목소리를 들을 수 있게 되었어요. 그때도 그랬다면, 조금 더 '내 목소리의 소중함'을 알았더라면, 하는 후회가 남지요."

정여울은 한동안 '내가 온전히 나로서 사랑받을 수 있을까'라는 끝없는 불안에 시달렸다. '나다움을 포기한 채 대중적인 길을 택해서는 안 된다'는 압박감도 그를 괴롭혔다. 돌아보면 그 어떤 책도 '어느 날 갑자기' 나온 책은 없다. 지금의 책은 언제나 다음 책의 기획과 조금씩 이어지는 결과물이었다. 예컨대 정여울을 대중적으로 확실한 스타 작가의 반열에 올려놓은 여행서 《내가 사랑한 유럽 TOP 10》도 갑자기 나온 게 아니라 《그때 알았더라면 좋았을 것들》의 연장선상에서 집필된 것이다. 《그때 알았더라면 좋았을 것들》은 그가 가장 자유롭게 '나'를 주어로 해서 쓴 책이고, 책에 사용한 사진은 전부 여행하면서 찍은 것들이다. 정여울은 이 책을 쓰면서 어떤 책이나 영화가 아니라, 또 타인의 경험이 아니라 바로 나 자신의 경험으로 한 권의 책을 쓸 수 있다는 믿음이 생겼다.

이 두 권의 책은 '평론가' 정여울에게 '베스트셀러 작가'라는 호칭을 달아주었다. 책 내용과 상관없이 제목이나 기획만 보고 가벼운 책으로 치부하는 이들도 많다. 두 책의 성공을 통해 "나다움을 잃지 않고도 사랑받을 수 있다는 믿음을" 얻은 그에게는 가슴 아픈 오해다.

마지막으로 정여울은 이분법을 버리자고 말한다. "대중과 소통하는 글쓰기를 꿈꾸는 사람이라면, '대중에게 사랑받는 것'이 '나다움을 포기하는 것'이라는 이분법적 세계관에서 벗어났으면 해요. 가장 나다운 모습으로도 충분히 이해받고 사랑받을 수 있다는 믿음 속에서 글을 쓸 수 있었으면 해요. 아직은 글을 쓸 수 있다는 것, 그 글을 읽어주는 따뜻한 눈길을 가진 누군가가 한 명이라도 있다는 것은 그 무엇과도 바꿀 수 없는 커다란 축복이니까요."

세상의 모든 책이 지식과 논리로만 이뤄질 필요는 없다. 사람들을 책에 이끌리게 만드는 힘은 넘치는 지식이나 촘촘한 논리보다는 마음의 잔물결을 포착해낼 수 있는 감성이다. 온갖 화려하고 힘센 매체들의 틈바구니 속에서 대중들을 한 사람이라도 더 책 가까이에 두려면, 따뜻한 감성을 유연한 문장으로 담아낼 줄 아는 정여울 같은 작가가 우리 사회에 더 많이 필요하다.

_정원식

여성학자·평화학연구자 / 정희진

여성학자이자 평화학연구자. 학문 간 경계를 넘나드는 공부와
글쓰기를 지향한다. 사랑받음이 권력, 자기도취, 당연함이 아닌 사회,
남성다움과 여성다움이 자원이 되지 않는 사회, 중심과 주변의
경계가 불안정한 사회, '세련'이 진정성으로 '우아'가 치열함으로
인식되는 사회를 꿈꾼다. 저서로 《페미니즘의 도전》
《저는 오늘 꽃을 받았어요》 등을 비롯해 20여 권의 공저가 있다.

주류적 시각을 거부하는
'소수자'를 위한 글쓰기

여성학자이자 평화학연구자인 정희진과의 인터뷰는 수차례 이메일이 오고간 뒤에야 성사됐다. 처음 인터뷰를 제의했을 때도 그는 "자격도 안 되고 인터뷰는 본래 잘 하지 않는다"며 고사했다. 알아보니 2005년《페미니즘의 도전》이 나왔을 때 몇몇 매체와 인터뷰를 한 이래로 9년 가까이 언론 인터뷰를 한 적이 없었다.

실제로 만난 정희진은 까탈스럽다기보다는 오히려 다른 사람의 부탁을 거절하지 못하는 성격이었다. 인터뷰를 꺼리는 것도 자신을 둘러싼 세상의 오해와 편견에 대해 남들보다 조금 더 민감하기 때문이다. "내가 특정 분야를 대표하는 사람으로 비치거나 내 정체성이 어느 하나로만 규정되는 게 싫어요. 내가 한 말이 실제와 달리 굴절되는 것도 싫고요."

정희진은 단순한 삶을 지향한다. 자본주의 사회에서 단순한 삶은 소비를 줄이는 데서 시작된다. 그는 책 구입비와 식비를 제외하면 돈을 거의 쓰지 않는다. 휴대폰은 갖고 있지만 메일을 확인하거나 드문드문 문자 메시지를 보내는 데만 사용한다. 그의 집에는 있는 것보다 없는 게 더 많다. 화장품이 없고, 옷장이 없고, 헤어드라이어가 없다. "동네 주민들이 멀쩡한 물건을 그냥 버려서 그걸 갖다가 쓰곤 해요." 그는 평소 화장을 하지 않고 세수도 쌀뜨물로 한다. 이러한 삶의 방식에 누군가는 그에게서 생태주의자를 떠올릴지도 모르겠다. 하지만 정희진은 생태주의자가 아니라고 단호하게 말한다. 자신이 합리적이라고 생각하는 생활방식을 선택해서 살 뿐, 무슨무슨 '주의'와는 상관없다는 것이다.

페미니즘의 영역에서 삶과 죽음에 대한 성찰로

2005년에 출간한 《페미니즘의 도전》은 정희진을 '도발적인 페미니즘 이론가'로 자리매김시킨 대표작이다. 책에 대한 찬사가 많았던 만큼이나 책을 둘러싼 논쟁도 많았다. 책은 2012년까지 14쇄를 찍었고 2013년 2월에 개정증보판이 나왔다. 그 사이 여성의 사회 진출이 크게 늘어난 걸 보면 여권이 그만큼 신장됐다고 볼 수도 있다. 하지만 그렇다고 해서 페미니즘 담론이 줄어든 건 결코 아니다. 정희진이 보기에 여권이 신장된 부분은 여성들의 지위가 아닌 여성들의 노동 강도일 뿐이다. 저출산은 여성들의 노동시간이 늘어난 데 따른 필연적인 후폭풍이다.

'정희진=페미니즘'이라는 등식이 오랫동안 독자들의 뇌리에 각인돼 있긴 하지만, 그의 지적 관심이나 글쓰기의 보폭은 페미니즘의 영역을 벗어난 지 오래다. 페미니즘은 본래 다학제적(多學制的) 학문이라는 것이 그의 말이다. "젊었을 때와 달리 지금의 내게 페미니즘은 내 정체성의 한 부분일 뿐이에요. 요즘 내가 관심 두고 있는 부분은《페미니즘의 도전》개정증보판 저자 소개에도 썼듯이 '다학제적 관점의 공부와 글쓰기'거든요."

변한 것이 하나 더 있다. 건강과 나이 듦, 죽음에 대한 관심이 그것이다. 정희진은 젊었을 때만 해도 영원한 것, 절대적인 것, 완전한 것은 '웃기는 것'이라고 생각했다. 그러다가 어머니의 죽음을 경험한 후 세계관이 달라졌다. 정희진의 글을 따라 읽어온 독자들이라면 매주 토요일〈한겨레〉에 실리는 그의 칼럼에서 죽음과 우울에 대한 오랜 성찰의 흔적을 어렵지 않게 알아차릴 수 있을 것이다.

주류적 시각으로부터의 탈피

정희진은 지금까지 40여 권의 책에 이름을 올렸지만 단독 저서는 세 권뿐이다. 첫 책은 가정 폭력 문제를 다룬 석사논문을 책으로 묶은《저는 오늘 꽃을 받았어요》다. '여성주의적 글쓰기의 모범', '사회과학 방법론의 새로운 모색'이라는 호평을 받기도 했지만, 어떤 이들은 책에 실린 사례들 가운데 일부가 '과장됐다'고 말했다. "가장 경미한 사례를 썼을 뿐인데 '과장'이라는 반응이 나왔어요. 그만큼 여성 문제가 가시화되지 않았던 거죠. 당시 상처, 설움, 분노가 컸어요. 만약 내가 '소수자'라면 글쓰기 소재에서, 아니 문제의식 부분에서 그렇다고 볼 수 있겠네요."

정희진의 글쓰기는 '주류적 시각으로부터의 탈피'라는 말로 요약할 수 있다. 이를테면 '서울·남성·중산층·비장애인·이성애' 등의 정체성이 지배하는 한국 주류 사회의 관점을 끊임없이 상대화하는 글쓰기다. 그의 글이 한편으로 낯설면서도 새로운 시각을 열어주는 것은 이 때문이다.

빤한 말을 쓰는 것은 낭비다

정희진은 '빤한 말'을 하지 않는 것이 좋은 글이라고 생각한다. '빤한 말'을 하지 않기 위해 그는 소재가 떠오르면 첫 번째로 그 소재에 대한 한국 사회의 일반적인 통념들을 노트에 목록으로 만들어둔다. 예컨대 글의 소재가 복지라면 '복지가 늘면 게을러진다', '복지가 늘어나면 성장이 둔화된다' 같은 말들을 적어놓는다. 그런 다음 통념적인 생각들을 지워버리고 새로운 아이디어를 떠올린다.

두 번째는 자신이 아는 가장 까다로운 독자가 이 글을 읽는다고 생각하고 쓴다. 정희진이 말하는 '가장 까다로운 독자'는 실제 그의 지인이다. 가상의 독자든 실제 독자든, 여기서 중요한 것은 글을 쓸 때 평균적인 독자를 상정하지 않는다는 점이다. 대중은 동질적인 존재가 아니기 때문이다.

세 번째로 자신이 몰랐던 것에 대해 쓴다. 이미 알고 있는 것에 대해 쓰는 글은 낭비라는 것이다. "글을 쓰는 과정에서 새롭게 배우거나 내가 변화할 수 있어야 해요. 이미 아는 걸 쓰면 글이 진부해져요. 그래서 저도 한국 사회의 통념이나 기존의 논쟁 구도를 다른 방식으로 재구성하는 데 관심이 많아요."

책을 사 보는 것은 그가 유일하게 의식적으로 하는 사회운동이다. 책을 고를 때는 크게 네 가지를 기준에 두는데, 지적으로 자극적인 책, 문체가 치열한 책, 독특한 책, 정치색이 있는 책이 그것이다. 베스트셀러는 읽지 않는다. 자연계에서 그러하듯 책의 '종 다양성'이 확보돼야 한다고 생각하기 때문이다. "책이 1만 부 이상 팔리지 않는 게 좋은 일이라고 생각해요. 그래야 시장의 위계 때문에 팔리지 않는 소수자의 입장을 담은 책, 당파성이 있는 책들도 살아남을 수 있을 테니까요. 무엇보다 당파성 있는 책들이 다양하게 많이 나왔으면 좋겠어요."

그의 사고가 한국 사회 정치 지형도에서 볼 때 오른쪽으로부터 먼 거리에 있는 것은 분명하다. 그러나 그렇다고 해서 왼쪽에 더 가깝다고만 볼 수는 없다. 그는 몰상식한 보수를 혐오하는 꼭 그만큼, 관성적인 사고방식에 빠져 있는 진보도 인정하지 않는다. 예를 들어 어떤 평화주의자가 징병제에 반대하면서 모병제를 대안으로 내세운다면, 정희진은 징병제에도 반대하지만 똑같이 모병제에도 반대한다. 실제로 그는 차라리 징병제가 낫다고 보는 쪽이다. 모병제를 시행할 경우 오히려 하위 계층 젊은이들을 군대에 격리시키는 제도가 될 것이라는 이유에서다.

새롭고 생소해야 '좋은 글'이 나온다

정희진은 유명한 메모광이다. 스물네 시간 무언가를 적고 있어야 마음

"쓰면서 배워요. 쓰는 과정이 가장 중요하죠.
애초의 생각이나 기존에 아는 것을
버리는 과정이 곧 글쓰기예요.
이때 중요한 건 나 자신에게 새롭고 생소해야
좋은 글이 나온다는 사실이에요.
아는 것을 쓰면 망해요."

255

이 편해진다. 극장에서 영화를 볼 때도 펜을 들고 있을 정도다. 집필에 필요한 자료 축적도 메모에서 시작한다. 그러다가 쓰고 싶은 주제가 정해지면 자료 조사를 하고 관련 인물들을 인터뷰한다. 자료에 관해서는 굉장히 철저하다. 정희진에게는 책을 쓸 때 관련된 모든 자료를 다 봐야 한다는 강박이 있다.

소장하고 있는 책이 얼마나 되는지는 헤아려보지 않아서 잘 모른단다. 그의 집에는 일반 가정집에 있을 법한 세간이 거의 없다. 대신 그 자리를 책들이 차지하고 있다. 지은 지 30년 된 35평형 아파트 전체가 책으로 가득 차 있다고 보면 된다.

책은 크게 네 분야로 정리하고 있다. 먼저 기존 학문 분야의 개론서들이다. 관심 범위가 넓기 때문에 해부학, 동물행동학, 경영학 개론서들도 갖추고 있다. 두 번째는 그의 오랜 관심사인 젠더와 섹슈얼리티 관련 책들이고, 세 번째는 마르크스, 푸코, 니체, 프로이트 등 사상가들의 책이다. 네 번째는 정기간행물들이다. 〈문학사상〉부터 〈내셔널 지오그래픽〉까지 종류가 다양하다. 그러나 이 네 가지 분류에 포함되지 않는 책들이 훨씬 많다. 한국현대사, 시, 소설, 한자와 영어 관련 책, 외국어 원서, 정신의학 도서, 군사학, 각종 석박사 논문, 사진집, 화집, 동화책 등이 서가에 두서없이 꽂혀 있다.

정희진은 "쓰는 과정 자체가 글쓰기"라고 말한다. 즉 글이란 곧 글을 쓰는 과정이다. 흔히 사람들이 범하는 착각 가운데 하나가 머릿속에 들어 있는 글뭉치를 모니터나 종이에 옮겨놓기만 하면 그대로 글이라는 완성품이 나온다는 생각이다. 그러나 많은 저자들이 증언하듯 글쓰

주류적 시각을 거부하는 '소수자'를 위한 글쓰기

기는 몸으로 하는 노동이다. 쓰기도 전에 이미 완성되어 존재하는 글은 없다. "쓰면서 배워요. 쓰는 과정이 가장 중요하죠. 애초의 생각이나 기존에 아는 것을 버리는 과정이 곧 글쓰기예요. 이때 중요한 건 나 자신에게 새롭고 생소해야 '좋은 글'이 나온다는 사실이에요. 아는 것을 쓰면 망해요."

글이 막히는 데는 분명히 이유가 있다. 생각의 출발 자체가 잘못된 경우가 대부분이다. 그럴 때는 생각하고 또 생각하는 것 말고 다른 방법이 없다. 그런 측면에서 글쓰기는 곧 '생각'이라는 것이 정희진의 지론이다. "글쓰기 강좌에서는 보통 테크닉을 많이 가르치는데, 생각이 없으면 아무리 오래 앉아 있어도 글을 쓸 수가 없어요. 글쓰기에서 중요한 건 생각과 자기 입장입니다. 자기 생각을 가지고 있으면 글 쓰는 데 걸리는 시간은 자판으로 글을 입력하는 시간과 크게 다르지 않아요. 생각만 잘 정돈되면 10장짜리 원고도 30분 만에 써낼 수 있어요."

대중을 끌어들일 수 있는 저자의 역량이란

정희진에 따르면 세상에는 두 종류의 책이 존재한다. 수요가 있고, 사회적 의미가 있고 생각이 깊은 '좋은 책'과 '그렇지 않은 책'이 바로 그것이다. 그런 의미에서 '대중서'와 '학술서'를 따로 구분해야 할 필요를 못 느낀다. '대중서'라는 표현에는 저자의 수준이 독자의 그것보다 높다는 가정이 깔려 있는데, 정희진은 저자보다 오히려 대중의 수준이 더 높다고 생각한다. 문제는 그런 수준 높은 '대중 독자'들을 끌어들일 수 있는 저자의 역량이다.

지금 한국 사회는 그런 저자를 배출하기에 좋은 여건이 아니다. 다른 의견을 내놓는 것이 집단 내 불화를 조장하는 것으로 여겨지는 사회에서 깊은 생각과 비판적 사고를 체화한 저자가 출현하는 것은 예외적인 일에 가깝다. "좋은 글은 자기 몰입, 독서량, 습작, 경험, 자기 훈육, 자발적 고립이나 외로움에서 나오게 마련이에요. 생각하는 인간을 탄압하는 문화와 내용 없는 엘리트주의, 성공주의가 만연한 한국 사회에서는 이런 가치들이 살아남기 어렵죠."

정희진은 자기 자신에 대한 의문을 멈추지 않고 끊임없이 의미를 추구하며 대중에 영합하지 않는, 스스로 고통과 혼란 속에 있는 사람들을 좋아한다. 어빈 얄롬, 앤드류 솔로몬, 올리버 색스, 후지타 쇼조, 도미야마 이치로, 이동진, 초기 조갑제, 장정일, 최승자, 노희경, 나혜석, 김혜리, 정성일, 허문영, 정한석, 프리모 레비, 카렌 암스트롱, 프로이트, 주디스 버틀러, 도나 해러웨이 등이 그가 좋아하는 저자 가운데 일부다.

요즘 그는 한국 사회의 지식 생산 방식에 대한 책을 구상하고 있다. 과대평가 받은 저자나 책, 일상화된 표절, '바람직하지 않은' 책의 베스트셀러 현상, 논문과 '잡문'의 위계, 외국 이론의 맥락 없는 소개, 한국 사회 현장이 이론화되지 않는 이유, 성과 가족의 문제 등 모든 사람이 겪고 있으나 사소한 이슈로 취급되는 문제를 분석하는 책이 될 것이다. 그 가운데 몇 권은 '탈식민주의 한국 현대사', '평화학 입문', '치유의 정치학', '우울과 자살의 인문학', '지구화 시대 자주 국방과 탈식민주의', '성 산업과 성 매매'라는 제목으로 출간을 앞두고 있다.

정희진은 한 신문 칼럼에서 "일하지 않고 예술만 즐기고 싶다. 푹신한 소파에 앉아 커피를 마시면서 '열 받지 않아도 되는' 영화와 소설을 읽으며 살고 싶다. 아무것도 남기지 않고 아름다움만 소비하고 싶다"고 말한 적이 있다. 지적 생산의 피로를 감내해야 하는 저술 노동자의 삶에서 놓여나고 싶다는 솔직한 바람을 표현한 것이리라.

그가 언제쯤 그 바람을 성취할 수 있을지는 알 수 없다. 그러나 글을 쓰는 한, 그의 글이 앞으로도 오랫동안 논쟁적일 것이라는 점은 예측할 수 있다. '진부한 사고'를 혐오하는 정희진의 글이 아무도 불편하게 만들지 않는 순간이 곧 그가 펜을 놓는 순간이 아닐까. _정원식

정희진

철학자 〉 진태원

연세대 철학과와 동 대학원을 졸업하고, 서울대 철학과에서
〈스피노자 철학에 대한 관계론적 해석〉이라는 논문으로 박사학위를
받았다. 현재 고려대 민족문화연구원 HK 연구교수로 있다.
자크 데리다의《법의 힘》《마르크스의 유령들》, 피에르 마슈레의
《헤겔 또는 스피노자》, 에티엔 발리바르의《스피노자와 정치》
《우리, 유럽의 시민들?》《폭력과 시민다움》등을 우리말로 옮겼다.
스피노자를 비롯한 서양 근대 철학을 공부하고 있으며, 현대 프랑스
철학과 정치 철학에도 큰 관심을 갖고 공부하고 있다.

오역 때문에 철학자를 탓하는
현실을 바로잡다

"단독 저서도 없는데 '뉴 파워라이터'에 들어가도 되나요?(웃음)"
진태원 고려대 민족문화연구원 HK연구교수는 "그래서 인터뷰를 해도
되는지 고민했습니다"라는 말로 인터뷰를 시작했다. 진태원을 뉴 파워
라이터에 추천한 출판사 관계자와 출판 전문가들은 그의 왕성한 번역
과 비판적 글쓰기에 주목했다.

진태원은 성실한 글쟁이다. 《법의 힘》 등 자크 데리다 책 네 권에
다 《폭력과 시민다움》 등 에티엔 발리바르 책 네 권, 피에르 마슈레의
《헤겔 또는 스피노자》까지 모두 아홉 권을 번역했다. 공역자로 참여한
책을 포함하면 번역 목록은 더 늘어난다.

루이 알튀세르에 관한 국내 연구자들의 논문 10편과 해외 학자들
의 논문 번역문 9편을 담은 《알튀세르 효과》를 엮기도 했다. 박사과정
이후 계간지, 학술지 등에도 40편의 논문을 발표했다. 한 장(章)씩 부
분 참여한 책도 꽤 된다.

진태원은 2000년대 중반 이후 인터넷 서점 알라딘 서재에서
'balmas'라는 필명으로 데리다 번역본의 오류를 지적하면서 번역비

평가로 이름을 떨쳤다. 당시 그는 "오역을 찾는 것보다는 제대로 번역된 문장을 골라내는 것이 훨씬 빠르다" 같은 독설을 마다하지 않았다. 서평을 쓸 때도 주례사 비평과는 거리가 먼, 에두르지 않는 직설의 언어를 주로 사용한다. 진태원의 블로그(http://blog.aladin.co.kr/balmas)는 그간 지식의 행로와 성과를 확인할 수 있는 지적 공간이다.

후배들에게 제대로 번역된 글을 읽히고 싶었다

진태원의 글쓰기를 이루는 가장 큰 부분은 번역이다. 번역은 그에게 삶 자체와도 같아 보인다. 그는 학부 때부터 영어, 독일어로 된 원서를 강독하고 번역했다. 좋아하는 철학자가 생겨 더 많은 책과 자료를 찾아보면 번역본이 없기 일쑤였다. 그는 번역되지 않은 책을 자신이 소개해야겠다고 마음먹었다. 1997년 박사과정에 들어갔을 때 데리다 책이 많이 오역된 걸 보고 처음으로 비판 서평을 썼다. "번역은 내게 학습의 의미가 큽니다. 사상가, 철학자에 대한 공부죠. 번역하면서 약간의 책임감도 느낍니다. 후배들, 특히 철학 공부하는 학생들에게 제대로 번역된 글을 읽히고 싶은 거죠."

진태원이 공격적 비평을 하는 이유도 제대로 된 번역 텍스트를 읽고 쓰고 싶었기 때문이다. 오역이 많은 번역본을 읽으면 '이게 무슨 철학자냐. 말도 안 되는 이야기다' 같은 반응이 나오게 마련이다. 그가 가장 큰 문제라 여기는 부분이다. 철학자의 문제라기보다 오역 문제인데도 철학자를 탓하는 이 현실을 바로잡고 싶었다.

오역 때문에 철학자를 탓하는 현실을 바로잡다

진태원도 2009년 랑시에르의 영문 텍스트를 번역한 글이 오역이라는 지적을 받은 적이 있다. 그는 안이했음을 인정하고 신속하게 독자에게 사과했다. 오역을 지적한 서평가 '로쟈' 이현우에게는 감사의 말을 전하면서 정오표(正誤表)를 올렸다. "남들을 비판하는 만큼 남들도 얼마든지 비판할 권리가 있죠. 그 뒤로 더 꼼꼼하게, 더 정확하게 번역하려고 노력합니다."

진태원은 불어 책을 주로 번역한다. 대학에서 불어 강좌를 듣고, 알리앙스 프랑세즈 문화원을 7~8년 다녔다. 프랑스 리옹 인문계 고등사범학교에서 연구원으로도 지냈다. 그러니까 20년 정도 불어를 공부한 셈이다. 요즘도 프랑스 대중매체를 시간 나는 대로 접하려고 한다.

공적인 매체에 선보인 첫 글도 고된 번역의 결과물이다. 서울대 철학과 박사과정에 들어간 1997년, 《현대비평과 이론》에 〈차이에서 유령론으로: 국내의 데리다 수용에 대한 하나의 반성을 위하여〉라는 제목으로 데리다에 관한 주제 서평을 맡아 썼다. 주로 교수들이 글을 쓰는 비평 전문 학술지였는데, 지도교수의 추천으로 글을 쓰게 됐다. 전문 학술지에 처음 쓰는 글인 데다 데리다라는 난해한 사상가에 대한 글이라 상당히 고생했다. 그는 다시 번역 문제를 지적했다. "제가 서평을 해야 할 번역본들의 번역 상태가 좋지 않은 게 가장 큰 문제였죠. 6개월 정도 시간을 들여 썼던 것 같습니다. 오래 걸린 만큼 평가가 좋아서 상당히 보람을 느낀 기억이 납니다."

앞으로 스피노자, 데리다 연구나 번역을 더 하고 싶단다. 발리바르 책도 세 권을 번역할 계획이다. "발리바르는 문장이 길고 복잡해 번

"번역은 내게 학습의 의미가 큽니다.
사상가, 철학자에 대한 공부죠.
번역하면서 약간의 책임감도 느낍니다.
후배들, 특히 철학을 공부하는 학생들에게
제대로 번역된 글을 읽히고 싶은 거죠."

오역 때문에 철학자를 탓하는 현실을 바로잡다

역이 쉽지 않죠. 이 작업은 내 지적 삶의 큰 부분을 떼어내는 것과 같습니다. 20년의 기간 중 6~7년을 발리바르 책을 번역하는 데 보내는 셈인데, 어찌 보면 미친 짓이죠.(웃음)"

20년 중 7년 가까운 시간을 발리바르 번역에 매달린 것을 두고 인문학자 고병권도 매우 인상적으로 바라봤다. "한 사람을 번역하는 데 6~7년을 매달리는 진태원 선생의 공부를 보면서 천천히, 묵묵히 갈 길을 걸어가는 게 급진적·근본적으로 혁명을 이루는 거란 생각이 들었어요. 혁명은 빠른 발걸음이 아니라 단호한 발걸음이죠. 여기 있을 수밖에 없고, 단호하게 어떻게든 살아가겠다는 의지를 읽었습니다."

번역서일수록 우리말 공부가 필수

'미친 번역'을 하다 보면 외국어를 중요하게 여길 것 같지만 웬걸, 진태원은 한국어 공부를 더 중요하게 생각한다. 대학원에 다닐 때는 번역투 문장을 많이 썼지만, 요즘은 우리말법에 맞게 문장을 고쳐쓰려고 애쓴다.

그가 우리말의 중요성을 절감하게 된 계기는, 대학원 석사과정을 다닐 때 대학 언론매체에 긴 논문을 투고하면서다. 평소에 잘 알고 있던 주제에 관한 논문이었는데도 막상 글을 쓰다 보니 아주 어색한 비문 투성이의 문장들이 튀어나와 글을 쓰기가 무척 어려웠다고 한다. 그때까지 이상한 번역 투 문장으로 가득한 책들을 주로 읽고 습작해왔음을 그제야 깨닫게 된 것이다.

진태원

진태원은 한국의 글쓰기 교육에 할 말이 많다. 최근 글쓰기 교육의 필요성을 주장하는 이들이 많아지긴 했지만, 좀 더 글쓰기 수준을 높이려면 초·중등학교에서 글쓰기 교육이 더욱더 체계적으로 이루어져야 한다고 했다. "가령 프랑스 같은 경우는 어렸을 때부터 수사학을 상당히 체계적으로 가르칩니다. 논리적이고 설득력 있게 말하는 방법이라든지, 자기만의 고유한 스타일로 우아하게 글 쓰는 방법, 책을 읽을 때는 저자의 논점이나 주장을 정확히 파악하는 방법 등을 정규적으로 가르치죠. 반면 우리나라에서는 말하고 듣고 읽고 쓰는 기술의 총체로서 수사학 교육이 많이 부족합니다. 이런 교육이 충실히 이루어져야 인문학의 필요성도 느낄 수 있고, 좋은 논픽션 도서도 더 많이 나올 수 있습니다."

책이라는 이름에 걸맞은 책을 출간하는 게 목표

진태원은 장서 관리에 어려움을 느낄 정도로 많은 책을 갖고 있다. 어림잡아 1만 3,000권 정도인데, 그중 1만 권은 집에 보관하고 있다. 그의 집은 옥상이 따로 있는 단독주택인데, 이미 옥상 방에 책이 가득 차 있고, 그 밖에 방 두 개와 창고로 쓰는 베란다도 책 보관 장소로 쓴다. 연구실에도 3,000권가량의 책이 더 있다. 한마디로 책 위에서 뒹굴며 사는 셈이다. 책이 적을 때는 목록도 만들고 분류도 체계적으로 해놓았는데, 지금은 도저히 감당이 되지 않아 방 구석구석에 쌓아둔 상황이다. 조만간 이사할 계획이어서 3분의 1 정도는 처분할 생각인데, 책 욕

오역 때문에 철학자를 탓히는 현실을 바로잡다

심 때문에 잘될지 모르겠단다. 요즘은 가능하면 전자책이나 PDF 파일로 책이나 글을 읽는 습관을 들이고 있다.

진태원의 메모는 두 가지 형태다. 하나는 독서 노트인데, 책이나 논문, 글을 읽을 때 작성한다. 중요한 문장이나 대목을 옮겨 적고, 몇 가지 논평이나 감상 등을 붙이는 식이다. 다른 하나는 그때그때 생각나는 주제나 단상 등을 적곤 한다.

진태원은 그동안 단독 저서를 쓰지 않았다(그는 이 사실을 민망해 한다). 인문학 바람에 기댄 서평이나 단상을 정리한 책들이 쏟아지는 상황에서 의아한 일이다. 여러 권을 내고도 남을 사유의 축적을 이루고서도 단독 저서를 잘 내지 않은 이유는 뭘까. "책이 갖는 무게감 때문입니다. 철학을 전공해서인지 나한테 책은 게오르그 루카치의《역사와 계급의식》이나 헤르베르트 마르쿠제의《이성과 혁명》과 같은 것입니다. 제 스스로 책이란 이름, 무게에 걸맞은 책을 쓰기엔 아직 준비가 덜 됐다고 생각하는 거죠."

진태원은 이런저런 이유로 여러 책 제안을 고사해왔으나, 이제는 완곡하게 거절하기도 힘든 상황이다. 오래전 맺은 출판사와의 약속도 더 이상 미룰 수 없어 현재 10여 권의 책을 준비 중이다. 책 대부분은 치열한 글쓰기의 결과물로서, 학위논문을 수정·보완한 책, 그동안 썼던 글을 묶은 책, 출판사에서 의뢰를 받은 책들이 섞여 있다.

진태원은 구성과 글쓰기 두 가지를 한꺼번에 진행하는 편이다. 글 쓰다가 막히면 다른 일을 한다. 다른 책을 읽는다거나 번역을 하거나 산책을 나간다. 생각을 다듬는 장소로는 지하철만큼 좋은 곳이 없다. "지하철을 많이 이용하는 편인데, 집필 중인 글을 지하철에서 다시 읽어보거나 다듬는 경우가 많습니다. 이렇게 움직이면서 글과 생각을 정리하다 보면 의외로 막혔던 곳이 뚫리곤 합니다. 그래서 저는 지하철을 무척 사랑합니다.(웃음)"

책을 쓸 때는 주제부터 분명히 정한다. 사람들이 무엇을 필요로 하는지 정확히 알아야 하고, 그러한 욕구를 어떻게 충족시켜야 할지 방법도 명확히 제시해야 한다고 생각한다. "자신이 이 일을 할 만한 능력이나 시간이 되는지도 따져봐야겠지요. 그리고 무엇보다 중요한 것은, 이 작업이 자신에게 가치 있고 보람되는 일이라는 믿음을 갖는 것입니다. 그냥 돈이나 좀 벌어보자, 이름이나 내보자는 식으로 글을 쓰는 게 아니라, 교양 대중이나 다른 연구자들에게 도움이 되면서 동시에 자기 자신을 새롭게 구성한다는 목표, 또는 새로운 지적 탐구의 장을 열어본다는 태도를 가져야 좀 더 진지하게 전력을 기울일 수 있지 않을까 합니다."

진태원은 특별히 닮고 싶은 작가가 따로 있지는 않단다. "반대로 이렇게 이야기할 수도 있겠네요. 닮고 싶은 작가가 너무 많아서 한 사람만 딱 꼬집어 이야기하기가 어렵다고요." 그 많은 작가 가운데 진태원이 꼽은 한 명은 이미 여러 권을 번역한 데리다. 자신의 블로그 대문에는 데리다 사진과 함께 '해체라는 유물론을 위하여'라는 문구를 적어놓았다. 언젠가 쓸 데리다에 관한 책 제목이다.

데리다의 사회정치 철학도 그에게는 좋은 사유의 대상이다. "데리다의 사회정치 철학은 '혁명 이후', '해방 이후'를 지향합니다. 혁명이나 해방 같은 급진적 정치 운동이 더 이상 불가능하다는 게 아니라, 혁명과 해방 이후 무엇을 어떻게 할 것인가를 데리다는 묻고 있죠. 혁명과 해방을 이루면 전복한 것들을 지켜야 하는데, 그러려면 적들, 즉 혁명과 해방 이전 지배자들이 행했던 폭력과 똑같은 폭력을 가해야 하는 문제가 발생해요. 그런 식의 폭력으로 혁명 권력을 먼저 공고히 하고 진정한 해방은 나중으로 미룬 것이 바로 러시아 혁명이 취해왔던 길입니다. 해방, 혁명이란 것이 이전과 다른 새로운 사회를 가능하게 하기 위해서는 어떻게 해야 하는가, 혁명 이전과 다를 바 없는 새로운 지배자를 세우는 일을 피하려면 어떻게 해야 하는가가 데리다 철학이 묻는 질문입니다. 저한테도 굉장히 중요한 화두지요."

인도 출신의 탈식민주의 역사학자들 가운데 서발턴(Subaltern) 역사학을 주도한 디페시 차크라바르티나 파르타 차테르지도 훌륭한 작가로 꼽는다. "이 사람들은 역사가인데도 철학이나 이론에 조예가 아주 깊죠. 이들은 서양 철학이나 현대 인문학 이론들을 광범위하게 논의하면서도 늘 인도의 구체적 현실을 염두에 두고, 인도 역사에 관한 서사나 사회학적 분석, 또는 인도에 관한 문학작품을 원용하여, 인도 근현대사의 맥락에서 서양 철학이나 이론을 새롭게 평가하고 재구성합니다. 추상적인 이론이나 개념만을 논의하기 쉬운 저 같은 철학도에게

진태원

는 귀감이 되는 글쓰기 방법이 아닐 수 없습니다."

진태원은 외국 학자들의 사유를 소개하는 데 머물지 않고 적극적으로 한국의 정치사회 상황에 자신의 사유와 철학을 접목해나간다. 2015년 2월 '시민행성' 강좌에서 그는 '시민이란 누구인가'라는 질문과 함께 우리 시대에 걸맞은 시민의 정의를 '을의 집합'이라고 규정했다. 한국 민주주주가 겪고 있는 위기의 근원과 그 돌파구를 성찰하려는 시도다.

또한 세월호 참사를 한국 민주주의의 상징적 사건으로 봤다. 그는 〈경향신문〉에 보낸 글에서 이렇게 말한다. "현대 철학자들이 말하듯 사건은 그것을 어떻게 상속하느냐에 따라 그 의미가 결정된다. 세월호 참사가 앞으로 되풀이될 또 다른 참사 중 하나로 기록될지, 아니면 새로운 민주주의 건설을 위한 출발점이 될지 그것은 살아남은 우리에게 달려 있다."

가장 하고 싶은 공부가 무엇인지 고민하라

진태원은 2010년 말 '철학을 공부하고 싶다는 K군에게'라는 공개 편지글을 〈교수신문〉에 썼다. 그는 K군에게 서울대 학부 출신이 아니거나 영미권 유명 대학원에 진학할 만한 경제적 능력이 없다면 인문학, 특히 철학은 하지 않기를 바란다며 다른 길로 가라고 조언했다. 4년이 흐른 지금, 진태원은 그때보다 상황이 더 비관적이라고 말한다.

"한국 대학원에 가는 것은 외국 대학원에 가기 위해 외국어를 배

오역 때문에 철학자를 닮하는 헌신을 비로잡다

우는 과정에 불과해요. 한마디로 석사과정만 있는 셈이죠. 한국에서는 깊이 연구하고 서로 경쟁하는 학풍, 학파가 생길 수 없습니다. 서양에서 공부한 사람들은 미국, 독일, 프랑스가 내 나라인 것처럼 착각하죠. 독일 철학이나 프랑스 철학 등은 그 나라의 역사 흐름, 지적 배경에서 나온 것입니다. 그러니까 그 나라 현실 문제를 신음하다 나온 거죠. 그것을 '나의 철학', '우리 철학'이라고 생각하면 한국에서 일어난 사건 또는 삶의 문제에 대해 무관심하게 됩니다. 학문의 공론장이 없다는 게 문제입니다. 문제를 사고하고 실천적 해법을 제안하는 일이 갈수록 힘들어져요. 대학 교수도 기업 직원 같은 처지가 됐죠."

진태원은 서평가, 철학자, 번역가 등 자신에게 붙은 여러 타이틀을 '연구자'로 묶어냈다. 그는 지금 비정규직이다. 신분 불안정은 연구자에게 큰 제약이다. 그는 정규직으로 가면 좋겠지만, 목매달며 무리할 생각은 전혀 없다.

그는 이런 말을 남기며 인터뷰를 마쳤다. "살면 얼마나 더 살겠어요.(웃음) 하고 싶은 공부를 하며 사는 게 가장 보람 있다고 생각합니다. 그게 내 삶, 학문의 가장 큰 기준입니다."

_김종목

진태원

신경정신과 전문의 / 하지현

서울대 의과대학을 졸업하고 동 대학원에서 박사학위를 받았다.
현재 건국대의학전문대학원 교수로 진료를 하면서, 읽고 쓰고
가르치며 지내고 있다. 저서로《소통, 생각의 흐름》《엄마의 빈틈이
아이를 키운다》《도시 심리학》《청소년을 위한 정신 의학 에세이》
《예능력》《사랑하기에 결코 늦지 않았다》《심야 치유 식당》등이
있고, 옮긴 책으로《갈등 해결의 기술》《커뮤니케이션의 기술》이
있다.

정신분석에서 대중문화까지
아우르는 '매체중독자'

좀 까칠하게 느껴지는 외모와 말투를 지녔다고 하면, 하지현 건국대 정신건강의학과 교수는 억울해 할 수도 있다. 빠른 말 때문에 더욱 그렇게 느꼈는지도 모른다. 실제로 무언가 던지면 그는 탁구공처럼 빨리 반응했다. 타이밍이 맞았는지 문자메시지 답신도 빨랐다. 그는 필경 일을 뭉개고 있거나 갈팡질팡 머뭇거리는 우유부단한 스타일은 아닐 것이다.

그의 연구실에 들어서자 뭔가 어수선한 느낌이 들었다. 가지런히 꽂혀 있지 않은 책들과 정돈이 덜 끝난 책상 때문이었을까. 그러나 무언가로 채워지기 직전의 빈 공간이 주는 묘한 자유로움이 조그만 연구실에 감돌았다. 안경테 넘어 강한 눈빛의 그가 싱긋 웃으며 말을 꺼냈다. 첫 만남의 어색한 고비를 넘기자 그가 좀 다르게 다가왔다. 알면 알수록 친절하고 부지런하며 호기심 많은 글쟁이 하지현의 모습이 튀어나왔다.

전문의로 외래 진료와 대학 강의, 외부 강연, 크고 작은 학술 발표까지 과연 글 쓸 짬이 있을까 싶을 정도로 그는 정신없이 바빠 보였다.

학술 발표가 많을 때는 1년에 30~40회 정도에 이르고, 이런저런 연구 미팅은 물론 한글과 영문으로 논문도 써야 한다.

그 바쁜 와중에 글을 쓸 수 있는 비결은 무엇일까. 괴로움이 따르긴 해도 그에게 글쓰기는 커다란 즐거움이다. 자신이 지치기 전에 스스로 가지치기하듯 일을 끊는 것도 비결 중 하나다. 일이 많다 싶을 때는 자동으로 '까칠 모드'로 바뀐다고 했다. 아무리 급한 원고 청탁, 인터뷰 출연도 소용없다. 외부 활동이 많은 것처럼 보이지만 실제로 그에게 들어오는 10가지 제안 중 하나만 골라서 하고 있는 것으로 보면 된다.

글은 달궈진 팬에 눈 깜짝할 새 만드는 요리

하지현의 표현대로라면 글 쓰는 작업은 중국요리 주방장과 크게 다르지 않다. 푸르스름한 새벽녘부터 엄청난 양의 채소와 고기를 썰어놓고, 시뻘건 불에 팬을 달궈놓는 주방장처럼, 글을 쓸 때도 미리 글감을 장만해놓아야 한다. 그가 쓴 책들은 이렇게 집필에 들어가기 2년여 전부터 재료 준비를 마친 것들로, 하지현은 한 권의 책을 쓰는 데 무려 4,000여 개의 자료를 모아놓는다.

평소에는 자료를 모으고 틈틈이 메모하는 것에 만족한다. 그러다가 방향이 잡히면 한 번에 훅 써나가는 스타일이다. 출발 신호가 떨어지면 앞만 보고 전력 질주하는 경주마처럼 글의 속도가 빠르다. 한 챕터 분량에 해당되는 원고지 30~35장을 쓰는 데는 한두 시간이면 되고, 책 한 권을 마무리하기까지는 평균 3개월이 안 걸린다. 그는 주말이나

정신분석에서 대중문화까지 아우르는 '매체중독자'

하루 중 자투리 시간을 이용해 어디선가 숨어서 글을 쓴다. 한번 쓴 글은 이틀 정도 묵혀 숙성시키는 버릇이 있다. 약간 많이 썼다가 지우는 편인데 버겁거나 틀린 것을 가려내는 식이다.

정신분석에서 대중문화까지

어찌 보면 하지현의 글쓰기는 다작에 가깝다. 정말로 글감이 그렇게 쉽게 떠오르는 것인지, 그의 왕성한 '집필욕'이 궁금했다. "재미있는 것들이 정말 많고 쓰고 싶은 것들이 즐비해서 재료 걱정은 하지 않아요.(웃음)"

하지현은 사람들이 쉽게 지나치는 통계를 가지고도 그 속에서 팩트를 잡아내 자기만의 방식으로 보여주는 것을 즐긴다. 그래서인지 그가 쓴 책들의 상당수는 마치 시사주간지 기획기사 내용들을 말랑하게 풀어 쓴 듯 쉽고 재미있게 다가온다. 할리우드 영화가 빤한 형식을 빌려 핵심을 쉽게 전달하는 것처럼, 그는 소설이나 에세이 등 쉬운 형태를 선택한다. 또 청소년 에세이나 부모를 위한 심리학 등을 쓸 때는 가르치려 들거나 단정적으로 이야기하지 않으려고 애쓴다.

그가 다루는 분야도 다양하다. 많은 정신과 의사들이 정신분석이나 심리경영, 자기계발, 치유적 글들을 쓰지만, 하지현은 청소년과 대중문화에 이르기까지 폭넓은 이야기를 즐긴다. 그의 책《예능력》은 TV 예능 프로그램을 소재로 삼았고,《청소년을 위한 정신 의학 에세이》는 신경정신과의 '과학콘서트' 같은 책으로, 아이들 중에는 우울증이 뭔지, 정상과 비정상의 차이가 뭔지, 지식에 대한 갈망이 있지만 얻을 방법이 없는 경우가 많다는 생각에서 펴냈다.

하지현은 특히 십대에 관심이 많다. 하지만 대부분의 청소년 책들이 "너는 네 자신만의 인생을 살아라. 그치만 학업에는 신경 써야 하니 공부도 열심히 해야 한다"는 식이어서 앞뒤가 안 맞는다는 생각을 할 때가 많다. 자신만의 인생을 살기 위해 공들여야 할 것이 오직 공부만은 아니라는 얘기일 터다.

마침, 요즘 들어 딸아이가 학교에 가기 싫어해서 고민이라고 털어놓자, 아이에 대한 관심을 잠시 꺼두는 게 어떻겠냐고 한다. 대다수의 부모가 아이의 미래와 걱정으로 많은 돈과 시간을 쏟아붓고 있는데, 그보다는 부모부터가 자신의 삶을 재미있게, 열심히 사는 게 더욱 중요하다는 것이다. 그 모습을 통해 아이도 자신의 인생을 꿈꾸며 힘을 얻게 될 테니.

엉뚱하게 희곡으로 시작한 글쓰기

하지현이 대중들과 친밀해지며 일종의 안면을 튼 책은《소통의 기술》이다. 그러나 그의 대중적 글쓰기는 대학 시절로 거슬러 올라간다. 바쁜 의대생 시절 희곡 두 편을 썼다. 한 편은 이화여대 연극반에서 무대에 올렸다. 원래 제목은 까맣게 잊었지만, 〈누가 나지?〉라는 연극 제목은 기억해냈다. 다른 한 편은 서울대학교 공식 첫 뮤지컬이자 첫 유료 공연인 〈죽일 테면 죽여 봐라〉다. 1993년 무대에 올린 공연으로 티켓

책마다 자신의 앎을 전하는 방법과
스타일이 다르긴 하지만,
그가 가장 바라는 것은
독자들이 몇 페이지만 읽고도
"이거 하지현이 쓴 거네"
하고 알아차릴 수 있으면 하는 것이다.

하지현

이 장당 3,000원이었다. 어림잡아 3천~4천 명이 봤다고 한다.

첫 책을 냈을 때의 강렬한 기억은 지금도 생생하다. 한 신문에 연재했던 칼럼을 책으로 냈다. 석 달 정도 걸려서 글을 다듬었는데, 첫 책이라 주도적으로 이끌지 못하고 담당 편집자가 하자는 대로 하다 보니 제목과 표지, 편집 방향 모두가 만족스럽지 못했다. 나중에는 편집자와 편집주간이 퇴사하는 바람에 책이 낙동강 오리 알이 된 쓰라린 경험이 있다.

처음 대중칼럼을 썼을 때 반응은 의외로 좋았다. 10여 년 전만 해도 정신과 의사가 쓴 칼럼이 드물었기 때문이다. 그는 대중서와 비대중서가 따로 있다고 생각하지 않지만 '제품'과 '작품'이 있다면 대중서는 제품에 가깝다고 본다. 제품의 경우 자신이 알고 있는 것을 모두 쏟아내기보다는, 대중의 수용 가능성을 고려하는 것이 더 중요하다고 생각한다. 이는 훨씬 더 어려운 작업이기도 하다. 다행히 하지현 글쓰기의 바탕에는 '비평을 위한 비평'이나 '영향력을 유지하기 위한 글', '현란한 글솜씨'보다는 독자를 조금 더 생각하려는 마음이 깔려 있다.

블로그에서 발견한 독자평 가운데, 하지현의 책을 두고 누군가 이런 말을 했다. "내용이 무겁지도 않고 두께도 얇아 책이 술술 잘 넘어간다. 그리고 현실에서 충분히 일어날 수 있는 일들이라 더 몰입해서 읽게 된다. 내 친구가 책을 추천해달라고 하면 이 책을 한번 읽어보라고 얘기해주고 싶다."

하지현이 가장 닮고 싶은 논픽션 작가는 김용석 영산대 교수다. 인문학적 성찰을 하되 대중문화와 우리 사회를 소재로 깊이와 넓이를 모두 아우르기 때문이다. 그는 김용석의 글에서 '이종격투기적 글쓰기' 를 배웠다고 했다. 이종격투기 링에서는 복싱, 태권도, 가라테, 킥복싱, 레슬링 출신 선수들이 한꺼번에 겨룬다. 복싱 선수라도 때론 발차기를 해야 하고, 레슬링 선수라도 펀치를 날려야 한다. 중요한 것은 어떤 시점에 어떤 테크닉을 쓸지 정확하게 아는 일이다. 물론 선수마다 주종목은 있겠지만, 그것 외에 나머지 종목에서도 일정 수준 이상의 실력을 쌓아야 한다. 하지현은 '입식타격 하는 사람과 그라운드 기술을 쓰는 사람이 붙으면 어떻게 될까' 하고 상상하게 만드는 책들이 재미있고 그런 책을 지향한다.

잡식성의 매체중독자

픽션 에세이 《심야 치유 식당》은 소설이 가미되어 있다. 처음부터 소설 쓰기에 욕심이 있었던 것은 아니다. 다만 시즌제 '미드' 같은 느낌으로 가려고 했다. 이야기 1화가 일 열심히 하는 사람들이었다면, 2화는 첫사랑과 헤어짐을 그린 사랑 이야기를 담았다. 3화는 평범함에 맞춰져 있다.

이 책 안에는 신경정신과 전문의의 고유 인자가 녹아 있다. 상담을 통해 자신에게 도움을 요청해온 사람들 중에는 일상 속에서 쉽게 생기는 작은 흠집들(생활 상처)로 가슴앓이를 하는 이들이 많다. 그는 그 때문에 자신의 가치가 손상됐다고 믿는 것이 안타까웠다. 그래서 평범한 것이 무엇인지 이야기하고 싶었는지도 모른다. 《꾸베 씨의 시간 여행》

이 우화에 가깝다면 이 책은 소설에 가깝다.

하지현은 글을 쓸 때 마치 영화 촬영에 들어간 것처럼 바짝 쓴다. 그의 아들이 케이블 TV에서 본 영화를 자신에게 얘기해준 것을 말할 때도 눈빛이 빛났다. 〈바보들의 행진〉을 만든 전설적인 감독 하길종의 피가 그의 몸속에 흐르고 있기 때문인지도 모른다. 그는 하 감독과 불문학자 전채린(전혜린의 동생)의 아들이기도 하다. 영화배우 겸 영화감독인 하명중이 그의 작은 아버지다.

영화와 문학 등 풍부한 자양분 덕분인지 그는 스스로 '매체중독'이라 얘기할 만큼 다양한 매체를 즐긴다. 미국 드라마, 일본 드라마, 만화책, 소설, TV 예능 프로그램까지 잡식성으로 여러 매체를 즐겨온 것이 여러 영역을 오가는 글쓰기의 힘으로 작용하게 된 셈이다.

나만의 책 분류법으로 시간 절약

다양한 매체 가운데서도 하지현은 책을 가장 즐긴다. 1년에 200권 정도를 구입하고, 200~250권 정도를 정독한다. 그것도 시리즈물은 한 권으로 치고, 논문과 학술 발표를 위해 보는 전문 서적은 제외한 것이다. 장서는 주로 집과 연구실에 나누어 보관하고 있다. 정확히 몇 권인지는 알지 못한다.

책을 구입하는 기준은 세 가지다. 일명 '333 원칙'으로 30퍼센트는 전공과 관련해 공부가 될 책, 30퍼센트는 책을 쓰는 데 도움이 될 책, 30퍼센트는 개인적 흥미와 즐거움을 위한 책이다. 책을 구매할 때

이 세 가지가 골고루 섞이도록 안배한다. 그래야 질리지 않고 읽을 수 있기 때문이다.

그만의 장서 분류라고 한다면, 지금 보고 있는 책은 책상 위에 쌓아놓고, 다 읽은 후 마음에 들어 앞으로 계속 보거나 참고할 거리가 많은 책은 따로 책장에 주제별로 분류해놓는다. 다시 보지 않을 책들은 과감하게 다른 사람에게 주거나 중고서점에 판매한다. 그 중간 경계에 있는 어정쩡한 책들은 그런 책만 모아놓는 곳에 분류 없이 꽂아놓는다. 해마다 연초가 되면 지난해 읽은 책들을 정리하는 것이 그만의 큰 행사면서도 즐거움이라는데, 책마다 관심도나 가치도에 따라 별표를 매기면서 혼자 정리하는 것을 즐긴다.

하지현은 학교 도서관을 자주 이용한다. 교수이다 보니 대출 가능한 도서 수도 많고 기한도 긴 편이라 애용하는 편이다. 특히 휴가나 학회 출장을 갈 때는 소설류를 주로 읽는데, 이 또한 대체로 도서관에서 빌려 본다.

서문, 목차, 챕터 하나를 먼저 써봐라

하지현은 글쓰기를 통해 무엇을 얻을까. 그는 쓰면서 정리하는 과정을 통해 자신이 알고 있던 지식이 비로소 내 것이 된다는 느낌을 받는다. 다른 이들에게 내 것이 된 지식을 알려준다는 희열도 있다. 책마다 자신의 앎을 전하는 방법과 스타일이 다르긴 하지만, 가장 바라는 것은 독자들이 몇 페이지만 읽고도 "이거 하지현이 쓴 거네" 하고 알아차릴 수 있으면 하는 것이다. 그런 필자들이 가장 부럽단다.

책을 처음 쓰는 사람에게는 다음 세 가지를 조언한다. 먼저 15장 분량으로 서문을 써보는 것이다. 책을 왜 쓰려고 하는지 스스로 정리가 된다. 두 번째는 비슷한 책을 참고하면서 22~25개 정도의 세부 목차를 작성하는 것이다. 과연 자신이 한 권의 책을 쓸 만한 거리를 갖고 있는지 정확하게 감을 잡을 수 있다. 마지막으로는 가장 재미있을 챕터를 실제로 써보는 것이다. 자신이 글발이 있는지 없는지, 공저가 필요한지 등을 파악할 수 있다. 가능하면 제목까지 정해보는 것이 좋다. 제목 자체가 책의 콘셉트가 될 수 있기 때문이다.

편집자와 충분히 토의하고 90퍼센트 이상 확정된 기획안과 목차가 나오고 나서야 책을 쓴다는 하지현의 말을 들으니, 소통에 능하고 합리적인 스타일이라는 생각이 든다. 이런 시간이 길면 길수록 책에 대한 콘셉트가 명확해지고 나중에 완성도와 만족도가 높아지는 건 물론이다.

책은 저자 혼자서 100퍼센트 완성하는 것이 아니다. 독자와의 접점을 찾아주는 편집자와 협업한 산물이다. 믿을 만한 편집자와 함께 일하는 것을 저자의 행운이라 생각하고, 여간한 일이 아닌 한 편집자가 옳다는 마음으로 글을 쓰는 게 좋다.

하지현은 일본의 극작가 이노우에 히사시가 자신의 책상 앞에 붙여둔 메모를 기억해냈다. '어려운 것은 쉽게, 쉬운 것은 깊게, 깊은 것은 유쾌하게.' 그가 추구하는 스타일이기도 하다.

"인간은 저마다 합리적인 선택을 하게 마련이에요. 미래에 대해 미리 10가지 이상을 생각할 필요는 없어요. 최악이 아닌 것만 확인하면 돼요. 최선이 아니면 차선을 찾고 최악을 피하면 돼요. 자기가 하고 싶은 것을 할 때가 가장 재미있는 거예요."

역시 마지막은 신경정신과 전문의답게 정신건강에 도움이 되는 한마디를 남겼다. 글쓰기도 자기가 정말로 쓰고 싶은 게 있을 때 가장 신나는 작업이 될 것이다.

_김희연

하지현

칼럼니스트 / 한윤형

미디어 비평 웹진〈미디어스〉에서 34개월가량 정치부 기자로
월급을 받고 일하다가, 최근 다시 칼럼니스트로 돌아왔다. 서울대
인문대학 재학 시절부터 인터넷에서 청년 논객으로 활동했다.
저서로《청춘을 위한 나라는 없다》《안티조선 운동사》《뉴라이트
사용후기》등이 있고, 공저로《속물과 잉여》《열정은 어떻게 노동이
되는가》《안철수 밀어서 잠금해제》등이 있다.

청년 세대의
'웃픈' 처지를 항변하다

젊은 세대를 대표하는 논객이자 정치평론가, 칼럼니스트인 한윤형은 기사 마감에 쫓기며 약속 장소에 나타났다. 못다 쓴 기사는 다음 날 오전 마감하기로 데스크와 약속하고 서둘러 온 길이었다. 여느 기자와 마찬가지로 마감 스트레스에 쫓기는 듯했다. 매체비평에 관심 많은 그가 온라인 매체비평지 '미디어스'에 속한 것은 자연스런 일이긴 했지만 안정적인 수입이 작용한 측면이 크다.

한윤형이 다시 칼럼니스트로 돌아온 걸 안 것은 한 시사주간지에 쓴 '설탕물 나온 파리'라는 제목의 칼럼을 읽고서다. '34개월가량 다니던 곳을 그만두고 다시 벌판으로 나왔다…….' 대기업 정규직은 '꿀단지에 빠진 파리', 중소기업이나 비정규직은 '설탕물단지에 빠진 파리', 백수는 '맹물에 빠진 파리'쯤 된다는 항간의 자조 섞인 우스개를 소개한 글에서, '단지 안에 오래 있으면 있을수록 잠깐 빠져 나와 몸 말리는 방법을 잊게 되는가 보다'고 그는 적었다. '이젠 몸을 좀 말려야겠다'는 끝맺음이 기억에 남는다.

세대론 대표 필자로 불리는 한윤형 역시 한국 사회 2030세대의 곤

한윤형

란한 처지를 고스란히 안고 살고 있는 것 같았다. 난생처음 직장생활을 하며 깨달은 바도 인상적이었다. 그는 직장생활을 통해 꼬박꼬박 월급이 나온다는 것이 주는 감각이 무엇인지 알게 됐고, 그 감각이 없을 때의 행동 양식이 전적으로 자신의 책임은 아니라는 것을 터득했다. '불규칙한 벌이'에서는 이가 아파도 치과에 갈 엄두를 못 내고 그 돈으로 대신 밥을 사 먹다가 술까지 곁들이며 끝내는 자신이 무계획적인 인간임을 탓하기 일쑤였다. 그러다가 고정적인 월급을 받게 된 지 3개월 만에 치과에 가면서 이 같은 사실을 깨닫게 되었다. 고정적인 수입이 있어야 계획적인 삶도 가능하다. 날카로운 문제의식을 때론 웃기고 때론 슬픈 체험담에 엮어내는 능력은 그의 글쓰기 장점 중 하나다. 장점은 특히 《청춘을 위한 나라는 없다》에서 돋보였다.

판타지 소설의 욕망이 글쓰기 자양분으로

현실 문제를 조목조목 짚어내는 데 탁월한 한윤형이 한때 판타지 소설가를 꿈꾼 적이 있다는 말에 사실 놀랐다. 시공을 넘나들며 자유로이 전개되는 서사와 예리한 현실 분석 및 비평은 완전 다른 색깔이 아닌가. 그의 책장에는 지금도 꿈의 흔적인 《판타지의 주인공들》, 《천사》, 《환수 드래곤》 등 판타지류가 꽂혀 있다.

　판타지 소설가의 꿈은 미생에 머물러 있지만 한윤형은 확실히 꿈덕을 보고 있다. 일찌감치 판타지 소설의 다채로운 배경이 될 만한 지식과 소재를 찾아 신화학을 비롯해 정신분석학, 문화인류학 등으로 독서의 폭을 점차 넓혀나갈 수 있었다. 또래보다 월등한 독서량과 독서 수준으로 좀 난 체하는 십대를 보냈을지도 모른다. 나중에 또래들이 출간한 판타지 소설의 명백한 비문들을 혼자 수정하면서 좌절된 꿈을 위로하고 울분을 달랬다는 어느 고백에선 묘한 미소가 지어졌다.

사회문제에 대한 관심은 판타지의 다른 한편에서 읽어 내려간 진중권과 강준만의 책이 계기로 보인다. 그 시기 PC통신에서 이뤄져온 정치 담론의 융성은 그에게 정치와 글쓰기에 대한 흥미를 동시에 불러일으키기에 충분했다. 당시만 해도 가벼운 마음으로 온라인 게시판에 글쓰기를 시작했고, 자신의 글에 대한 반응을 살피면서 고등학생 신분으로서 느끼는 억압과 속박에 대한 일종의 해방감을 맛보았다. "그때는 정치라는 개념도 없이 유희적인 측면이 강했던 것 같아요. 2000년대 초반만 해도 정치에 관심을 기울이면 뭔가 세상이 바뀔 수 있다는 낙관적인 기류가 있었잖아요. 어떤 종류의 노력을 들이면 변화의 조류에 기여할 수 있다는 직관이 있던 때였으니까요."

한윤형을 이해하는 데 단서가 될 만한 일화가 있다. 고등학교 시절 서울대와 〈조선일보〉가 주최한 논술경시대회에 나가 대상을 받은 그는, 당시 안티조선 운동의 참여자임을 밝히며 〈조선일보〉의 인터뷰를 거절할 정도로 '발칙'했다. 2001년 서울대 철학과에 들어간 뒤 안티조선운동에 본격적으로 참여했고 민주노동당원이 되어 참여정부에 비판적인 글을 올리기 시작했다. 게시판과 블로그에 글을 써오던 그는 강원도 화천에서 군복무를 마치고 돌아온 후 2008년 〈씨네21〉에 칼럼을 쓰면서 '제도권 글쟁이'로서 발을 내딛었다.

글쟁이로서 처음 품은 야심, 또래에게 위안을

한윤형은 단독 저서 또는 공저로《열정은 어떻게 노동이 되는가》,《키보드워리어 전투일지》,《뉴라이트 사용후기》,《당신들의 대통령》등을 펴냈다. 정치뿐 아니라 역사, 스포츠, 게임 같은 분야에도 관심이 많아 세대론 필자라는 이미지에서 벗어나 다채로운 글을 쓰려고 꾸준히 시도하고 있다.

세대론 필자로서의 발판은 2007년 대선, 2008년 총선이 끝난 후 정치에 무심한 20대 책임론이 나오며 마련됐다. 세대론이 정치 상황과 무관하지 않고 내 삶의 문제와도 관련이 깊다는 것을 느끼면서부터다. 생활인으로서 어떻게 살아가야 하나 고민하던 때이기도 하다. 사적이라고 생각했던 것들이 공적인 것들과 얽혀 있었던 것이다. "두세 명의 필자가 돌아가며 세대론을 쓰는 것이 문제이긴 합니다. 리그가 좁고 비전이 없으니 필자 유입이 안 되는 구조예요. 혼자서 세대론을 붙잡고 있는 것처럼 보여 떼어내려고 합니다."

하지만 '21세기 청년 세대의 자기 진술서이자 잉여 선언'으로 불리는 히트작《청춘을 위한 나라는 없다》로 굳혀진 세대론 필자로서의 이미지가 아직은 강하다. 자신을 비롯한 청년 세대의 이야기가 담긴 이 책을 통해 그는 청년 세대에게 위안을 주고 싶었다. 누군가 자신의 이야기와 내면의 고민을 소리 내어 말해줄 때 우리는 위안을 얻곤 하니까. 또 기성세대가 청년 세대를 이해하기 위해 꼭 한 번은 읽어야 하는 책으로 만들겠다는 야심도 처음으로 품었다. 이전까지 글쟁이의 삶을 살면서 자신의 글이 이런 역할을 할 수 있으리라는 기대는 전혀 하지

청년 세대의 '웃픈' 처지를 항변하다

못했다.

집필을 하면서 가장 힘들었던 책은 《안티조선운동사》다. 팔릴 책도 아니면서 원고량이 2,200장에 육박했다. 원고지 600장을 썼는데도 진중권이 등장하지 않아 초반부터 지쳤던 기억이 생생하다. 책을 써야겠다고 마음먹은 것은 대학교 1학년 때였다. 누군가 기록하지 않으면 사장될 수 있겠다는 다급한 마음과, 우리 사회의 굉장히 중요한 순간을 목도하고 있다는 생각이 어우러졌다. 하지만 책을 내겠다는 출판사가 없어 '2008년 촛불'이 지난 후 세상에 나왔다.

칼럼과 책, 기사에 이르기까지 글쓰기에 관한 그의 에너지는 넘쳐흐른다. 하지만 글쓰기 작업이 즐거운 것만은 아니다. "쓰기는 많이 쓰는데 다 괴로워요. 책은 기획안 쓸 때와 퇴고할 때가 가장 즐겁습니다. 중간을 쓸 때가 엄청 괴롭죠."그는 '내가 왜 책을 쓰고 있지'하면서 무척 괴로워하는 스타일이다. 그런데 그 묘약이 또 책이다. 한 권의 집필을 끝내기 전에 다른 기획이 생각나 그 기획안을 짜면서 또 즐거워한다니, 천생 글쟁이라고 해야 할까.

남의 글에 만족하면 내 글을 못 쓴다

정치비평은 남의 글에 100퍼센트 만족하면 글 쓸 욕망이 사라진다. 미진한 부분이나 견해 차이를 발견함으로써 비평이 가능해진다. 한윤형은 다른 글들의 장점을 조합한 후 자신의 글을 덧붙이는 방식으로 글쓰기 능력을 키워왔다. 한마디로 문필가 스타일은 아니다. 그는 글을 마

"제 글이 정서적 글쓰기는 아니라서
끊임없이 다른 사람의 글을 읽고 판단하는 편입니다.
어떤 사회적 이슈가 발생하면 기사든 칼럼이든
닥치는 대로 찾아 봅니다.
그 가운데 나를 설득시키고 이해시키는 글이 있으면
똑같은 주제로 글을 쓰지 않아요.
내 마음에 드는 글이 없을 때 글을 씁니다.
스스로 만족할 때까지요."

치 하나의 문건처럼 여긴다. 앞선 글에 대해 자신의 견해를 덧붙이고 논쟁을 하다 보면 어느새 한 편의 글이 완성된다. 많은 저자들이 엄청난 양의 책을 탐독한 후 스스로 차올라 글쓰기에 돌입하는 것에 견주면 그의 방식은 확실히 달라 보인다. "제 글이 정서적 글쓰기는 아니라서 끊임없이 다른 사람의 글을 읽고 판단하는 편입니다. 어떤 사회적 이슈가 발생하면 기사든 칼럼이든 닥치는 대로 찾아봅니다. 그 가운데 나를 설득시키고 이해시키는 글이 있으면 똑같은 주제로 글을 쓰지 않아요. 내 마음에 드는 글이 없을 때 글을 씁니다. 스스로 만족할 때까지요."

한윤형은 누구나 시간을 들이면 잘할 수 있는 것이 글쓰기라고 확신한다. 그러나 시간을 들이기 전에 깊이 고민할 것이 있다. 글쓰기가 자신에게 가치가 있는지, 그것을 통해 얻으려는 것이 무엇인지, 얼마만큼의 시간을 투자할 수 있을지 먼저 따져봐야 한다. 그는 글쓰기에 관한 한 현실주의자인 동시에 약간은 비관론자다.

아무래도 이 같은 생각에는 현재 출판 시장의 여건이 적지 않은 영향을 미치고 있다. 괜찮은 논픽션 기획을 제안받는 경우가 있지만, 대체로 생업을 제쳐두고 꼬박 몇 개월 동안 시간을 들여야 하는 일들이다. 논픽션 책 한 권으로 서너 달의 생계비용이 생긴다는 보장이 없다면 덤벼들기 힘들다. 3천 부를 팔아야 간신히 3백만 원이 나오는 현실이다. 게다가 논픽션이 3천 부 이상 팔리는 경우는 거의 없다. 만약 직장을 다니는 필자라면 생계비용 문제뿐 아니라 경력 단절도 생각해야 한다. 직장에 다니는 가운데 짬짬이 책을 읽고 자기 경험을 더해 책을 낼 수 있어야 하는데, 한국에선 노동시간이 너무 길어 엄두조차 못 내는 게 사실이다. 논픽션 시장 자체도 작아 계속 글 쓰는 필자만 활동하는 탓에 다 같이 소진되는 느낌이다. "누가 글쓰기 전망이 어떠냐고 물으면 다시 생각해보라고 말해요. 전망 있는 일이 아니니까요." 좀 야속하다 싶을 정도로 그는 건조하게 말했다.

메모 습관과 독서하며 한 줄 긋기가 글쓰기의 힘

막상 전망이 없다면서도 글쓰기에 임하는 그의 자세는 성실 그 자체다. 크고 작은 일이 벌어질 때마다 자신의 생각을 빼놓지 않고 적어둔다. 자료로 축적된 짧은 메모가 얼마나 유용한지 경험으로 잘 알기 때문이다. 페이스북 같은 매체는 나중에 찾아보기 힘들어 요즘은 쓴 글들을 구글 드라이브에 올려두고 있다.

독서할 때 밑줄 그은 내용 중 일부는 타이핑을 해서 보관한다. 타이핑을 거치는 동안 장기 기억으로 전환될 때가 많다. 다른 이들이 축적해놓은 자료를 이용하는 것도 편리하다. 예컨대 책에 대해 논할 때는 자신의 밑줄도 좋지만 알라딘 밑줄 긋기 같은 곳에서 다른 사람들이 어떤 구절에 '꽂혔는지' 확인하는 것도 큰 도움이 된다.

인터넷 검색에서도 생각보다 많은 자료를 얻을 수 있다. 가령 십년 전 어떤 시위에 대해 검색했을 때, 뉴스 검색은 물론 당시 시위에 참여한 이의 블로그에 올라 있는 회고 글까지 발견할 수 있다.

한윤형은 가난한 처지에 안타깝게도 '책탐'이 많다. 도서관 이용이 몸에 배지 않은 탓에 도서관을 잘 이용하는 사람들을 보면 부러울 때도 있다. 책은 집에 쌓아두고 바로바로 참고한다. 유사 도서끼리 모아두고 필요하면 직관으로 찾아낸다. 문제는 이사 갈 때마다 한 번씩 고역을 치러야 한다는 점이다.

책을 쓸 때는 구성을 먼저 하는데 매번 그런 것은 아니다. 논지가 확실할 때는 구성 없이 써 내려간다. 더러 생각지도 못한 논지나 결론으로 흘러갈 때가 있다. 글이 글을 만들어내는 것이다. 글을 쓸 때 힘을 빼는 것도 중요하다. 대중서를 읽는 독자들은 엄밀한 논지보다는 글쓴이가 힘 안 들이고 편하게 쓴 글을 쉽게 받아들인다. 글 안에서 내용이든 단어든 반복되는 것을 두려워할 필요도 없다. 정작 사람들은 세 번 정도까지는 반복해도 잘 모르는 경우가 많다. 오히려 반복을 해야 그 내용을 잘 기억하는 경향이 있다.

항상 논객이 될 필요는 없다

요즘은 카페에서 노트북을 꺼내놓고 글 쓰는 사람들이 흔한 풍경이 됐다. 하지만 어느 카페에서든 글 쓰고 있는 한윤형을 찾기는 힘들 것이다. 글이 막히면 일어나서 걷는 버릇이 있는 탓에 앉아 있어야만 하는 카페와는 체질적으로 맞지 않는다. 아무 생각 없이 왔다 갔다 발걸음을 옮기거나 여건이 허락해 산책을 하다 보면 자유연상을 통해 자연스레 막힌 곳이 뚫리며 새로운 생각이 펼쳐진다. 적어도 기분 전환이 돼 다시 글에 덤벼들 수 있다.

글을 쓸 때는 곧바로 던지기보다는 자신의 생각을 정해놓고 해당 주제에 대해 다른 필자들이 뭐라고 했는지부터 부지런히 수집한다. 그리고 그것들이 온전히 마음에 차지 않으면 장단점을 비교해가면서 의견을 달아 구성에 들어간다. 이것이 글쓰기 스타일이라고는 전혀 인지하지 못했는데, 시간이 쌓이고 반복되다 보니 이러한 한윤형의 방식과 글을 두고 "수학 문제 풀이하듯이 쓴다"고 평하는 이들도 생겨났다.

신문 칼럼은 그에게 일종의 데뷔 무대였다. 처음 칼럼을 썼을 때 담당 기자가 무척 좋아했다고 기억한다. 독자가 신문 칼럼에 반응할 때는 어지간히 글을 잘 쓰거나, 이름값이 좀 쌓인 필자가 등장하거나, 당시 대중의 관심사에 대해 논쟁적인 주장을 쓸 때다.

그러나 독자의 눈길을 사로잡기 위해 '대중의 관심사에 맞춰 논쟁적인 주장을 쓰자'는 생각은 위험하다. 그런 글쓰기를 습관적으로 하다 보면 어느 순간 자기 생각이 아닌 걸 자기 생각이라 믿게 되고, 자기 생각이 조금씩 바뀐 것도 깨닫지 못하게 된다. 자신이 조금씩 없어지는 것이다.

한윤형은 주로 정치평론과 관련한 글을 많이 써왔지만 역사에도 관심이 많다. 전공자는 아니지만 역사교양 책을 준비 중이다. 정치에 관심이 많은 사람이 보는 또 다른 관점의 역사가 담기게 될 듯하다. 한국 프로야구를 통해 한국 사회를 들여다보는 책도 구상하고 있다.

인터넷 어느 글에서인가, 그가 자신의 장래희망을 '먹고 사는 것'이라고 밝힌 것을 보았다. "어차피 뭘 해도 안 되니 하고 싶은 것을 하자"는 좌우명 비슷한 한마디도 있었다. 한국 사회의 자본주의, 노동,

젠더, 문화적 현상들에 특히 관심이 많은 그의 글 작업이 '먹고 사는 것'을 해결하는 동시에 '하고 싶은 것'이 되기를 바란다.

하고 싶은 일을 하면서 먹고 사는 것을 해결하기가 결코 만만치 않은 보통 사람들에게 한윤형의 글은 위안이자 큰 즐거움이다. _김희연

한윤형

나는 작가가 되기로 했다

초판 1쇄 | 2015년 4월 30일 발행

지은이 | 김종목·김희연·백승찬·정원식·주영재

펴낸이 | 김현종
펴낸곳 | (주)메디치미디어
등록일 | 2008년 8월 20일 제300-2008-76호
주소 | 서울시 종로구 사직로 119 4층(내자동 5번지 목천빌딩)
전화 | 070-7862-9360(편집) 02-735-3308(마케팅)
팩스 | 02-735-3309
전자우편·원고투고 | medici@medicimedia.co.kr
페이스북 | medicibooks

책임편집 | 손소전
디자인 | 이재은
마케팅 | 정혜영 임정현
경영지원 | 김상희
강연기획 | 신아령

인쇄 | 한영문화사

ISBN 979-11-5706-029-0 03800
홈페이지 | www.medicimedia.co.kr